Walpurgismord

Helmut Exner

Walpurgismord

Ein leicht *schräger* Krimi
aus dem idyllischen Harz

Bibliografische Information der Deutschen Nationalbibliothek
Die Deutsche Nationalbibliothek verzeichnet diese Publikation in der Deutschen Nationalbibliografie; detaillierte bibliografische Daten sind im Internet über **https://dnb.d-nb.de** abrufbar.

Walpurgismord

ISBN 978-3-96901-032-7

7. Aufl. 05/2022

Dieser Titel ist auch als eBook erhältlich.

Abbildungsnachweis:
Porträt des Autors © Ania Schulz | as-fotografie.com

Lektorat:
Sascha Exner

Druck:
WIRmachenDRUCK GmbH, Backnang

Verlag:
EPV Elektronik-Praktiker-Verlagsgesellschaft mbH
Obertorstr. 33 · 37115 Duderstadt · Deutschland
Fon: +49 (0)5527/8405-0 · Fax: +49 (0)5527/8405-21
Web: harzkrimis.de · E-Mail: mail@harzkrimis.de

Clausthal-Zellerfeld, 2. Juli 2010

»Nehmt euch bloß in Acht vor der Alten! Wenn die ihr Maul aufmacht, kommt Gift und Galle raus. Ihren letzten Chef soll sie zuerst in den Wahnsinn und dann in den Tod getrieben haben. Bevor er morgens zur Schule ging, musste er schon Beruhigungsmittel nehmen. Nicht etwa, dass er Probleme mit Schülern oder Eltern gehabt hätte. Nein, es war die pure Angst vor diesem Weib.« — »Und was war mit ihrem vorletzten Chef? Der lebt doch noch?« — »Ja, aber auch nur, weil er rechtzeitig die Kurve gekriegt und in Frühpension gegangen ist. Ihrem Arzt soll sie mal gesagt haben, wenn man so einen Schmerbauch hat, sollte man sich nicht als Ernährungsberater aufspielen. Und beim Schlachter hat sie vom Stapel gelassen, dass der Fleischsalat aussieht wie schon mal gegessen.« — »Das ist ja noch gar nichts gegen das, was sie seinerzeit dem Pastor gesagt haben soll.« — »Was denn?« — Nun mischte sich ein Mann in seinem Oberharzer Jargon ein: »Ich geh ja net in dar Körch. Nur an Heilich Amd. Aber als der Paster mal über de Moral von de jung Leut gepredicht hat, hat se ne beim Rausgehn gesaacht, dass de Popen sich lieber um ihrn eichnen Pimmel kümmern solln, dann hättn se genuch zu tun.«

Das kleine Grüppchen von Leuten, die dieses Gespräch auf der Straße führten, konnte sich vor Lachen kaum halten. Aber so war es immer, wenn es um Lilly Höschen ging. Es kursierten unendlich viele Geschichten über sie. Niemand wusste mehr so recht, was Fantasie und was Wirklichkeit war. Das ist Lilly Höschen, wie sie leibt und lebt. Eine kleine, zarte Frau, ehemals Oberstudienrätin für Deutsch und Englisch in Clausthal-Zellerfeld. Inzwischen war sie achtzig Jahre alt und natürlich längst pensioniert. Sie wohnte in Lautenthal. In ihrem Haus am Berg thronte sie geradezu über dem kleinen Städtchen. Im Umgang mit ihren Mitmenschen galt sie durchaus als freundlich, ja liebenswürdig und hilfsbereit. Aber wehe, wenn sie sich veranlasst sah, einen ihrer Giftpfeile abzuschießen. Da konnte ihr niemand ausweichen oder gar Kontra bieten. Das schlimmste Vergehen war, ihren Namen wie Höschen auszusprechen und nicht wie Hö-schen mit kurzem *ö* und *sch*. Wer das tat, hatte eine Feindin fürs Leben.

Aber das Gerede der Leute interessierte Lilly nicht sonderlich. Und heute schon gar nicht, denn sie hatte es eilig. Der Sohn einer angesehenen Frau musste heute vor dem Amtsgericht Clausthal-Zellerfeld erscheinen, weil er angeblich geklaut hatte. Eine peinliche Sache. Und sie, Lilly, hatte davon erst heute Morgen erfahren. Wie der Zufall es wollte, war ausgerechnet sie es, die dem jungen Mann ein Alibi geben konnte. Und zu allem Überfluss war ihr Großneffe Amadeus auch noch der Verteidiger in diesem Fall. Dieser Bengel, warum konnte er ihr nicht etwas mehr über seine Arbeit erzählen? Dann hätte sie alles im Vorfeld aufklären können und es wäre gar nicht erst zu dieser peinlichen Verhandlung gekommen.

Mit ihren achtzig Jahren war Lilly noch gut beieinander. Sie stieg in ihren alten BMW und machte sich auf den Weg nach Clausthal-Zellerfeld. Diese beiden Städtchen mit zusammen fünfzehntausend Einwohnern waren 1924 zu einer Stadt zusammengeschlossen worden. Jahrhundertelang waren beide Orte selbstständig gewesen. Und bis in die Gegenwart hinein gab es nicht wenige Menschen, die in dem jeweils anderen Ort nicht tot überm Zaun hängen wollten, geschweige denn, dort wohnen würden. Die Talsenke ist bis heute die Grenze zwischen beiden Orten, und es ist von entscheidender Bedeutung, ob man ein paar Meter weiter hüben oder drüben wohnt. Es sollen schon Ehen daran gescheitert sein, weil man sich nicht einigen konnte, ob man die gemeinsame Wohnung in Clausthal oder in Zellerfeld haben sollte. Lilly war das egal. Sie wohnte in Lautenthal. Das Amtsgericht befand sich in Zellerfeld, direkt gegenüber der Kirche, die viele Clausthaler in ihrem ganzen Leben nie betraten. Es gab natürlich keinen Parkplatz am Gericht. Also stellte Lilly ihren Wagen am Minigolfplatz ab und ging dann eilig über die Straße, ihren glimmenden Zigarillo im Mund. Jeder kannte sie in der Stadt, in der sie fast vierzig Jahre lang unterrichtet und hin und wieder für Aufsehen gesorgt hatte. Die kleine, dünne, fast unscheinbar wirkende Frau mit ihrer mal weißen und mal blonden Lockenfrisur galt als Autorität. Wer ihr begegnete und nicht mehr rechtzeitig die Straßenseite wechseln konnte, grüßte sie freundlich und ging eiligen Schrittes weiter. Bloß nicht auf ein Gespräch einlassen. Denn oft endete solch eine belanglose Plauderei mit einer Maßregelung oder einem Tadel. Und wer sich gar erdreistete, ihr offen zu widersprechen, konnte durchaus mit einer handfesten Beleidigung rechnen. Aber heute hatte Lilly dafür keine Zeit. Schnellen Schrittes betrat sie den Flur des Amtsgerichts. Der Hausmeister, der ihr über den Weg lief, schaute ganz entgeistert und sagte: »Hier ist Rauchen verboten«, woraufhin sie ihm ihren Zigarillo in die Hand drückte und sich nach dem Saal erkundigte, in dem die Verhandlung stattfand. Ganz verdattert ging der Hausmeister mit dem Zigarillo nach draußen.

Als Lilly die Tür des Gerichtssaals öffnete und eintrat, redete der Richter gerade. Mit Mühe brachte er seinen Satz zu Ende und tat so, als sähe er seine alte Lehrerin gar nicht. *Wahrscheinlich ist die Alte nur neugierig und will ihrem Großneffen Amadeus bei der Arbeit zusehen,* hoffte er. Aber da hatte er sich geirrt.

Mit ihrer durchdringenden Stimme sagte sie: »Ich habe eine Aussage in diesem Fall zu machen.«

Am besten so tun, als würde ich sie gar nicht kennen, dachte Richter Ulrich Geist. »Sind Sie als Zeugin geladen?«, fragte er.

»Ulrich Geist, du weißt ganz genau, dass ich nicht als Zeugin geladen bin. Das ist ja gerade der Fehler. Ich habe eine Aussage zu machen, um dieses Gericht vor einem Fehlurteil zu bewahren.«

»Ich verstehe nicht. Wer sind Sie denn überhaupt?«, stammelte der Richter, wohlwissend, wie unglaubwürdig seine Frage war.

»Du weißt ganz genau, wer ich bin«, sagte Lilly.

Der Richter tat erstaunt und fragte wie ein schlechter Schauspieler: »Frau Höschen?«

»*Fräulein,* wenn ich bitten darf. Ich habe immer noch nicht geheiratet.«

Die bis jetzt gelangweilten Zuschauer fingen an, sich zu amüsieren, während Amadeus, der auf der linken Seite mit seinem Mandanten saß, sich die Hände vors Gesicht hielt. Am liebsten wäre er im Boden versunken und betete, dass dieser Kelch an ihm vorübergehen möge.

»Oh, entschuldigung, Fräulein Höschen. Aber ich habe Sie so lange nicht gesehen, dass ...«, stotterte der Richter und Lilly erwiderte: »Nein, du ziehst es ja vor, jedes Mal die Straßenseite zu wechseln, wenn wir uns begegnen!«

Jetzt fingen die Zuschauer an zu lachen, während sich Amadeus die Haare raufte.

»Nun, Fräulein Höschen, setzen Sie sich doch bitte einfach auf den Zeugenstuhl. Er ist gerade frei geworden.«

Lilly nahm Platz und der Richter sagte: »Zu Ihren Personalien ...«

Lilly unterbrach ihn: »Lilly Höschen, achtzig Jahre alt, pensionierte Oberstudienrätin, ledig, wohnhaft in Lautenthal, nicht verwandt oder verschwägert mit dem Angeklagten. Reicht das?«

»Perfekt. Nun muss ich Sie belehren, dass Sie vor Gericht die Wahrheit sagen müssen. Andernfalls würden Sie sich strafbar machen. Am besten, Sie erzählen uns einfach, was Sie zu uns führt und was Sie zur Wahrheitsfindung beitragen können.«

»Nun«, setzte Lilly an, »soweit ich von der Mutter des Angeklagten erfahren habe, wird ihm vorgeworfen, am 30. April zwischen 12.30 Uhr und 13.00 Uhr einen Diebstahl begangen zu haben. Das kann aber nicht sein, es sei denn, dass es diesen Herrn in doppelter Ausführung gibt.«

»Kommen Sie doch einfach zur Sache«, meldete sich nun Staatsanwalt Hans Gutbrodt zu Wort, ein Mann von Ende fünfzig mit kurz geschnittenem, grauem Haar und einem markanten Leberfleck auf der Wange.

»Ich *bin* bei der Sache. Und je weniger Sie mich unterbrechen, desto schneller werden Sie erfahren, wie unsinnig Ihre Anklage ist. Also, am Morgen des 30. April – ich weiß das so genau, weil das der Walpurgistag war, stand ich mit heftigen Schmerzen in der Schulter auf. Das einzige, was mir in einer solchen Situation hilft, ist eine Behandlung durch meine großartige Physiotherapeutin. Da besagte Dame kurzfristig kaum Termine hat, entschloss ich mich, mich einfach ins Auto zu setzen und hinzufahren. Sie würde mich leidendes Geschöpf bestimmt irgendwie dazwischenschieben, dachte ich. Also fuhr ich nach Clausthal zu Frau Anja Gutbrodt.«

Jetzt fiel dem Staatsanwalt die Kinnlade herunter. Besagte Physiotherapeutin war seine Ehefrau.

Lilly Höschen fuhr unbeirrt fort: »Ich parkte meinen Wagen an der Clausthaler Kirche. Da schlug es gerade halb eins. Zur Rollstraße, wo sich die Praxis befindet, sind es ja nur ein paar Schritte. Ich betrat also die Praxis, und niemand war da. Na ja, dachte ich, es wird schon gleich jemand kommen. Aber es kam niemand. Frau Gutbrodt hatte ihre Angestellten wohl zu Mittag geschickt. Aber dann hörte ich Geräusche, die immer lauter wurden.«

»Was für Geräusche?«, wollte der Staatsanwalt wissen.

»Wenn Sie mich nicht ständig unterbrechen, werden Sie es gleich erfahren. Es handelte sich um Liebesgesäusel, vorsichtig ausgedrückt. Na sowas, dachte ich, amüsiert sich Frau Gutbrodt vielleicht mit einem Mann und hat vergessen, die Tür abzuschließen? Jedenfalls erkannte ich die Stimme meiner Masseurin. Und auch die Stimme des Mannes kam mir bekannt vor. Ich konnte sie aber in dem Moment nicht recht unterbringen. Jedenfalls nahmen die Geräusche an Heftigkeit zu und ich überlegte, ob ich die Praxis nicht lieber verlassen sollte. Aber dann spürte ich wieder meine Schulterschmerzen.«

»Und wem gehörte diese Stimme denn nun?«, wollte der Richter wissen.

»Dem Angeklagten, Herrn Maximilian Schmecke.«

Der Richter sah den Staatsanwalt an. Dieser allerdings starrte nur zu Lilly Höschen, während sie weiter berichtete: »Irgendwann wurde mir die Sache dann aber zu heftig. Ich dachte schon bei mir: Meine Güte, dass Frau Gutbrodt auch *diese* Art von Massagen macht ...«

Jetzt sprang der Staatsanwalt auf und brüllte: »Was hat der Kerl mit meiner Frau gemacht?«

Lilly, völlig entgeistert, dass sich der Staatsanwalt als der Ehemann von Frau Gutbrodt entpuppte, verlor für eine Sekunde die Übersicht, fing sich aber sofort wieder und sagte ganz langsam, um diesen Moment voll auszukosten: »Er hat ihr die Fotze geleckt.«

Jetzt rastete der Staatsanwalt aus, während der Richter seine alte Lehrerin mit offenem Mund anstarrte, der Angeklagte sein Gesicht in den Händen vergrub und Amadeus diesen mit weit aufgerissenen Augen ansah, ihn gegen die Schulter knuffte und flüsterte: »Du Blödmann, warum hast du das nicht gesagt?«

Staatsanwalt Gutbrodt brüllte auf Lilly ein: »Was denken Sie eigentlich, wie Sie hier reden können? Das ist ja unglaublich!«

»Unglaublich ist das Verhalten Ihrer Frau«, konterte Lilly, »und Ihr Verhalten als Staatsanwalt lässt auch zu wünschen übrig. Machen Sie gefälligst Ihre Hausaufgaben und hören Sie auf, ehrbare Zeugen anzuschreien! Setzen!«

Gutbrodt setzte sich ruckartig hin und der Richter hob beschwichtigend die Arme, während die Zuschauer teils amüsiert lachten oder sich entsetzt anschauten.

»Jetzt wollen wir uns alle erstmal wieder beruhigen«, sagte der Richter. »Herr Staatsanwalt, ich werde zu entscheiden haben, ob ich Sie wegen Befangenheit aus dieser Verhandlung ausschließe. Ich möchte, dass Fräulein Höschen ihre Aussage in Ruhe zu Ende bringt, und dann sehe ich weiter. Also bitte, Fräulein Höschen, fahren Sie fort. Allerdings frage ich mich, wie Sie darauf kommen, dass der Angeklagte die Dame, äh, Sie wissen schon, was er angeblich mit ihr gemacht haben soll. Sie haben doch niemanden gesehen.«

»Das ist ganz einfach«, fuhr Lilly fort, »Frau Gutbrodt hat ihn laut und deutlich aufgefordert, es zu tun. Und den Geräuschen nach zu urteilen, hat er es dann auch getan. Und zwar heftig. Soll ich die Geräusche, die Frau Gutbrodt währenddessen von sich gegeben hat, etwa nachmachen?«

»Um Gottes willen, nein, Fräulein Hös-chen, äh, Höschen.«

Jetzt war es passiert: Er hatte *Hös-chen* gesagt. Das würde Konsequenzen haben, so wie damals vor mehr als zwanzig Jahren in der Schule. Lillys Gesicht nahm jetzt diesen erbarmungslosen Zug an, der ihm als Schüler eine Gänsehaut über den Rücken hatte laufen lassen: »Ulrich Geist, du bist ein ganz liederlicher Bengel!«

»Ich bitte um Entschuldigung, Fräulein Höschen. Bitte fahren Sie mit Ihrer Aussage fort, beziehungsweise kommen Sie zum Ende.«

»Nun, ich verließ dann die Massagepraxis. Meine Schulterschmerzen hatte ich vergessen. Auf der gegenüberliegenden Straßenseite parkte der Buick des Angeklagten. Da fiel mir ein, wen ich in der Praxis gehört hatte: Maximilian Schmecke. Außerdem gibt es weit und breit kein anderes Angeberauto dieser Art. Der Angeklagte kann also nicht in Zellerfeld einen Diebstahl begangen und sich zur selben Zeit mit besagter Masseurin in Clausthal verlustiert haben. Das war's. Und Dir, Maximilian Schmecke, möchte ich noch mit auf den Weg geben, dass man Türen auch abschließen kann. Außerdem ist es dumm, ein Verbrechen auf sich zu nehmen, nur um jemanden vor der Bloßstellung zu schützen. Vielleicht hättest du mal an Deine Mutter denken sollen. Es ist alles andere als angenehm für sie, dass ihr Sohn vor Gericht steht.« Dann wandte sie sich wieder dem Richter zu, erhob sich und verabschiedete sich mit den Worten: »Ich denke, ich habe meiner Bürgerpflicht Genüge getan und mache mich jetzt auf den Weg. Ich kann schließlich nicht meine ganze Zeit mit solchen Dummheiten vertrödeln.«

»Das wirst du mir büßen, du alte Hexe!«, sagte der Staatsanwalt in Gedanken zu sich selbst. Der Wunsch, Lilly zu erwürgen, war allerdings nicht so groß wie sein Verlangen, nach Hause zu kommen und seine Frau zur Rechenschaft zu ziehen. Er war in diesem kleinen Städtchen erledigt. In jedem Zimmer dieses Gerichts würde man sich totlachen über das, was hier passiert war. Wahrscheinlich würde diese Geschichte in ganz Deutschland in jedem Gericht die Runde machen. Und nicht nur das: Es brauchte nur irgendein Heimatpostillenschreiber Wind davon bekommen und er wäre in der ganzen Gegend erledigt. Die Leute würden tuscheln oder gar mit dem Finger auf ihn zeigen, wenn er sich irgendwo blicken ließ.

Richter Ulrich Geist blickte so verdutzt aus der Wäsche, dass es ihm die Sprache verschlug. Erst als Lilly den Saal verlassen hatte, sagte er ganz leise mit entrücktem Gesichtsausdruck: »Die Zeugin bleibt unvereidigt. Sie sind entlassen, Fräulein Hös-chen.«

Hochharz, 30. April 1990 (Walpurgis)

»Und was willst du jetzt mit mir machen? Mich umbringen?«, fragte Miriam ihren Mann, während sie sich auf einen umgefallenen Baumstamm setzte. Sie war mit Georg in den Harz gefahren und in das abgeschiedene Hochmoor gegangen, um Zeit und Ruhe zu haben, sich mal richtig auszusprechen. Aus der Aussprache, die eigentlich zu einer Versöhnung hätte führen sollen, wurde schnell ein Verhör. Mit Schrecken stellte Miriam fest, dass ihr Mann mehr wusste, als sie in ihren kühnsten Träumen befürchtet hatte. Folglich konnte sie ihm auch gleich die ganze Wahrheit beichten. Danach würde ihr wohler sein.

»Umbringen? Ja, das wäre eine Lösung«, sagte Georg.

Zur selben Zeit sah der Mann, der ihnen auf der Spur war, Georgs Auto, das auf dem Waldparkplatz stand. Er wusste von Miriam, was sie heute vorhatte. Die große Aussprache mit Georg. Er hatte ihr dringend davon abgeraten. Aber sie ließ sich nicht davon abbringen. Wenn sie sich einmal etwas in den Kopf gesetzt hatte ...

Er parkte seinen Wagen neben dem von Georg. Sonst waren weit und breit keine Autos zu sehen. Das Wetter hier im Hochharz lud an diesem Walpurgistag wohl nur Hartgesottene zum Spaziergang im Moor ein. Er betrachtete sein Gesicht kurz im Rückspiegel, strich mit dem Finger über seinen Leberfleck auf der linken Wange, griff seinen Rucksack vom Beifahrersitz und stieg aus. Er würde die beiden schon finden. Wenn hier die große Aussprache stattfinden sollte, die natürlich auch in einer Abrechnung enden konnte, dann musste er dabei sein. Er ging zügig durch den hohen, dunklen Fichtenbestand, der von Nebelschwaden durchzogen war. Nach einiger Zeit lichtete sich der Wald und das Hochmoor lag vor ihm.

Lautenthal, 1. Mai 1990

Am nächsten Tag telefonierte Amadeus Besserdich, der zwölfjährige Sohn von Georg und Miriam, mit seiner Großtante Lilly. Die Besserdichs hatten eine Wohnung in Hannover und Lilly wohnte in Lautenthal im Harz.

»Und deine Eltern sind jetzt seit mehr als vierundzwanzig Stunden verschwunden?«, fragte Lilly besorgt. »Ich denke, wir müssen die Polizei verständigen. Amadeus, du bleibst in der Wohnung; ich setze mich ins Auto und komme nach Hannover. Und vorher rufe ich noch die Polizei an.«

Lilly, die einzige nahe Verwandte, war eine Schwester von Miriams verstorbener Mutter. Sie war sechzig Jahre alt, Oberstudienrätin für Deutsch und Englisch in Clausthal-Zellerfeld und als solche berüchtigt für ihre Besserwisserei und Durchsetzungskraft. Man könnte es auch Dickschädeligkeit nennen, mit der sie mindestens ein Dutzend Kollegen und zwei Direktoren in die Frühpension und ganze Schülergenerationen in den Wahnsinn getrieben hatte. Lilly Höschen bestand darauf, dass man sie mit *Fräulein* anredete und ihren Namen wie *Höschen* aussprach, mit kurzem *ö*. Hinter ihrem Rücken sagten natürlich alle *Hös-chen*. Wer dumm genug war, sich dabei von ihr erwischen zu lassen, war erledigt.

Als Lilly in Hannover eintraf, beratschlagte sie sich kurz mit Amadeus, packte ein paar Sachen für den Jungen, legte einen Zettel auf den Esstisch und machte sich mit ihm auf den Rückweg nach Lautenthal. Die Polizei hatte die Vermisstenmeldung nicht sonderlich ernst genommen. Zwei erwachsene Menschen, die mal einen Tag nicht nach Hause kommen – das sei so ungewöhnlich nicht. Als am Tag darauf noch immer kein Lebenszeichen zu vernehmen war, setzte Lilly Himmel und Hölle in Bewegung. Die Polizei kam zu ihr ins Haus und ihr Direktor, den sie am Maifeiertag anrief, gab ihr Sonderurlaub, damit sie sich um alles kümmern konnte. Aufgrund von Amadeus' Hinweis, dass seine Eltern wohl eine Moorwanderung machen wollten, suchte man das entsprechende Gebiet ab. Ergebnis: Nichts! Kein Hinweis, dass sie dort gewesen waren. Niemand hatte sie oder ihren Wagen gesehen. Nicht der kleinste Gegenstand, der auf ihre Anwesenheit hinwies, wurde gefunden. Kein Zeichen eines Verbrechens. Absolut nichts. Sie waren einfach weg.

Bei dem zwölfjährigen Amadeus machte sich in den Wochen und Monaten danach eine große Traurigkeit breit, die dann in Wut umschlug. Auf wundersame Weise gelang es Lilly jedoch, den Jungen in den Alltag zurückzuführen. Er wohnte bei ihr in Lautenthal und kam mit der neuen Schule in Clausthal-Zellerfeld, dasselbe Gymnasium, auf dem Lilly unterrichtete, gut zurecht. Lilly war großmütig hinsichtlich seiner Wünsche und Bedürfnisse. Sie ermutigte ihn zur Selbstständigkeit und setzte die Grenzen des Erlaubten recht hoch an. Allerdings durften diese nie überschritten werden. Das Verhältnis zwischen dem Heranwachsenden und der alten Tante war freundschaftlich und liebevoll. Erst später, etwa zwei Jahre vor dem Abitur, musste Lilly einigen Druck anwenden, damit er in seinem pubertären Übereifer nicht alles hinwarf.

In dem kleinen Städtchen Lautenthal wurde Amadeus schnell heimisch. Den Ort mit seinen gut zweitausend Einwohnern kannte er nach kurzer Zeit in- und auswendig. Die Zahl der Kinder in seinem Alter war überschaubar, und er hatte schnell ein paar Freunde, mit denen er etwas unternehmen konnte. Clausthal-Zellerfeld, wo er zur Schule ging, war größer, hatte aber auch nicht annähernd das zu bieten, was er aus Hannover gewohnt war. Aber das fehlte ihm auch nicht. Es ging ja allen so. Man fand schon Aktivitäten, die einem Spaß machten. Das Wichtigste war, dass er schnell Freunde fand.

Lautenthal, 2. Juli 2010

Am Abend nach der Gerichtsverhandlung kam Amadeus mit seinem Freund Klaus Weniger zu Lilly. Klaus wohnte in Hannover. Man hatte sich für das Wochenende verabredet. Da Amadeus aufgrund der Platzverhältnisse und des chaotischen Zustands seiner Wohnung keine Übernachtungsgäste empfangen konnte, wollte man das Wochenende bei Lilly verbringen. Sie mochte Klaus und in ihrem Haus gab es viel Platz. Sie hatte zwei Zimmer hergerichtet und eingekauft, um mit den beiden *Jungen*, wie sie sie nannte, im Garten zu grillen.

Amadeus war zu einem lebensfrohen jungen Mann herangewachsen. Die Erziehung durch seine Großtante Lilly hatte ihm nicht geschadet. Außerdem sah er gut aus und hatte nach zahlreichen Freundinnen nun eine feste Beziehung zu einer jungen Dame namens Marie. Er und seine Großtante liebten sich innig. Die kleinen Frotzeleien, die sie austauschten, waren das Salz in der Suppe ihrer Beziehung.

Amadeus und Klaus hatten sich vor einigen Jahren in Hannover kennengelernt. Beide waren aufgrund einer Bewerbung zu einem Assessment Center bei einer großen Versicherung geladen worden. Amadeus saß im Foyer des Konferenzzentrums in einer aus übergroß-protzigen Sesseln bestehenden Gruppe mit einem runden Tisch in der Mitte. Dann gesellte sich Klaus dazu. Beide nickten sich nur zu, sprachen aber kein Wort. Ein paar Minuten später tauchte ein weiterer junger Mann auf, der ein freundliches *Grüezi* von sich gab, was den beiden Wartenden ein Lächeln ins Gesicht trieb. *Aha, Bewerber aus der Schweiz sind auch vertreten,* dachte Amadeus. Auf dem Tisch stand eine große Jugendstilschale, gefüllt mit allerlei Süßigkeiten. Irgendwann griff der Schweizer zu. Das heißt, er kam gar nicht zum Zugreifen. Als seine Hand über der Schale war, zerbrach sie in zwei Teile, einfach so, und die Süßigkeiten kullerten über den Tisch. Der zugreifende Kollege aus der Schweiz hielt in seiner Bewegung inne und schaute ganz entgeistert auf das Malheur. In bestem Schwyzerdütsch sagte er dann: »Ich habe das Klump gar nicht berührt.«

Zuerst fing Amadeus an zu lachen. Dann tat Klaus es ihm nach. Irgendwann begannen bei Amadeus die Tränen zu laufen. Er konnte kaum atmen. Und Klaus lachte so laut und schallend, dass die anderen Leute in dem Foyer herschauten. Als die Sekretärin kam, die die Teilnehmer abholen wollte, schaute diese zunächst auf die beiden lachenden Männer, dann auf den Tisch. Und der Schweizer sagte: »Ich habe die Schale gar nicht berührt«, so als würde irgendjemand ihn dafür zur Rechenschaft ziehen.

Nun rutschte Klaus von seinem Sessel auf den Boden, und Amadeus hatte Angst zu ersticken. Als dann der Schweizer sehr ernst zu der Sekretärin sagte: »Ich glaube, wir sollten die Ambulanz rufen«, war es ganz vorbei. Amadeus und Klaus schnappten sich ihre Aktenkoffer und verließen vor Lachen gekrümmt das Gebäude. Sie haben es nie wieder betreten. Klaus fand eine Stelle in einer anderen Firma und Amadeus machte sich mit Unterstützung seiner Großtante selbstständig mit einer Kanzlei in Clausthal. Das unbeherrschte Lachen hatte sie zusammengebracht. Sie waren inzwischen beste Freunde.

Am Abend saßen Lilly, Klaus und Amadeus im Garten. Ihr Haus in Hanglage bot einen Bilderbuchblick ins Tal. Am tiefsten Punkt des Talkessels durchfließt die Innerste, ein kleines Flüschen, den Ort. Und an drei Seiten türmen sich die bewaldeten Berge. So als ob der liebe Gott nicht gewusst hatte, wohin damit, waren die Berge dicht nebeneinander platziert und bildeten einen Kessel, in dem sich das kleine Städtchen mühselig etwas Raum geschaffen hatte. Wenn man in der Dämmerung auf die Berge schaute, konnte man direkt Angst bekommen, dass die dunklen hohen Wälder den ganzen Ort verschlingen.

»Mein Gott, was ist das hier für eine Aussicht«, sagte Klaus und Lilly erklärte: »Da rechts ist der Bielstein, dort ist der Teufelsberg, und da hinten der Bromberg. Und wir sitzen etwa auf halber Höhe des Schulbergs. Ja, hier kann man sich richtig erholen von den Unbilden des Alltags. Man sollte gar nicht glauben, mit was für verrückten Leuten man sich herumschlagen muss. Zum Beispiel mit dumm glotzenden Richtern und Staatsanwälten, die meinen, sie bräuchten sich nur eine Robe anzuziehen und dann können sie tun, was sie wollen.« Nun musste Amadeus seinem Freund berichten, was heute geschehen war und Klaus kam aus dem Lachen nicht heraus.

»Staatsanwalt Gutbrodt hat heute das kürzeste Plädoyer seines Lebens gehalten. Da er die Sache zu Ende bringen wollte, bat er den Richter, ihn nicht wegen Befangenheit auszuschließen und sagte dann nur: ›Ich beantrage Freispruch für den Angeklagten.‹ Und ich konnte nur noch sagen, dass ich mich dem Antrag des Staatsanwalts anschließe. Mein Mandant hat dann sofort nach der Verhandlung Frau Gutbrodt angerufen und berichtet, was passiert ist. Als ihr Mann dann nach Hause kam, um mit ihr abzurechnen, war sie nicht mehr da.«

»Wie kann man nur so feige sein? Und ich soll mir jetzt wohl eine neue Masseurin suchen?«, sagte Lilly.

»Das, was ihr Mann heute durchgemacht hat, ist natürlich auch hart. Irgendwie tut er mir leid«, meinte Amadeus.

»Was ist er denn so für ein Typ?«, wollte Klaus wissen.

»Er ist nicht gerade beliebt in seiner Umgebung. Ziemlich introvertiert, unfreundlich. Na ja. Zu mir ist er seltsamerweise sehr liebenswürdig. Er hat sogar schon ein paar Mal ein Gespräch mit mir angefangen, das ins Private ging. Was ich so mache, wofür ich mich interessiere, wie gut die Kanzlei läuft und so weiter. Ich weiß gar nicht, was ich davon halten soll. Vielleicht ist das eine Art Vaterkomplex.«

»Mir ist er eher wie ein Idiot vorgekommen«, sagte Lilly und Klaus fing wieder an zu lachen.

Lautenthal, 8. Juli 2010

Lilly nahm den Telefonhörer ab: »Höschen.«

»Guten Tag, Fräulein Höschen. Hier ist Hans Gutbrodt. Sie werden sich vielleicht an mich erinnern ...«

»Oh, mehr als mir lieb ist. Was kann ich für Sie tun, Herr Gutbrodt?«

»Ich möchte mich mit Ihnen treffen. Es gibt da etwas zwischen uns zu besprechen, was man nur unter vier Augen tun kann. Und ich möchte Sie auch bitten, Ihrem Neffen nichts zu sagen.«

»Meinem *Großneffen*.«

»Ja, wie auch immer. Vielleicht können wir uns an einem neutralen Ort treffen, also weder bei mir noch bei Ihnen.«

»Ehrlich gesagt, machen Sie mich neugierig, Herr Gutbrodt. Ich hoffe nur, dass Sie nichts Schlimmes mit mir im Schilde führen.«

Eine Stunde später saß Lilly in ihrem Wagen und fuhr nach Wildemann. Sie war mit Hans Gutbrodt am unteren

Spiegeltaler Teich verabredet. Die Wahrscheinlichkeit, dass er sie dort umbringen würde, sah sie nicht als sehr groß an, denn im Sommer, noch dazu bei gutem Wetter, trieben sich dort etliche Feriengäste herum. Wahrscheinlich wollte er wirklich nur einen Ort meiden, an dem man sie kannte. Sicherheitshalber hatte Lilly zu Hause einen Zettel auf den Tisch gelegt, auf dem stand: *Treffe mich am 8. Juli, 16.00 Uhr mit Hans Gutbrodt am unteren Spiegeltaler Teich.* Wenn tatsächlich etwas passieren sollte, würde man ihm also auf die Spur kommen. Als sie ihren Wagen auf dem Waldparkplatz abstellte, sah sie Gutbrodt schon dort stehen. Sie stieg aus und begrüßte ihn mit den Worten: »Na, da bin ich aber mal gespannt, was Sie mir Geheimnisvolles zu erzählen haben.«

»Hallo, Fräulein Höschen. Lassen Sie uns ein Stück gehen. Dahinten im Wald können wir uns auf die Bank setzen. Da sind wir ungestört. Mir liegt schon so lange etwas auf dem Herzen, was ich Ihnen sagen muss.«

»Aber wir haben uns doch erst vor einer Woche zum ersten Mal gesehen. Wenn Sie beichten wollen, sollten Sie einen Pfarrer aufsuchen. Und wenn Sie etwas auf dem Kerbholz haben, gehen Sie am besten zur Polizei. Sollten Sie mich umbringen wollen, so muss ich Ihnen gleich sagen, dass Sie keine Freude daran haben würden. Ich bin ja nicht blöd. Natürlich habe ich jemanden informiert, dass ich mich hier mit Ihnen treffe.«

»Warum sollte ich Sie umbringen wollen? Zugegeben, im Gerichtssaal hätte ich Sie am liebsten erwürgt. Aber darum geht es nicht. Letztendlich konnten Sie ja nichts dafür, was meine Frau angestellt hat. Außerdem sind das im Vergleich zu dem, was ich Ihnen sagen muss, Kinkerlitzchen.«

»Wie geht es Ihrer Frau?«

»Woher soll ich das wissen? Sie ist seit dem Tag der Verhandlung spurlos verschwunden. Aber darum geht es auch nicht.«

»Vielleicht hören Sie mal auf, mir zu erzählen, worum es *nicht* geht, und lassen die Katze endlich aus dem Sack.«

»Es geht um Ihren Großneffen Amadeus.«

Lautenthal, 12. Juli 2010

Lilly hatte nicht immer in Lautenthal gelebt. Ihre ersten zehn Lebensjahre hatte sie in der hannoverschen Gegend verbracht. Ihr Vater war im Zweiten Weltkrieg verschollen, und ihre Mutter zog mit ihr und ihrer Schwester, die zwei Jahre älter war, nach Lautenthal. Hier wohnte ein Bruder der Mutter, der früh verwitwet war und nie wieder geheiratet hatte. Außerdem war er kinderlos. Seine Unerfahrenheit mit Kindern führte dazu, dass er die beiden Mädchen seiner Schwester wie Erwachsene behandelte. Kurz nach dem Krieg starb Lillys Mutter und die Schwester ging nach Hannover, wo sie bald darauf heiratete. Lilly lebte ein paar Jahre allein mit ihrem Onkel, machte Abitur und studierte dann in Hamburg. Nach einer unglücklichen Liebe zog es sie zu ihrem Onkel zurück. Sie bekam eine Stelle am Gymnasium in Clausthal und kümmerte sich um ihren Onkel bis zu dessen Tod. Dieser war ein wohlhabender Geschäftsmann gewesen, der in den sechziger Jahren alle Anteile an seinen Unternehmungen in Hannover und anderswo verkauft hatte, um seinen Ruhestand in dem von ihm so geliebten Städtchen Lautenthal zu genießen. Natürlich hatte er Lilly alles vererbt, sein großzügig ausgestattetes Haus und sein

Geld. Lilly hatte in all den Jahren in Lautenthal nie wieder eine ernsthafte Beziehung zu einem Mann unterhalten, was sicherlich auch daran lag, dass sie im Laufe der Zeit immer dominanter wurde. Jedenfalls musste dies nach außen hin so wirken. Um nichts in der Welt wäre sie jemals Kompromisse eingegangen oder hätte sich gar untergeordnet. Sicherlich fehlte ihr manchmal eine enge Beziehung. Aber über dieses Stadium war sie mittlerweile hinaus. Sie hatte ihren Großneffen und ein paar Freunde, die mit ihr Pferde gestohlen hätten. Mehr brauchte sie nicht. Trotzdem achtete sie penibel auf ihr Äußeres. Sie ging einmal pro Woche zum Friseur und geizte nicht mit neuen Kleidern. Mit ihrer kleinen, schlanken Figur, ihrem gepflegten blondierten Haar und ihrer guten Körperhaltung konnte sie durchaus beeindrucken. Wenn Lilly einen Raum betrat, schauten alle auf. Sie war immer der Mittelpunkt, ob sie wollte oder nicht. Manch einer wartete schon darauf, dass sie die eine oder andere bissige Bemerkung anbringen würde.

Die Sonne, die durch Lillys Schlafzimmerfenster lugte, hatte sie schon früh aufgeweckt. Sie zog sich ihren Bademantel über und trat auf den Balkon. Von hier aus hatte sie einen herrlichen Blick über den Talkessel und die baumbestandenen Berge dahinter. Es war erst sechs Uhr, und das kleine Bergstädtchen Lautenthal war noch ziemlich verschlafen. Die roten Dächer unter ihr, die noch unbelebten steilen Straßen, das war immer wieder zum Ergötzen. Sie ließ ihren Blick zum Grün des Teufelsbergs schweifen, dann links daneben zum Bromberg. *Mein Gott,* dachte Lilly, *für diese Aussicht lohnt es sich, aufzustehen.* Dann ging sie ins Bad, zog sich an, kochte sich einen Kaffee, aß ein Knäckebrot und ging zur Hintertür in den Garten hinaus, der sich ziemlich steil am Berg hinaufwand. Ganz oben, wo der Garten durch einen Jägerzaun begrenzt wurde, fing der Wald an. Ein Stück darunter hatte Lilly eine Bank platziert, um bei schönem Wetter von hier aus die Aussicht genießen zu können. *Nanu,* dachte sie, *wer sitzt denn da auf meiner Bank? Eine Frau. Wie kommt die denn in meinen Garten?* Langsam erklomm sie die vielen Stufen bis zu ihrer Bank und sagte etwas außer Atem: »Guten Morgen. Was machen Sie denn hier?«

Die Frau gab keine Antwort, sondern starrte nur teilnahmslos ins Tal. *Aber das ist doch Frau Gutbrodt.* »Frau Gutbrodt, was machen Sie denn hier?« Lilly schien das Blut in den Adern zu gefrieren, als ihr klar wurde, dass die Frau tot war.

Um 6:45 Uhr riss das Telefon Amadeus aus dem Schlaf.

»Um Himmels willen, Tante Lilly, warum weckst du mich mitten in der Nacht?«

»Amadeus, du musst sofort kommen. Frau Gutbrodt sitzt in meinem Garten.«

»Mein Gott, dann lass sie doch da sitzen. Ich verstehe zwar nicht, warum die Frau so früh am Morgen in deinem Garten sitzt, äh, frag sie doch einfach, was sie will.«

»Das würde ich ja gerne tun, aber sie wird mir wohl kaum antworten. Sie ist nämlich tot.«

Jetzt sprang Amadeus mit einem Ruck aus dem Bett.

»Tot? Warum sitzt sie tot in deinem Garten?«

»Frag doch nicht so dumm. Woher soll ich das wissen? Komm her und ich wähle inzwischen den Notruf.«

Als Amadeus eine halbe Stunde später bei Lilly eintraf, tummelten sich bereits Polizei und Spurensicherung in ihrem Garten. Geleitet wurde die Untersuchung von Hauptkommissar Schneider aus Goslar, einem Mann um die fünfzig. Seine junge Assistentin wich ihm nicht von den Fersen. Nachdem sich der Kommissar draußen ein Bild von allem gemacht hatte, fragte er: »Frau Höschen, wo können wir uns in Ruhe unterhalten?«

»Nun, zunächst einmal *Fräulein* und nicht Frau. Und unterhalten können wir uns im Esszimmer. Kommen Sie bitte herein. Amadeus, geh bitte in die Küche und setze eine Kanne Kaffee auf.«

Am Esstisch fragte dann der Kommissar: »Also, Fräulein Höschen, in welchem Verhältnis standen Sie zu der Toten?«

»Sie war meine Masseurin.«

»Das ist alles?«

»Das ist alles. Das heißt, neulich war ich Zeugin bei einer Gerichtsverhandlung. Da musste ich leider etwas aussagen, was sicherlich nicht sehr schmeichelhaft für sie war.«

»Erzählen Sie.« Lilly berichtete nun in allen Einzelheiten, was sich im Gerichtssaal zugetragen hatte.

»Ja, und dann habe ich noch erfahren, dass Frau Gutbrodt ihren Mann unmittelbar nach der Verhandlung verlassen hat. Wahrscheinlich wollte sie, nachdem alles herausgekommen war, ihrem Mann nicht mehr unter die Augen treten.«

Jetzt war Kommissar Schneider alarmiert und er sagte zu seiner Assistentin: »Wir machen uns sofort auf den Weg zu Staatsanwalt Gutbrodt.« Und an Lilly gewandt: »Fräulein Höschen, vorerst vielen Dank. Ich hoffe, Sie erholen sich schnell von dem Schrecken. Man findet ja nicht alle Tage eine Tote in seinem Garten. Ich denke, ich werde mich im Laufe des Tages, spätestens morgen wieder bei Ihnen melden. Es werden sicherlich noch Fragen auftauchen, bei deren Klärung Sie uns helfen können.«

»Ich kann aber nicht unentwegt hier herumsitzen und warten, dass Sie sich melden. Rufen Sie bitte vorher an. Ich gebe Ihnen meine Handynummer.«

Nach und nach verschwanden alle Polizisten von Lillys Grundstück. Die Tote war abtransportiert und Amadeus sagte zu seiner Großtante: »Ich habe meine Termine alle auf heute Nachmittag und abends verschieben lassen. Also, ich müsste dann auch mal los. Oder soll ich lieber alles absagen und ...«

Lilly fiel ihm ins Wort: »Gehe deinen Verpflichtungen nach. Ich rufe Eddy an und frage, ob er mir etwas Gesellschaft leistet. Irgendwie ist mir doch etwas mulmig, hier allein zu sein.«

»Das ist verständlich. Ich komme heute Abend, wenn ich alles erledigt habe, und übernachte bei dir.« Er gab seiner Großtante einen Kuss auf die Wange und verschwand.

»Ja, hier ist Lilly. Grüß dich, Eddy. Sag mal, was hältst du davon, Kuchen zu kaufen und dann zu mir zu kommen?«

Am anderen Ende des Telefons meldete sich eine schwäbelnde Stimme: »Ja du bisch gut. Wenn du mir gesagt hättsch, dass du gebacken hasch, dann würd i sofort kommen. Was isch denn los?«

»Das erzähle ich dir, wenn du hier bist. Ich bin heute weder zum Backen noch zum Kochen gekommen. Mein Magen hängt bald auf den Füßen.«

»Um Gottes Wille, und das, wo du sowieso nur eine halbe Portion bisch. I bin gleich da.«

Lilly hatte nicht viele Freunde, aber Eddy gehörte zu diesem kleinen Kreis von Vertrauten. Vor fünfundzwanzig Jahren war er seiner großen Liebe von Schwaben in den Harz gefolgt. Eines Tages wurde er ihr als neuer Kollege am Gymnasium vorgestellt. Zu jener Zeit mokierten sich die Lehrer über die grässliche Mundart, die im Harz gesprochen wurde. Es wurde versucht, im Unterricht jedes harzerische Idiom auszumerzen. Nur Lilly war da ganz anderer Meinung. Sie liebte Dialekte.

Für sie gehörte das einfach zur Identität einer Region. Als Eddy Kiederer sich im Lehrerzimmer in seinem besten Schwäbisch über die Harzer Mundart lustig machte, sagte Lilly: »Wer im Glashaus sitzt, sollte nicht nur nicht mit Steinen werfen, sondern auch Hochdeutsch lernen.«

»Ja, wenn alle so reden würden wie die Harzer und wenn ...«

»Und wenn dies und wenn das«, fiel Lilly ihm ins Wort und fügte in nachgestelltem Schwäbisch hinzu: »Und wenn dei Schwänzle a Propeller wär, dann wersch an Hubschrauber.«

Jetzt konnte sich niemand mehr vor Lachen halten. Selbst der sonst so trockene Direktor, der kaum einen Funken Humor hatte. Eddy gehörte zu den wenigen Kollegen, zu denen Lilly jemals eine freundschaftliche Beziehung entwickelte. Beide waren auf ihre Art Originale. Der Schwabe Eddy, von dem Lilly sagte, *du kackst auf den Pfennig und triffst den Rand nicht*, und Lilly, die ihren Freund mit ihrer Penetranz gelegentlich auf die Palme bringen konnte. Eddys Frau war inzwischen verstorben, aber er blieb im Harz, hatte ein kleines Haus in Lautenthal und war Lilly auch nach seiner Pensionierung eng verbunden.

Als beide auf dem Balkon saßen, berichtete Lilly ihrem Freund, der ein paar Jahre jünger war als sie, was sie seit der Gerichtsverhandlung alles erlebt hatte.

»Mein Gott, Lilly, jetzt treibst du dich schon mit Mördern herum.«

»Ganz und gar unfreiwillig«, erwiderte diese. »Aber es gibt da noch etwas, was ich keinem erzählt habe, auch nicht dem Kommissar.«

Nun erzählte sie ihrem Freund von dem Treffen mit Staatsanwalt Gutbrodt und Eddy schüttelte mit dem Kopf: »Lilly, das musst du dem Kommissar berichten. Wer weiß, vielleicht ist er der Mörder. Und möglicherweise bist du in Gefahr.«

»Ich werde selbst entscheiden, wem ich wann was sage. Und du wirst mein Geheimnis hüten. Meinetwegen kannst du darüber sprechen, wenn mir tatsächlich etwas zustoßen sollte. Aber das glaube ich nicht. Im Moment geht es mir darum, dass Amadeus nicht erfährt, was Gutbrodt mir erzählt hat. Wer weiß, was dieser Mann sich da zusammengesponnen hat.«

»Natürlich verspreche ich dir alles, was du willst, aber ...«

Jetzt fuhr das Auto des Kommissars vor. Als er und seine Assistentin ausstiegen, winkte Lilly ihnen zu und rief: »Die Haustür ist offen. Kommen Sie herein.«

Mit den Worten »Na, haben Sie den Mörder gefangen?« begrüßte Lilly den Kommissar. Als sie am Esstisch Platz genommen hatten, antwortete dieser: »Nein, wir wissen noch nicht einmal, wer der Täter ist, wenngleich wir auch einen dringenden Verdacht haben.«

»Sagen Sie bloß nicht, dass Sie Staatsanwalt Gutbrodt verdächtigen?«

»Warum nicht? Er hat ein Motiv. Hass auf seine Frau, die nicht nur untreu war, sondern ihn überdies in der Öffentlichkeit unmöglich gemacht hat.«

»Na ja, unmöglich habe ja eigentlich ich ihn gemacht durch meine Aussage bei Gericht.«

»Das stimmt allerdings. Und wir denken, dass Sie in Gefahr sein könnten.«

»Aber haben Sie Gutbrodt denn nicht festgenommen, wenn Sie ihn für den Täter halten?«

»Dazu müssten wir erst mal wissen, wo er ist. Seit gestern hat ihn kein Mensch mehr gesehen. Er war weder zu Hause noch bei der Arbeit. Er hat sich ein paar Tage Urlaub genommen und niemandem gesagt, wo er sich aufhält.«

»Aber nur, weil ein Mensch ein Motiv hat, muss er doch nicht gleich der Täter sein.«

»Wir haben mehr als nur das Motiv. An der Leiche wurde seine DNA festgestellt. Und hinter dem Gartenzaun, oben im Wald, wurde etwas gefunden, was ihm gehört.«

»Aber Herr Kommissar, so blöd ist selbst Herr Gutbrodt nicht, dass er seine Frau umbringt, sie in meinen Garten setzt, DNA und sonstige Spuren hinterlässt und dann nicht mehr auffindbar ist.«

»Das alles können wir erst klären, wenn wir ihn gefunden haben. Bis dahin werde ich Ihr Haus überwachen lassen.«

Lilly schaute den Kommissar an und sagte missmutig: »Wenn Sie meinen. Sagen Sie, wie ist Frau Gutbrodt eigentlich umgebracht worden? Und ist sie unten von der Straße in meinen steilen Garten hochgeschleppt worden oder von oben über den Zaun?«

»Sie wollen es aber genau wissen. Na gut. Sie wurde erschossen. Und um Ihre zweite Frage zu beantworten: Sie wurde oben vom Wald aus über den Zaun in den Garten gebracht. Und mittlerweile haben wir auch den Tatort gefunden. Sie wurde etwa fünfhundert Meter von Ihrem Zaun entfernt in der Schutzhütte umgebracht. Und genau da haben wir auch Beweisstücke gefunden, die auf Herrn Gutbrodt als Täter hinweisen. Haben Sie mir eigentlich alles gesagt, was Sie wissen? Oder ist Ihnen noch irgendetwas eingefallen, was wichtig sein könnte?«

»Ich habe alles gesagt, was ich weiß.«

Lilly war zwar etwas unwohl, dass sie ihm ihr Treffen mit Gutbrodt verschwiegen hatte, aber im Moment konnte sie einfach nicht anders.

»Gut«, fuhr Schneider fort, »Sie kennen den Freund oder Liebhaber der Toten, diesen Maximilian Schmecke?«

»Ja, leider. Ich habe ihn mal unterrichtet. Er kommt aus einem guten Haus. Ich mag seine Mutter sehr. Sie ist eine fleißige Frau, die sich für ihren Sohn schon mehr als ein Bein ausgerissen hat. Aber leider hat sich Maximilian zu einem Taugenichts entwickelt. Möglichst wenig arbeiten, dafür tolle Autos fahren und mit allerlei Frauen herummachen.«

»Gut, Fräulein Höschen. Sie haben uns sehr geholfen. Diesen Herrn werden wir uns auch ansehen müssen.«

Der Kommissar und seine stumme Assistentin verließen das Haus. An der Tür drehte er sich noch einmal um und sagte: »Es würde mich beruhigen, wenn Sie nicht allein im Haus sind. Ihr Neffe hat mir gesagt, dass er erstmal hier übernachten wird. Vielleicht suchen Sie sich tagsüber Gesellschaft. Abgesehen davon wird ein Polizist Tag und Nacht ein Auge auf Sie haben.«

»Das ist sehr nett von Ihnen. Bitte halten Sie mich auf dem Laufenden, damit ich weiß, wann ich wieder meinem normalen Leben nachgehen kann. Obwohl, sollte tatsächlich Herr Gutbrodt etwas damit zu tun haben, wird er wohl kaum auf die Idee kommen, sich hier blicken zu lassen.«

»Fräulein Höschen, Vorsicht ist die Mutter der Porzellankiste. Außerdem wissen wir ja nicht mit Bestimmtheit, ob Herr Gutbrodt der Täter ist. Wir müssen ihn nur finden, weil er zumindest ein wichtiger Zeuge für uns ist. Bitte melden Sie sich, wenn Ihnen irgendetwas ungewöhnlich vorkommt. Danke. Wir finden allein raus.«

»Dieser Kommissar ist ein netter Kerl«, meinte Lilly zu Eddy, als dieser das Zimmer betrat.

»Um so wichtiger wäre es gewesen, ihm über dein Treffen mit diesem Staatsanwalt zu berichten.«

»Papperlapapp.«

Gegen acht Uhr kam ein Anruf von Amadeus: »Tante Lilly, ich komme etwas später, denn im Moment stecke ich im wahrsten Sinne des Wortes fest.«

»Kein Problem, Eddy ist noch bei mir.«

»Autsch! Verdammt nochmal! Scheiße!«

»Sag mal, wie redest du mit deiner Erbtante?«

»Entschuldigung, das habe ich nicht zu dir gesagt. Ich stecke wirklich fest. Mit meinem Finger zwischen den Sprossen einer Bank.«

»Mein Gott, Junge, was machst du schon wieder für einen Blödsinn?«

»Ich bin im Garten von Maries Eltern, weil ich noch schnell eine Bratwurst essen wollte.« Jetzt hörte Lilly ein fürchterliches Geräusch und Amadeus schrie auf.

»Um Himmels willen, was war denn das?«

»Maries Vater hat gerade die Bank mit der Kettensäge in zwei Teile geschnitten.«

Marie war Amadeus' Freundin, ein nettes Mädchen, das Lilly sehr mochte. Ihr Vater legte die Säge beiseite und sagte ganz trocken in seinem Harzer Dialekt: »So, das Scheißding kommt jetze auf'n Müll, und mir kaufen uns ne neue Bank, und zwar aus Plastik. Dann brauch ich die alte wenichstens net mehr streichen.« Im Gegensatz zu Amadeus war dieser Mann sehr praktisch veranlagt.

Goslar, 13. Juli 2010

Gisela Berger war spät dran. Sie hatte diesen Scheißwecker mal wieder nicht gehört, weil sie die halbe Nacht am Computer gesessen hatte. Sie würde es nicht mal mehr schaffen, unter die Dusche zu gehen, weil ihr Chef, der überkorrekte, superpünktliche, stets ordentlich gekleidete, freundliche Hauptkommissar Schneider mit ihr nach Clausthal fahren wollte, um Maximilian Schmecke zu vernehmen. Überraschungsbesuch am frühen Morgen. *Schön und gut,* dachte Gisela, *aber was ziehe ich an? Meine Blusen sind nicht gebügelt, die Waschmaschine mit den T-Shirts habe ich vergessen anzustellen, meine Klamotten von gestern stinken.* Also griff sie wahllos in den Schrank und zog ein uraltes, rotes Shirt mit dem schwarzen Aufdruck *Fuck you* heraus. *Um Gottes willen, mein Chef bringt mich um.* Nächster Versuch: weißes T-Shirt mit dem roten Aufdruck *Red Devils,* einem Fanartikel einer amerikanischen Eishockeymannschaft. *Das geht,* dachte sie. *Ist zwar etwas kraus, aber was soll's.* Dann drückte sie auf die Espressomaschine und bestrich schnell einen Toast mit Marmelade. Den Espresso mit drei Löffeln Zucker trank sie in zwei Schlucken aus, während sie das Marmeladenbrot auf dem Weg zum Auto in sich hineinschob, wobei sie ihr T-Shirt bekleckerte. *Scheiße,* dachte sie, *aber die Aufschrift ist ja fast so rot wie die Marmelade.* Im Rückspiegel sah sie dann, dass sie sich noch nicht gekämmt hatte. Also fuhr sie sich mit der Hand durchs Haar und stellte fest, dass sie so aussah wie immer.

Kommissar Schneider und seine Mitarbeiterin Gisela Berger saßen bei Maximilian Schmecke im Wohnzimmer. Er lebte in dem Einfamilienhaus seiner Mutter, die nicht anwesend war, weil sie, wie fast immer, in ihrem Geschäft arbeitete.

»Tja, das ist natürlich ein Hammer«, sagte Maximilian und lümmelte sich in seinem Sessel.

»Wann haben Sie Frau Gutbrodt zum letzten Mal gesehen?«, wollte Schneider wissen.

»Das war zwei Tage vor dieser idiotischen Gerichtsverhandlung. Sie hat mich beschworen, nicht zu sagen, dass wir zusammen waren.«

»Und Sie sind bewusst das Risiko eingegangen, unschuldig verurteilt zu werden?«

»Ja, was tut man nicht alles für eine schöne Frau.«

»Hat Frau Gutbrodt Sie für Ihr Schweigen bezahlt?«

»Um Gottes willen! Wo denken Sie hin? Sehe ich aus, als ob ich mich von einer Frau bezahlen lasse? Ich bin doch kein Gigolo.«

»Nun, merkwürdig ist, dass Frau Gutbrodt im Vorfeld der Verhandlung zweimal je fünftausend Euro von ihrem Konto abgehoben hat. Wissen Sie, wozu sie dieses Geld gebraucht hat?«

»Keine Ahnung. Meine Beziehung zu Frau Gutbrodt hatte nichts mit Geld zu tun.«

»Gut, Herr Schmecke«, sagte jetzt Schneider, »wir werden das überprüfen. Wir müssen uns Ihr Privatkonto wie auch Ihr Geschäftskonto ansehen.«

»Wie kommen Sie dazu? Das geht ja wohl zu weit.«
Maximilian wurde unruhig.

»Es geht hier um Mord«, war die knappe Antwort von Kommissar Schneider. Er hatte nicht vor, sich auf längere Diskussionen einzulassen und Begründungen abzugeben.

»Noch etwas anderes«, sagte nun Gisela Berger.

»Sie sagen, Sie hätten Frau Gutbrodt das letzte Mal vor der Gerichtsverhandlung gesehen. Unmittelbar nach der Verhandlung haben Sie aber mit ihr telefoniert.«

»Das ist richtig. Ich wollte sie warnen, dass unser Verhältnis aufgedeckt wurde.«

»Und wie hat sie reagiert?«

»Sie geriet geradezu in Panik und sagte, dass sie sofort verschwinden müsse. Offenbar hatte sie Angst vor ihrem Mann, diesem komischen Staatsanwalt.«

»Und Sie haben keine Ahnung, wo sie hinwollte?«

»Absolut nicht.«

»Haben Sie versucht, sie danach nochmal anzurufen?«

»Ständig, aber es war immer nur ihre Mailbox dran.«

»Gut, Herr Schmecke. Auch das werden wir überprüfen. Bitte geben Sie mir Ihr Mobiltelefon.«

»Das ist ja wohl ein Witz. Können Sie mir sagen, warum ich Sie belügen sollte? Oder aus welchem Grund ich sie umgebracht haben sollte?«

»Sagen Sie es uns«, antwortete Gisela trocken.

Im Auto meinte Gisela zu ihrem Chef: »Ein unsympathischer Kerl. Ich weiß zwar nicht, ob er wirklich was mit der Sache zu tun hat. Aber ich hätte Lust, ihn allein schon für seine überfreundliche Fresse zu verknacken.«

»Oh, Gisela, was bin ich froh, dass Sie nicht Richterin geworden sind«, sagte Gerald Schneider und lächelte in sich hinein.

Lautenthal, 17. Juli 2010

Inzwischen hatte sich die Nachricht von der Leiche in Lillys Garten wie ein Lauffeuer verbreitet. Auffällig viele Spaziergänger gingen an ihrem Haus vorbei. Für Kinder war es eine Mutprobe, von oben durch den Wald zu Lillys Garten zu gehen. Die Gerüchteküche brodelte. Man vermutete ja schon immer, dass mit dieser komischen Alten irgendetwas nicht stimmte. Wer weiß, in was für Sachen die alte Dame verstrickt ist? Wenn Lilly durch den Ort ging, sah sie an jeder Ecke Leute tuscheln. Und wenn sie nahe an den Leuten vorbeiging, wurde auffällig freundlich gegrüßt. Lilly hasste das. Übergroße Freundlichkeit war für sie schon immer ein Zeichen für ein schlechtes Gewissen. Aber insgeheim amüsierte sie sich natürlich, was man ihr offenbar alles zutraute.

Am Wochenende kam wieder Klaus aus Hannover zu Besuch. Er hatte Lilly versprochen, sich um ihre Steuerangelegenheiten zu kümmern, denn das war sein Fachgebiet. Amadeus wohnte seit Montag ohnehin bei seiner Tante. Und auch Marie wollte am Samstag hier übernachten. Und natürlich kam Eddy, der seiner Freundin Lilly seit dem Mord nicht mehr von der Seite wich.

Als alle da waren, sagte Lilly: »Ich denke, ich ziehe mich jetzt mit Klaus zurück, damit wir die leidige Steuergeschichte endlich aus der Welt schaffen. Marie und Amadeus, wenn ihr euch um die Salate kümmern könntet, dann wäre ich euch sehr dankbar. Und Eddy, du stellst bitte Getränke kalt. Wenn ich mit Klaus fertig bin, können wir den Grill anschmeißen.«

Nachdem Klaus sich an Lillys Schreibtisch einen Überblick verschafft hatte, raufte er sich die Haare.

»Sag mal, Lilly, bist du eigentlich nie auf die Idee gekommen, für das, was dein Onkel für dich in der Schweiz angelegt hat, Steuern zu zahlen?«

»Um Gottes willen. Onkel Paul hat immer gesagt, ich soll dem Finanzamt nichts in den Rachen schmeißen. Das ist nun schon über zwanzig Jahre her. Und niemand hat mich je nach meinem Geld in der Schweiz gefragt. Es geht doch das deutsche Finanzamt nichts an, was ich in einem anderen Land besitze.«

»Lilly, oh Lilly. Ist dir wirklich nicht bewusst, dass du mit einem Bein im Gefängnis stehst?«

»Das ist ja furchtbar! Was soll ich denn jetzt machen? So viel Geld ist es ja auch nicht.«

»Du hast zwanzig Jahre lang ordentliche Zinsen bezogen. Wie bist du eigentlich an das Geld rangekommen?«

»Ich fahre einmal im Jahr in die Schweiz, lass mir die Zinsen auszahlen und mache davon einen schönen Urlaub. An das Kapital selbst wollte ich gar nicht rangehen, weil ich es nicht brauche. Das kann ich dann irgendwann mal, wenn ich den Löffel abgebe, Amadeus vererben.«

»Na, der wird sich bedanken. Ein Anwalt, der ein Schwarzkonto erbt.«

»Ach, dass du immer so negativ sein musst. Lass dir etwas einfallen, wie ich das Geld legalisieren kann. Schließlich bist du der Rechtsverdreher.«

»Das einzige Mittel der Legalisierung ist die Selbstanzeige.«

»Ich glaube, jetzt bist du verrückt geworden.«

Als Lilly und Klaus in den Garten kamen, hatte Eddy bereits den Grill angeworfen, die Salate standen bereit und die Getränke lagen in einer Wanne mit Trockeneis. Die kleine Schar hatte sich auf einem Plateau unterhalb der Bank, auf der die Tote gefunden worden war, niedergelassen.

Als Lilly auf die Bank blickte, sagte sie: »Ich glaube, die Bank werden wir wohl wegwerfen müssen. Ich setze mich da jedenfalls nicht mehr drauf.«

»Das wäre schade«, antwortete Amadeus. »Ich kann sie ja Maries Vater mitbringen; er hat gerade eine Bank zersägt, um meinen Finger zu retten.«

»Ich warne dich«, rief Marie, und Amadeus und Klaus fingen an zu lachen.

»Wer, um Himmels willen, hat bloß die arme Frau Gutbrodt abgemurkst?«, fragte Lilly in die Runde.

»Ich dachte, das sei klar«, sagte Eddy ganz erstaunt. »Ihr Mann hat es getan, weil seine Frau ihn unmöglich gemacht hat. Das nennt man Rache. Außerdem ist er verschwunden.«

»Das ist mir alles zu fadenscheinig«, antwortete Lilly. »Außerdem traue ich es ihm nicht zu. Als ich ihn das letzte Mal ...« Jetzt hätte Lilly sich fast verplappert.

»Als du ihn das letzte Mal was?«, fragte Amadeus erstaunt.

»Ach, nichts.«

»Verschweigst du mir etwas, Erbtante?«

»Sei nicht so penetrant, Junge, sonst hat es sich bald ausgeerbt. Dann verkaufe ich mein Häuschen, ziehe in die Südsee und bringe mein Geld mit jungen Männern im Lendenschurz durch.«

Jetzt lachten alle und niemand kam mehr auf die Idee, dass sie etwas verheimlichte. Unten im Haus klingelte das Telefon.

»Ich habe keine Lust, die vielen Stufen hinunterzugehen«, sagte Lilly.

Schließlich machte Amadeus sich auf den Weg. Nach ein paar Minuten war er zurück und sagte ganz erstaunt: »Ihr glaubt nicht, was ich gerade erfahren habe. Der Kommissar hat angerufen. Sie haben Gutbrodt. Er hat sich gestellt.«

Clausthal-Zellerfeld, 28. Juli 2010

Hans Gutbrodt war wieder zu Hause. Er hatte ein paar Tage in Untersuchungshaft verbracht. Wahrscheinlich hätte er nicht einfach so verschwinden sollen, ohne jemandem zu sagen, wo er hin will. Da mussten natürlich sämtliche Alarmglocken läuten, als man seine Frau ermordet aufgefunden hatte. Andererseits: Wie hätte er denn ahnen können, dass seine Frau eines gewaltsamen Todes sterben würde? Nachdem sein Alibi gründlich überprüft war, wurde er wieder nach Hause geschickt. Er nahm sich zwei Wochen Urlaub, um sich um die Beerdigung seiner Frau zu kümmern – und um sich selbst. Denn er war mit den Nerven am Ende. Er ließ noch einmal alles Revue passieren, was in letzter Zeit geschehen war: Seine Frau hatte ein Verhältnis mit einem jungen Mann, und er musste dies durch Zufall im Gerichtssaal erfahren. Dann war seine Frau verschwunden. Alle Welt erfuhr von diesem Vorgang und man lachte sich tot über ihn. Er nahm ein paar Tage Urlaub, um mit sich und der Welt wieder in Einklang zu gelangen. Und als er zurückkam, erfuhr er, dass seine Frau inzwischen ermordet worden war. Er ging zur Polizei und wurde vorläufig festgenommen, weil man ihn offenbar für den Mörder hielt. Das war ja so schön einfach für die Polizei. Irgendjemand hatte es darauf angelegt, ihn unter Mordverdacht zu bringen. Das war natürlich unhaltbar und er war schnell wieder frei.

Inzwischen hatte er seine Frau beerdigt. Sein gewohntes Leben war ein für alle Mal passé. Zu allem Überfluss hatte er sich auch noch mit Lilly Höschen getroffen und ihr etwas anvertraut, was er über dreißig Jahre lang niemandem erzählt hatte. Was für ein Teufel hatte ihn bloß geritten, das zu tun?

Hoffentlich würde sie erstmal den Mund halten. Nun saß er da und wusste nicht, wie es weitergehen sollte.

Es war Abend geworden. Den ganzen Tag hatte er sich mit unwichtigen Dingen beschäftigt, um nicht nachdenken zu müssen. Er setzte sich in seinen Lieblingssessel und nahm die Tageszeitung vom Morgen, um sich weiter abzulenken. Als er in der Rubrik *Aus aller Welt* las, wurde er weiß im Gesicht. *85-jähriger Pater bestialisch ermordet* lautete die Überschrift. Und dem knapp formulierten Artikel war zu entnehmen, dass ein gewisser Pater Sigismund R., der jahrzehntelang als Lehrer und Erzieher in einem bayerischen Internat gewirkt hatte, erwürgt in seiner Wohnung aufgefunden worden war. Er lag bäuchlings über dem Tisch mit heruntergelassener Hose. Und der Täter hatte ihm einen Rohrstock in den Hintern gesteckt. Gutbrodt lachte kurz und heftig auf. Dann raufte er sich die spärlichen Haare und sagte: »Das hast du jetzt davon, du Arschloch!« Und nach einer kurzen Pause: »Um Gottes willen! Georg!«

Bayern 1962

Hans schlief, wie die meisten Jungen in diesem Internat, in einem Sechsbettzimmer. Das Licht wurde um 21.30 Uhr ausgestellt. Dann hatte absolute Ruhe zu herrschen. Wer beim Quatschen erwischt wurde, bekam von Pater Sigismund den Rohrstock übergezogen. Aber das war nicht das Schlimmste.

»Bitte, lieber Gott, mach, dass er heute nicht wieder Georg holt«, betete Hans leise vor sich hin.

Sigismund war für insgesamt dreißig Schüler zuständig. Georg gehörte zu den drei bis vier Jungen, die der Pater in unregelmäßigen Abständen abends, wenn alle zu schlafen hatten, einzeln zu sich in sein Zimmer holte. Nach einiger Zeit kamen sie wieder zurück. Niemand erzählte je, was in dem Zimmer des Paters vor sich ging. Hans bekam nur mit, dass Georg furchtbare Angst davor hatte. Und jedes Mal, wenn er dran war, weinte er hinterher fürchterlich und am nächsten Tag war mit ihm nichts anzufangen.

Es war Georgs und Hans' erstes Jahr auf dem Internat. Die Eltern beider Jungen waren katholisch, was in Niedersachsen eher die Ausnahme war. Und sie wollten ihren Söhnen etwas besonders Gutes tun, indem sie sie in ein katholisches Internat steckten. Allerdings ging es hier anders zu, als die Eltern es sich wohl in ihrem Idealismus vorgestellt hatten. Es wurde zwar viel gebetet und es wurde gepaukt. Die Hauptbeschäftigung jedes Jungen bestand jedoch darin, gut über den Tag zu kommen, nicht aufzufallen, jede noch so kleine Kleinigkeit zu vermeiden, die einem Lehrer oder Erzieher Anlass geben könnte, einen Schüler zu bestrafen.

Heute Abend wurde sein Gebet nicht erhört. Die Tür öffnete sich ganz leise und Pater Sigismund ging langsam an Georgs Bett. Natürlich tat dieser so, als würde er schlafen. Aber das nützte nichts. Er würde mitgehen müssen.

Lautenthal, 30. Juli 2010

»Tante Lilly, du wirst nicht glauben, wer uns heute Abend besuchen will«, sagte Amadeus ins Telefon.

»Lass mich raten. Der Premierminister von Grönland. Er will mich wahrscheinlich bitten, dir gut zuzureden, dass du einen Job in seiner Regierung annimmst.«

»Kalt.«

»Da hast du recht, mein Junge. In Grönland ist es kalt. Deshalb werde ich ihm auch sagen, dass er sich einen anderen suchen muss.«

»Tante Lilly, du hast heute den Schalk im Nacken. Aber ich werde es dir trotzdem sagen: Hans Gutbrodt.«

»Ach du meine Güte. Der hat mir gerade noch gefehlt.«

Amadeus hatte Hans Gutbrodt in Lillys Haus eingelassen. Er betrat jetzt das Wohnzimmer. Lilly saß in ihrem Sessel und begrüßte ihn mit den Worten: »Ich hoffe, Sie haben sich gut überlegt, was Sie tun, Herr Gutbrodt.«

»Guten Abend, Fräulein Höschen. Ja, das habe ich. Ich halte es sogar für eminent wichtig, Ihnen und Ihrem Großneffen einiges zu erzählen. Wenn ich mit meinen Befürchtungen richtig liege, dann könnten Sie beide in großer Gefahr schweben. Von mir will ich gar nicht reden.«

»Sie machen es spannend. Also setzen Sie sich. Möchten Sie etwas trinken?«

»Nein, danke.«

»Amadeus, hol bitte die Cognacflasche und drei Gläser. So, wie Herr Gutbrodt sich anhört, werden wir einen Schnaps gebrauchen können.«

Amadeus schenkte Cognac ein, während Lilly sich einen Zigarillo ansteckte.

»Bevor Sie anfangen, Herr Gutbrodt, lassen Sie mich sagen, dass ich meinem Großneffen noch nichts erzählt habe. Und dir, Amadeus, möchte ich sagen, dass ich neulich bereits ein Gespräch mit Herrn Gutbrodt hatte, in dem er mir einiges von dem erzählt hat, was er wohl heute auch dir berichten wird. Sei mir nicht böse, dass ich dir das verschwiegen habe. Aber ich musste das alles erst mal sortieren. Und dann kam auch noch der Mord dazwischen.«

»Was denn, ihr beide habt Geheimnisse vor mir?«, fragte Amadeus ganz ungläubig und sah von Lilly zu Gutbrodt.

»Nur ein Geheimnis; aber das werde ich jetzt lüften und dazu noch einiges mehr«, antwortete Gutbrodt und goss seinen Cognac in einem Zug herunter. Die Spannung in dem Zimmer war kaum noch zu ertragen. Endlich holte Gutbrodt tief Luft und erzählte: »Es fing vor fast fünfzig Jahren an. Georg, dein Vater, Amadeus ... Entschuldigung, ich sage jetzt einfach *du*, das macht es mir leichter. Also Georg, der Mann, den du immer für deinen Vater gehalten hast ...«

»Was ist los? Er *war* mein Vater.«

»Amadeus, lass ihn einfach ausreden«, warf Lilly ein.

»Also, Georg und ich waren zusammen im Internat in Bayern. Das waren absolut beschissene Jahre. Wir wurden geschlagen und missbraucht. Besonders auf Georg hatte es dieser miese Schweinepriester abgesehen. Er hat ihn nachts aus dem Bett geholt und mit in sein Zimmer genommen. Er hatte erst Ruhe, als ein neuer Junge kam, den er dann auserkoren hatte, ihm dienlich zu sein. Diese Zeit haben wir nur überstanden, weil wir Freunde waren.«

Lilly verzog angewidert das Gesicht und Amadeus sagte: »Er hat nie viel über seine Kindheit erzählt, weder vom Internat noch von seinen Eltern.«

»Das wundert mich nicht«, fuhr Gutbrodt fort. »Wer erzählt schon gern etwas über solche Demütigungen oder über Eltern, die einem das eingebrockt haben? Nun, jedenfalls wurde es besser, als ein anderer Junge auf das Internat kam, mitten im Schuljahr. Michael hieß der arme Kerl, der dann alles abgekriegt hatte. Und als das Schuljahr beendet war, bekamen wir einen anderen Betreuer. Allerdings war der auch ein Schwein. Aber darüber will ich jetzt weiter nichts sagen. Schließlich haben Georg und ich dieses Internat hinter uns gebracht und waren auch danach noch Freunde. Etliche Jahre später habe ich mich in ein Mädchen verliebt. Sie hieß Miriam und war deine Mutter.«

Amadeus hing Gutbrodt an den Lippen, nahm geistesabwesend die Cognacflasche und schenkte sich nach, während Hans Gutbrodt fortfuhr: »Wir wohnten damals in Hannover. Selbstverständlich lernte Miriam dann auch Georg kennen. Und wie es so geht im Leben, hat sie sich in ihn verliebt, und unsere Beziehung ging zu Ende. Mir hat es das Herz gebrochen, Miriam zu verlieren. Und natürlich war ich wütend auf Georg. Sobald ich das Studium beendet hatte, zog ich weg, wollte nichts mehr hören und sehen von den beiden.«

»Hast du sie danach nochmal wiedergesehen?«, wollte Amadeus wissen, dem gar nicht bewusst war, dass er Hans Gutbrodt zum ersten Mal geduzt hatte.

»Ja. Jahre später. Die beiden hatten mich zwar zur Hochzeit eingeladen, weil sie wohl dachten, dass die Zeit alle Wunden heilen würde, aber ich sah mich einfach nicht im Stande, zu kommen. Doch einige Jahre danach traf ich Miriam wieder auf einem Kongress in Hamburg. Es war reiner Zufall, ebenso wie es Zufall war, dass wir im selben Hotel wohnten. Sie war noch schöner geworden und behandelte mich unglaublich lieb und nett. Dabei ist unsere Liebe neu entflammt. Dann passierte es schließlich.«

»Was? Willst du etwa sagen, dass ihr es miteinander ...«

»Nicht nur das. Damals in Hamburg bist du auch gezeugt worden.«

»Das glaube ich jetzt nicht. Woher willst du wissen, dass sie mit Vater, ich meine Georg, nicht davor oder danach ...«

»Ich wusste es ja nicht gleich. Was ich wusste, war, dass deine Mutter trotz aller Versuche mit Georg einfach nicht schwanger wurde. Außerdem wusste ich jahrelang auch gar nicht, dass es dich gab. Das habe ich erst erfahren, als du drei warst. Miriam hat deinem Vater, ich meine Georg, gegenüber so getan, als sei es sein Kind. Erst als du zwölf warst, hat sie heimlich einen Test machen lassen und erfuhr dadurch, dass Georg nicht dein Erzeuger war.«

»Verdammte Scheiße, und das erfahre ich erst jetzt? Hat mein Vater, also ich meine Georg, es irgendwann erfahren?«

»Das ist ja gerade der Punkt. Als es in der Ehe mal wieder kriselte, du warst zwölf Jahre alt, hat Miriam es ihm erzählt. Ich hatte all die Jahre keinen Kontakt mehr zu ihr und damit auch nicht zu dir, was mir großen seelischen Kummer bereitet hat. Aber Miriam hat das strikt abgelehnt. Sie wollte ihre Ehe erhalten und Georg nicht wehtun. Aber eines Tages hat sie es ihm im Zorn erzählt. Und ich glaube, damit hat sie ihr Schicksal besiegelt. Ich erhielt aus heiterem Himmel einen Anruf von ihr, in dem sie mir berichtete, was sie getan hatte. Ich wog mich schon in der Hoffnung, dass sie Georg verlassen und bei mir Zuflucht suchen würde. Einen kleinen Moment lang kam die Freude in mir hoch, dass ich nun endlich meinen Sohn bei mir haben würde. Aber im nächsten Atemzug sagte sie, dass sie sich mit Georg aussprechen wolle und dass alles nach einer Versöhnung aussähe. Ich konnte es nicht fassen. Schließlich erzählte sie mir, dass sie am nächsten Tag mit Georg in den Hochharz fahren wolle. Sie hatten vor, eine Moorwanderung zu machen und wollten sich dort in aller Abgeschiedenheit aussprechen. Natürlich versuchte ich, sie davon abzubringen. Ich kannte Georg. Ich wusste, dass er jähzornig sein konnte. Seit den frühen Jahren im Internat hat er sich nie wieder etwas gefallen lassen. Bevor ihn jemand verletzte, hat er lieber zuerst zugeschlagen.«

Gutbrodt war erschöpft vom vielen Reden. Er musste eine Pause einlegen und deutete auf sein leeres Glas, das ihm Lilly nachfüllte.

»Ich glaub' das alles nicht«, sagte Amadeus leise vor sich hin. Fassungslos schüttelte er langsam den Kopf. Lilly, die die Geschichte bereits in groben Zügen kannte, sagte kein Wort, schaute nur zu Amadeus, der ihr unendlich leid tat.

Schließlich fuhr Hans Gutbrodt fort: »Ich wohnte damals in Bremen, kannte mich aber ganz gut im Harz aus und konnte mir denken, wo sie ihre Moorwanderung beginnen würden. Also setzte ich mich am nächsten Morgen ins Auto und fuhr los. Und tatsächlich stand auf dem Parkplatz ein Wagen mit hannoverschem Kennzeichen. Ich wusste, dass es Georgs Auto war. Wer sonst sollte bei diesem scheußlichen Wetter von Hannover aus in den Harz fahren, um im Moor herumzuspazieren? Also stellte ich meinen Wagen ab und machte mich auf den Weg.«

»Und, hast du sie gefunden?«, fragte Amadeus.

»Nein. Ich bin stundenlang herumgelaufen, alle in Frage kommenden Wege abgegangen. Keine Spur. Irgendwo in weiter Ferne hörte ich zwei Schüsse. Aber das konnte ein Jäger sein, dachte ich mir. Heute bin ich mir da nicht mehr so sicher.«

»Was wollen Sie damit sagen?«, fragte Lilly. »Sie glauben doch wohl nicht, dass Georg auf seine Frau geschossen hat?«

»Damals glaubte ich das nicht. Aber heute, nach allem, was in letzter Zeit geschehen ist, weiß ich nicht mehr, was ich glauben soll.«

»Jetzt mach aber mal halblang! Mein Vater, ob er nun mein Erzeuger ist oder nicht, war immer ein liebevoller Mensch. Er war so gut zu mir, wie man sich das von einem Vater nur wünschen kann. Natürlich gab es Krisen zwischen meinen Eltern; das habe ich auch gemerkt, obwohl ich noch ein Kind war. Aber Georg Besserdich war nie und nimmer ein Mörder!« Die letzten Worte hatte Amadeus geradezu herausgebrüllt.

»Ich will das Andenken an Georg, der natürlich dein Vater war, ob er dich nun gezeugt hat oder nicht, auf keinen Fall zerstören. Aber er war ein geschundener Mensch. Was er in diesem verdammten Internat durchgemacht hat, das kann ich nur erahnen. Er hat mir weder damals noch später Einzelheiten erzählt. Er hat das alles heruntergeschluckt und nie wieder rausgelassen. Aber das ist ja das Gefährliche. Ein ganz bestimmter Anlass, etwas wirklich Gravierendes, kann dann irgendwann – viel viel später – das ganze aufgestaute Gift, um nicht zu sagen den Sprengstoff, zur Explosion bringen. Und ich glaube, dass es bei Georg zur Explosion kam, als er erfahren hat, dass er nicht dein Erzeuger ist.«

Jetzt waren alle drei für einen Moment still, und nachdem Hans Gutbrodt sich gesammelt hatte, fuhr er fort: »Ich bin, wie gesagt, über Stunden durch das Moor gegangen. Als ich dann zum Parkplatz zurückkam, war der Wagen mit dem hannoverschen Kennzeichen weg. Stattdessen stand ein anderer da. Ich habe dem zwar keine Bedeutung beigemessen, aber in meiner Sorge habe ich ich es mir aufgeschrieben. Es war eine Würzburger Nummer. Aber das ist ja uninteressant.«

»Aber wie ums Verrecken kommst du darauf, dass mein Vater meine Mutter umgebracht haben könnte? Und vielleicht auch noch Deine Frau?«

»Nicht nur das. Ich glaube mittlerweile, dass er auch den Lehrer umgebracht hat, der ihn damals missbraucht hat.«

Nun starrten ihn Amadeus und auch Lilly fassungslos an.

»Ich las vor ein paar Tagen in der Zeitung, dass besagter Lehrer, mittlerweile ein alter Herr von über achtzig Jahren, erwürgt aufgefunden wurde. Und zwar mit heruntergelassener Hose. Und in seinem Hintern steckte ein Rohrstock.«

»Na und? Georg wird ja wohl nicht der Einzige gewesen sein, der diesen Typen gehasst hat«, warf jetzt Amadeus ein. »Außerdem ist das doch alles unlogisch. Nach deiner These bringt er vor zwanzig Jahren meine Mutter um. Dann verschwindet er spurlos. Und jetzt, nach so langer Zeit, kommt er auf die Idee, deine Frau umzubringen und kurz danach seinen Peiniger. Wenn er durchgedreht ist, warum hat er dann nicht gleich mit allen vor zwanzig Jahren abgerechnet? Und warum hat er deine Frau umgebracht und nicht Dich?«

»Das ist ganz einfach. Der Tod seiner Frau war ein großer Schock für ihn selbst. Er hat zwanzig Jahre gebraucht, um damit fertig zu werden. Aber er wurde nicht damit fertig. Und nach all dieser Zeit ist wieder alles hochgekommen. Und er kann sich nur durch eine richtige, durchgreifende Rache davon befreien. Was hätte er davon, mich umzubringen? Er wollte mich leiden sehen, so wie er gelitten hat. Also hat er meine Frau umgebracht und versucht, es so aussehen zu lassen, dass ich beschuldigt werde. Das hat ihm aber noch längst nicht gereicht. Dann hat er seinen Lehrer abgemurkst. Und ich bin überzeugt, dass ihm das auch noch nicht reicht. Da es ihm nicht gelungen ist, mich ins Gefängnis zu bringen, bist du vielleicht sein nächstes Ziel. Ich komme erst ganz zum Schluss dran. Er will, dass ich mit ansehe, wie alles um mich herum zerbricht. Ich bin schließlich der Übeltäter, der ihm Frau und Kind weggenommen hat. Ich bin überzeugt, dass er uns alle seit einiger Zeit beobachtet, dass er unsere Lebensläufe genau unter die Lupe genommen hat. Vor allem kann er nicht ertragen, dass ich in deiner Nähe bin. Lieber sieht er dich tot, als dich mir als Sohn zu überlassen.«

Amadeus schüttelte langsam mit dem Kopf und sagte: »Aber du spekulierst doch nur. Hast du irgendeinen Beweis für deine abenteuerlichen Thesen?«

Für einen Moment herrschte absolute Stille. Dann sagte Hans Gutbrodt: »Ja.«

Lilly sah angstvoll zu Gutbrodt hinüber, der langsam weitererzählte: »Heute Morgen fand ich in meinem Briefkasten einen Umschlag ohne Absender und ohne Briefmarke. Er war also vermutlich von ihm selbst bei mir eingesteckt worden. In dem Umschlag befand sich ein Blatt, dass mit Computer geschrieben nur einen Satz enthielt: *Auf Gedeih und Verderb – wir bleiben Freunde!*«

»Was bedeutet das?«, wollte Lilly wissen.

»Als wir zusammen im Internat waren und wir feststellten, dass der Peiniger Georg in Ruhe ließ, weil er ein neues Opfer gefunden hatte, nämlich Michael, da ist etwas passiert. Ein anderer Lehrer fing an, sich für Georg zu interessieren.«

»Nein, mein Gott!«, rief jetzt Lilly.

»Doch, so war es. Aber Georg konnte das nicht mehr ertragen. Auf jeden Fall kam besagter Lehrer kurz nach seinen ersten Übergriffen auf mysteriöse Weise ums Leben. Über die näheren Umstände will ich jetzt nichts sagen. Nur so viel: Wir waren an seinem Tod zwar nicht schuld, aber eben auch nicht ganz unschuldig. Das heißt, wir hätten ihn vielleicht retten können. Als wir dann wussten, dass der Typ tot ist, schauten wir uns an, erst ganz ängstlich und dann lächelnd. Und Georg murmelte: Das behalten wir für uns. Und ich sagte: *Auf Gedeih und Verderb – wir bleiben Freunde!*«

»Was heißt, ihr wart nicht ganz unschuldig an seinem Tod?«

»Amadeus, das kann und will ich jetzt nicht erzählen. Nur so viel: Kein Mensch kann das gehört haben. Später haben wir diesen Spruch noch öfters gesagt, aber immer nur, wenn wir allein waren. Das war wie eine Verschwörung. Niemand außer uns beiden wusste von unserem Geheimnis und niemand wusste von diesem Spruch. Niemand ... außer Georg und mir.«

Es passierte selten, dass es Lilly die Sprache verschlug. Aber nun war sie ganz bleich geworden und Amadeus sagte: »Und was sollen wir deiner Meinung nach machen? Zur Polizei gehen und sagen, dass Georg vor zwanzig Jahren meine Mutter umgebracht hat und heute durch Deutschland reist und Menschen ermordet?«

»Ich weiß es nicht.«

Bayern 1962

Er war nicht besonders groß geraten, hatte dunkles Haar und hieß Michael Leutkamp. Der Neue. Ein sehr stiller Typ offenbar, schüchtern. Zwölf Jahre alt. Mit dem würde man keine Probleme haben. Er war der neue Zimmergenosse von Georg und Hans.

Eines Nachts öffnete sich die Tür. Hans bekam sein übliches Herzklopfen und Georg versteifte sich vor Angst. Dann leises Gemurmel und Michael verschwand mit dem Pater. Nach einer Ewigkeit kam der Junge zurück. Am nächsten Morgen war er noch stiller und einsilbiger als sonst. Georg wurde nie wieder von Pater Sigismund geholt. Jetzt war Michael an der Reihe. Über mehrere Jahre hinweg. Und im Gegensatz zu anderen Jungen, die nach einer gewissen Eingewöhnungsphase auftauten, blieb er der stille, in sich gekehrte Junge, der keine Freunde hatte. Hans, Georg und die drei anderen aus dem gemeinsamen Zimmer waren zwar einigermaßen freundlich zu ihm, aber irgendwie gehörte er nie richtig dazu.

Als kurz vor Weihnachten die Eltern kamen, um ihre Söhne abzuholen, trauten Hans und Georg ihren Augen nicht. Michaels Mutter war eine Bombe. Groß, formenreich, blond, in Pelz gehüllt, mit Schmuck behangen. Sie stand zusammen mit Pater Sigismund und unterhielt sich über die gute Erziehung, die ihrem Sohn hier angedieh, und wie froh sie sei, dass ausgerechnet dieser wohlmeinende Pater sich ihres Sohnes angenommen habe, der ja etwas schüchtern und verschlossen sei. Hans und Georg hätten diesen Schinder am liebsten in den Hintern getreten. Was Michael angesichts dieser Schau für Gefühle haben musste, konnte niemand auch nur erahnen.

Lautenthal, 5. August 2010

»Herr Kommissar, haben Sie irgendwelche Neuigkeiten hinsichtlich meiner Gartenleiche für mich?«

Lilly saß in ihrem Wohnzimmer und telefonierte mit der Kriminalpolizei.

»Es tut mir leid, Fräulein Höschen, aber wir haben noch immer keine heiße Spur. Ist Ihnen inzwischen vielleicht noch irgendwas eingefallen?«

»Eigentlich nicht. Aber ...«

Es entstand eine kurze Pause, bis Kommissar Schneider fragte: »Aber was?«

»Tja, man macht sich so seine Gedanken. Ich bin Tag und Nacht am Grübeln. Vielleicht wäre da doch noch eine Sache, die es wert wäre, ausgesponnen zu werden. Aber seien Sie nicht enttäuscht, wenn es am Ende nichts bringt.«

»Das hört sich ebenso interessant wie rätselhaft an, Fräulein Höschen. Am besten, ich komme nochmal zu Ihnen und Sie erzählen einfach alles, was Ihnen einfällt. Ob ich dann enttäuscht sein werde, ob es etwas bringt oder nicht, das sehen wir ja dann. Wenn es wirklich nichts bringen sollte, dann erfreue ich mich eben einfach an der schönen Aussicht, die man von Ihrem Haus aus hat.«

»Das ist eine gute Einstellung. Wann wollen Sie kommen?«

»Wie wäre es mit sofort?«

»Ach du meine Güte. Na gut, kommen Sie. Aber bitte seien Sie nicht enttäuscht und vor allem, halten Sie mich nicht für verrückt, wenn Sie hören, was ich Ihnen zu erzählen habe. Ich bin zwar nicht mehr ganz neu, aber die Tassen in meinem Schrank sind noch relativ vollzählig.«

Der Kommissar musste unwillkürlich lachen und sagte: »Den Eindruck habe ich allerdings auch. Also bis dann.«

Eine dreiviertel Stunde später saßen Kommissar Schneider und seine junge Assistentin an Lillys Esszimmertisch und tranken Kaffee. Lilly mochte den Mann. Er strahlte Ruhe aus und war ausnehmend höflich. Seine stumme Assistentin hatte Stift und Notizblock vor sich hingelegt.

»Also, Fräulein Höschen, erzählen Sie. Worüber haben Sie sich inzwischen Gedanken gemacht und was ist Ihnen eingefallen? Selbst Dinge, die Ihnen unwichtig erscheinen, können von Bedeutung sein.«

»Nun, ich weiß nicht, wie vertraut Sie mit unserer Familiengeschichte sind. Vor zwanzig Jahren sind die Eltern meines Großneffen, den Sie ja kennengelernt haben, spurlos verschwunden.«

»Sie werden es nicht glauben«, antwortete der Kommissar, »aber das habe ich, besser gesagt, meine junge Assistentin, Frau Berger, inzwischen auch in Erfahrung gebracht.«

»Tüchtiges Mädchen«, sagte Lilly an die junge Dame gerichtet, die keine Miene verzog.

»Ja«, fuhr der Kommissar fort, »das war vor meiner Zeit in dieser Gegend, aber wir machen natürlich unsere Hausaufgaben. Das muss wirklich ein sehr mysteriöser Fall gewesen sein. Und es muss für Sie und Ihren Großneffen schlimm sein, dass die Sache nie aufgeklärt wurde. Allerdings habe ich bis jetzt nicht den geringsten Hinweis, dass beide Fälle miteinander zu tun haben könnten. Aber offenbar haben Sie sich inzwischen Gedanken gemacht, ob das Eine mit dem Anderen in Verbindung steht.«

»Möglicherweise. Niemand weiß doch, ob meine Nichte und ihr Mann noch leben, oder ob ihnen damals etwas zugestoßen ist. Was ist denn, wenn Miriams Mann seine Frau damals umgebracht hat und er selbst noch lebt? Und wenn er aus irgendwelchen Gründen weiter sein Unwesen treibt?«

»Es gibt nicht den geringsten Hinweis in den Akten, dass Ihre Nichte von ihrem Mann umgebracht wurde. Und außerdem: Warum sollte er zwanzig Jahre später Ihre Masseurin umbringen und sie Ihnen in den Garten setzen? Welchen Zusammenhang gibt es da? Ich sehe keinen.«

Jetzt war Lilly in die Ecke gedrängt worden. Entweder sie erzählte alles, damit die ganze Sache überhaupt einen Sinn ergab, oder sie redete sich heraus und stand ziemlich dumm da. Der Kommissar sah sie erwartungsvoll an, wohlwissend, dass sein Gegenüber eine intelligente Frau war und auf gar keinen Fall als senil gelten wollte. Lilly zerrieb sich den Kopf, wie sie aus dieser Falle wieder herauskommen sollte. Es war dumm gewesen, den Kommissar mit dieser Sache zu behelligen, ohne vorher mit Amadeus und Herrn Gutbrodt zu sprechen. Aber sie sah keinen Ausweg. Es ging schließlich um Leben und Tod. Wenn an der Geschichte, die Gutbrodt erzählt hatte, etwas dran war, wenn Georg wirklich noch lebte und sein Unwesen trieb, dann musste sie dem Kommissar erzählen, was sie wusste.

»Verdammte Scheiße!«, rief sie plötzlich.

Die Assistentin schaute Lilly erschrocken an, und der Kommissar lächelte amüsiert. Solch einen Ausbruch hätte er dieser wohl situierten Dame gar nicht zugetraut.

»Also, dann erzähle ich Ihnen alles.«

Und das tat sie dann auch, und zwar in allen Einzelheiten. Lediglich Gutbrodts Geschichte mit dem mysteriös ums Leben gekommenen Lehrer, den sie vielleicht hätten retten können, es aber nicht taten, ließ sie weg.

»Das hätten Sie uns alles früher erzählen können«, sagte Gisela Berger, und Lilly war höchst erstaunt, dass die Dame tatsächlich sprechen konnte.

Kommissar Schneider gab seiner Mitarbeiterin einen kurzen Wink mit der Hand, dass sie still sein sollte und sagte: »Es ist gut, Fräulein Höschen, dass Sie uns das erzählt haben. Auf jeden Fall ist das eine Spur, die wir verfolgen sollten, obwohl mir das alles etwas unwahrscheinlich vorkommt. Wichtig wäre, dass Sie mal überlegen, ob Sie irgendwelche Gegenstände von Georg Besserdich haben, von denen wir seine DNA ableiten können. Und natürlich muss ich auch noch mal intensiv mit Herrn Gutbrodt reden. Und mit Ihrem Großneffen. Sollte wirklich etwas dran sein an Ihrer beziehungsweise Herrn Gutbrodts Vermutung, dann sind Sie, Ihr Großneffe und natürlich Herr Gutbrodt in Gefahr.«

Für den Abend hatte Lilly Amadeus und Hans Gutbrodt zu sich gebeten, um ihnen zu beichten, was sie getan hatte.

Amadeus sagte: »Ich denke, du hast als Einzige von uns richtig gehandelt, Tante Lilly. Wenn jemand diese Spur verfolgen kann, dann die Polizei. Und wir wollen Juristen sein und helfen der Polizei nicht!« Dabei schaute er Hans an.

»Ich weiß gar nicht, warum ich nicht selbst mit meinen Vermutungen zur Polizei gegangen bin«, sagte Hans Gutbrodt gelassen. »Wir können uns doch nicht einbilden, dass wir selbst damit fertig werden. Der Kommissar hat mich angerufen. Wir treffen uns morgen früh.«

Lautenthal, 7. August 2010

Am Wochenende war wieder Klaus aus Hannover zu Besuch. Er fühlte sich bei Lilly wie zu Hause. Als gegen Abend auch Amadeus und Marie kamen, lud Lilly alle zum Schnitzelessen in ein berühmt-berüchtigtes Restaurant ein. Angesichts des angenehmen Wetters saßen die vier draußen. Klaus und Amadeus hatten je ein gigantisches Schnitzel bestellt. Als es serviert wurde, sagte Lilly: »Ihr Wahnsinnigen!«, während die beiden Männer in Gelächter ausbrachen. Nach dem Essen und mehreren Gläsern Wein schlenderte man gemütlich über den schrägen Marktplatz und anschließend den Schulberg hoch bis zu Lillys Haus, wo man es sich noch im Garten gemütlich machen wollte.

»Ich glaube, ich war in meinem ganzen Leben noch nie so vollgefressen«, sagte Amadeus und rülpste laut.

»Mein Gott, wo bin ich denn hier hingeraten?«, stieß Marie aus.

»Meine Versuche, diesem Bengel etwas Erziehung und Kultur einzuverleiben, sind kläglich gescheitert«, stöhnte Lilly. »Nicht nur, dass er rülpst wie ein Walross, er zerstört auch Bänke bei harmlosen Menschen, bekommt Lachkrämpfe beim Vorstellungsgespräch und fällt nackt von Dächern.«

»Die Geschichte kenne ich noch gar nicht. Erzähl, Lilly«, sagte Marie ganz aufgeregt.

»Ich warne dich!«, schoss es aus Amadeus heraus.

»Nun, ich denke, das werde ich mir für später aufheben«, sagte Lilly zu Marie.

»Wenn mich der Bengel mal wieder so richtig ärgert, dann werde ich dir die Geschichte in allen Einzelheiten erzählen.«

Später am Abend, als alle im Wohnzimmer saßen, fragte Klaus in einer stillen Ecke: »Hast du mittlerweile entschieden, was du mit deinem Schweizer Vermögen machen willst, Lilly?«

»Bisher hatte ich keine Zeit, mir darüber Gedanken zu machen. Vielleicht fahre ich mal wieder in die Schweiz, hebe alles ab und bringe es in bar nach Deutschland.«

»Und wenn du erwischt wirst?«

»So dumm bin ich nun auch nicht. Ich kann ja von dort nach Frankreich fahren und dann irgendeinen Grenzübergang im Norden nach Deutschland nehmen. Es kommt ja niemand auf die Idee, dass aus Frankreich kommende Reisende Geld aus der Schweiz dabei haben.«

»Deine kriminelle Energie ist fast bewundernswert.«

»Danke«, sagte Lilly und lächelte Klaus an.

»Hast du eigentlich aufgrund deiner letzten Aussage etwas von der Polizei gehört?«

»Das war wohl ein Schuss in den Ofen. Es ist zwar gelungen, die DNS von Georg zu bestimmen, aber man hat diese DNS eben nicht an den Gegenständen, zum Beispiel der Garderobe der Ermordeten, gefunden. Wahrscheinlich ist unserem Herrn Gutbrodt die Fantasie durchgegangen mit seinen wüsten Vermutungen.«

Jetzt gesellten sich auch Amadeus und Marie dazu, die mit halbem Ohr mitgehört hatten.

»Ich denke, das Thema ist vom Tisch«, sagte Amadeus und gab Lilly, die sich einen Zigarillo nahm, Feuer.

»Und wie ist jetzt das Verhältnis zu Hans Gutbrodt, nachdem du weißt, dass er dein Erzeuger ist?«, fragte Klaus seinen Freund.

»Vom Verstand her sachlich-neutral, vom Gefühl her merkwürdig. Ob ich jemals Gefühle für ihn entwickeln werde, wie sie zwischen Vater und Sohn normal sind, das kann ich mir nicht recht vorstellen. Jedenfalls möchte ich Kontakt halten und er auch. Vielleicht nähern wir uns ja im Laufe der Zeit an. Mir wäre es recht. So viele Väter hat man ja nicht, höchstens ein oder zwei.«

»Aber er scheint doch ziemlich überzeugt zu sein, dass Georg der Täter ist«, entgegnete Klaus.

»Scheint so, aber die Indizien sind ja nicht so berauschend: Ein anonymer Brief mit dem Satz, den angeblich nur Hans und Georg wissen können. Das ist alles. Aber absolut keine DNA an der Leiche. Das ist ausgesprochen wenig.«

»Aber mysteriös ist es doch. Man sollte den Gedanken nicht so einfach beiseiteschieben. Da will jemand Hans Gutbrodt fertigmachen. Und da die Leiche hier im Garten abgelegt wurde, führt man auch etwas gegen euch im Schilde.«

»Klaus«, meldete sich nun Lilly zu Wort, »du machst mir Angst mit deinen Spekulationen. Setz dich lieber in Bewegung und hole uns was zu trinken.«

Lautenthal, 8. August 2010

Amadeus fuhr vormittags mit Marie und Klaus an die Talsperre, um das gute Wetter auszunutzen und zu schwimmen.

Lilly rief ihren Freund Eddy an: »Hallo Eddy, zieh deine Wanderschuhe an. Ich hole dich gleich ab. Ich brauche Bewegung, nachdem wir uns gestern Abend derart vollgefressen haben. Und dir tut etwas Bewegung auch gut. Vielleicht finden wir ja Pilze.«

Gegen diesen Redeschwall konnte sich Eddy mit seinem behäbigen Schwäbisch gar nicht erwehren. Er sagte nur: »Ja mei Gottele, wenn's denn sei musch. Und heute Abend fresse ma uns denn wieder voll. Mit Pilze.«

Lilly legte lachend auf und machte sich auf den Weg talabwärts zu Eddys Haus. Von dort aus waren sie in zehn Minuten im Hochwald. Wie üblich fand Lilly die meisten Pilze. Als Eddys Bewegungsbedarf gedeckt war, setzte er sich auf einen Baumstumpf und Lilly gesellte sich zu ihm. Aus ihrem Korb holte sie je eine kleine Flasche Wasser für Eddy und sich.

»Ach, was ist das für eine Ruhe hier«, sagte sie und atmete tief durch.

»Ruhe hasch noch genug, wenn de tot bisch.«

»Ach, bist du heute mal wieder geistreich. Als ob ich nicht genug um die Ohren hätte. Im Moment habe ich drei junge Leute bei mir, die richtig Leben in die Bude bringen. Das ist ja auch prima so. Aber ab und zu muss ich eben mal ausspannen. Und das kann ich am besten im Wald.«

Da kam zwischen den Bäumen, die von hohem Farn umgeben waren, ein Mann auf sie zu, lächelte, sagte aber kein Wort.

»Mein Gott, haben Sie mich jetzt erschreckt«, rief Lilly ihm zu. »So plötzlich aus dem Nichts sind Sie auf einmal da.«

Der Mann, mittelgroß, schlank, kurzes graues Haar, mochte vielleicht an die sechzig sein. Er gab keine Antwort, schaute Lilly nur ins Gesicht und ging gemächlichen Schrittes weiter.

Als er wieder aus ihrem Blickfeld war, sagte sie zu Eddy: »Na, das ist ja vielleicht ein unhöflicher Zeitgenosse. Ich rede mit ihm, und er gibt keine Antwort.«

Dann machten sich die beiden auf den Heimweg. Eddy kam mit zu Lilly. Heute Abend würden sie die drei jungen Leute mit einem Pilzgericht überraschen. Doch zunächst setzten sie sich auf den Balkon, der nach vorn zur Straße hinausging, um sich von der Wanderung zu erholen und einen Kaffee zu trinken.

Nach einer längeren Pause ohne Unterhaltung sagte Lilly schließlich: »Mir geht dieser Mann nicht aus dem Kopf. Taucht urplötzlich im Wald auf, erschreckt mich und geht, ohne ein Wort zu sagen, weiter. Normalerweise redet man doch miteinander, wenn man sich im Wald trifft und angesprochen wird. Und je länger ich nachdenke, kommt mir dieser Mann auch bekannt vor. Ich komme aber nicht drauf.«

»Vielleicht ist er ja aus dem Ort«, meinte Eddy.

»Nein, das glaube ich nicht. Hier im Ort habe ich ihn noch nie gesehen. Ich meine ja auch nicht, dass er ... nein, ich meine, dass ich ihn von früher irgendwie kenne.«

Auf der Straße kamen gerade zwei Männer und eine Frau vorbeigeschlendert und blieben vor dem Haus stehen. Der eine Mann war aus dem Ort. Lilly kannte ihn, wusste aber seinen Namen nicht. Die drei unterhielten sich angeregt, ohne im geringsten auf Lilly und Eddy zu achten. Er deutete auf Lillys Garten, und man konnte einzelne Wortfetzen aufschnappen: *Frau ermordet, Leiche auf der Bank.*

»Kann ich Ihnen vielleicht behilflich sein«, rief Lilly. »Morgen früh veranstalte ich eine Führung unter dem Motto *Mord und Totschlag mit Fernblick.* Eintritt fünf Euro.«

»Sowas passiert ja net alle Taach, da muss man dochemal kucken könne«, gab der Mann in bester harzerischer Mundart von sich. »Oder is das Ihre Straaß? Mir könne hier gehn und stehn, wie ma wolln.«

»Ich kann ja ein paar Stühle rausbringen, du Harzer Schmandrachen!«, war Lillys lautstarke Antwort, während Eddy lachte und der Mann erbost antwortete: »Das saachste net nochemal.«

Dann verschwanden die drei Schaulustigen eiligen Schrittes und Lilly lachte leise in sich hinein.

Am Abend freuten sich die drei jungen Leute über Lillys Pilzmahlzeit. Nach dem Essen fragte Klaus: »Habt ihr denn gar keine Angst gehabt im Wald? Ich meine die ganze Sache mit dem mysteriösen Mord und den Verdächtigungen von Herrn Gutbrodt?«

»Ich habe mich tatsächlich erschrocken«, antwortete Lilly. »Da tauchte plötzlich ein Mann auf wie aus dem Nichts. Und ich bin immer noch am Grübeln, ob ich ihn schon mal gesehen oder früher vielleicht mal gekannt habe. Irgendwie ist mir unheimlich zumute.«

»Wie sah er denn aus?«, fragte Amadeus.

»Ach, mein Gott, wie Männer Ende fünfzig, Anfang sechzig halt so aussehen. Mittelgroß, graues Haar. Schlank war er. Und er hat die ganze Zeit gegrinst. Und obwohl ich ihn angesprochen habe, hat er kein Wort gesagt.«

Nach einer Weile der Stille sagte Amadeus: »Mein Vater, ich meine Georg, war es aber nicht?«

»Oh Gott, Junge, ich weiß es nicht. Ich habe schon die ganze Zeit daran gedacht, aber nicht gewagt, es auszusprechen. Nein, das kann nicht sein. Das darf nicht sein!«

Clausthal-Zellerfeld, 11. August 2010

Kommissar Schneider und seine Assistentin saßen zusammen mit Hans Gutbrodt in dessen Esszimmer am runden Tisch. Gutbrodt hatte eine Flasche Mineralwasser und drei Gläser hingestellt. Der Kommissar erklärte in seiner geduldigen, ruhigen Art, worum es ging: »Herr Gutbrodt, wir haben das, was Sie uns neulich erzählt haben, sehr ernst genommen und uns mit den Kollegen in Bayern in Verbindung gesetzt. Dort ist ja der Mordfall an Ihrem früheren Lehrer, Pater Sigismund, aufzuklären. Sie sagten, dass Georg Besserdich von diesem Pater missbraucht wurde. Da wir davon ausgehen, dass Herr Besserdich entweder tot ist oder mit unserem wie mit dem bayerischen Fall nichts zu tun hat, ergibt sich die Frage, welche Schüler noch missbraucht wurden.«

»Nun, ich denke, dass dieser feine Herr im Laufe der Jahre sicherlich Dutzende von Schülern missbraucht hat, mal ganz davon abgesehen, dass er unzählige weitere Schüler auf das Schlimmste misshandelt hat. Wenn Sie all diesen Schülern nachspüren wollen, dann haben Sie zu tun bis zu Ihrer Pensionierung.«

»Nun, konzentrieren wir uns doch einfach auf die Schüler, die Sie persönlich kennen.«

»Was den Missbrauch angeht, da kenne ich nur einen weiteren, weil er über Jahre hinweg unser Zimmergenosse gewesen war: Michael Leutkamp. Seine Familie lebte damals in Würzburg. Allerdings habe ich mit ihm nach dem Abitur nie wieder Kontakt gehabt.«

»Das ist doch schon mal ein Anfang. Übrigens haben sich in dieser aktuellen Welle des Outings der Geschädigten bereits ein paar andere Schüler des Internats von sich aus gemeldet.

Die bayerischen Kollegen unterhalten sich mit allen. Aber der Name Michael Leutkamp ist bisher noch nicht gefallen. Ich werde die Kripo in Bayern darüber informieren. Vielleicht finden sie ihn ja. Tja, ob allerdings der Mord an dem Pater und der an Ihrer Frau zusammenhängen, ist natürlich nur eine sehr vage Vermutung. Andererseits sind wir, was Ihre Frau betrifft, auch noch kein Stück weiter. Es ist bislang ein Rätsel, warum Ihre Frau gewaltsam gestorben ist. Es ist kein Motiv zu erkennen. Außer, dass jemand Sie treffen wollte.«

Das Handy des Kommissars klingelte. Er holte es aus der Brusttasche: »Schneider hier ... Fräulein Höschen ... hm, das muss nichts bedeuten, aber rühren Sie vorsichtshalber nichts an.«

Jetzt horchte Gutbrodt auf und schaute den Kommissar an.

»Fräulein Höschen, bewahren Sie Ruhe. Ich bin im Moment mit meiner Mitarbeiterin in Clausthal bei Herrn Gutbrodt. Möglicherweise wäre es gut, wenn er mitkommt. Wir sind in einer halben Stunde bei Ihnen.«

Kommissar Schneider beendete das Telefonat und sagte zu Gutbrodt: »Fräulein Höschen hat ein anonymes Paket erhalten, ebenso anonym und ohne Postzustellung wie Ihr Brief neulich. Es wäre nett, wenn Sie sich die Zeit nehmen könnten, mitzukommen. Vielleicht können Sie den Gegenstand identifizieren.«

»Was denn für einen Gegenstand?«

»Einen Fußball.«

Bayern 1964

Bei der Postverteilung erhielt Georg vom Hausmeister ein Paket. Es war von seinen Eltern. Zu seinem 13. Geburtstag. Neben einer Karte, die ihn zunächst gar nicht interessierte, entnahm er dem Karton einen Fußball. Keinen gewöhnlichen. Er trug die Unterschriften sämtlicher Spieler seines Lieblingsvereins, Hannover 96. Georg lächelte, wie Hans es selten erlebt hatte. Dass ein paar andere Jungen blöde Bemerkungen über den Verein machten, schmälerte seine Freude nicht. Währenddessen machte Michael völlig unbeteiligt Hausaufgaben am Schreibtisch.

»Was hast du eigentlich zum Geburtstag bekommen, Michael?«, fragte Hans.

»Meine Eltern haben mir etwas Geld geschickt und einiges auf mein Sparbuch überwiesen.«

»Na, das ist ja endlich mal ein geistreiches Geschenk! Und so persönlich. Du kannst uns ja am freien Nachmittag alle zum Eisessen einladen.«

»Kein Problem, kann ich machen.«

Michael war ein paar Tage zuvor dreizehn geworden.

Lautenthal, 11. August 2010

Lilly öffnete dem Kommissar, seiner Assistentin und Hans Gutbrodt mit den Worten: »Kommen Sie ins Esszimmer. Der Karton steht auf dem Tisch.«

Der Kommissar streifte Handschuhe über und holte den Ball aus dem Paket. Hans Gutbrodt wurde bleich im Gesicht und sagte: »Diesen Ball hat Georg zu seinem 13. Geburtstag bekommen. Er hat ihn gehütet wie seinen Augapfel. Meist lag er eingeschlossen in seinem Schrank. Und ab und zu hat er ihn herausgeholt und bewundert, nur ganz vorsichtig angefasst, damit die Unterschriften darauf nicht leiden.«

»Dafür sieht er jetzt aber recht ramponiert aus«, entgegnete Kommissar Schneider.

»Tja, und eines Tages war er weg. Wir haben ihn überall gesucht. Georg war außer sich. Wir haben ihn damals nicht gefunden. So, wie er jetzt aussieht, hat wohl jemand damit gespielt. Aber Georg hat mir nie gesagt, dass er ihn wiederbekommen hat. Vielleicht hat er sich so geärgert, dass irgendjemand den Ball so zugerichtet hat. Entschuldigung ...«

Hans Gutbrodt wurde schwarz vor Augen und setzte sich hin.

»Um Gottes willen, Herr Gutbrodt«, sagte Lilly ganz bestürzt. »Ich hole Ihnen schnell ein Glas Wasser.«

Lautenthal, 15. August 2010

Die Kriminalpolizei informierte Lilly und Gutbrodt darüber, dass man an dem Ball DNA von Georg Besserdich gefunden hatte. Das war ja auch nicht anders zu erwarten gewesen. Kommissar Schneider wähnte Herrn Gutbrodt, aber auch Amadeus und Lilly, in Gefahr. Sie sollten ständig, rund um die Uhr, bewacht werden. Ganz offensichtlich handelte es sich bei dem Täter um einen geistig oder seelisch gestörten Menschen, dem es darauf ankam, Angst zu säen. Das war ihm auch gelungen.

»Herr Gutbrodt, ach was, ich sage jetzt einfach Hans. Und ich bin Lilly. Einverstanden?«

»Es ist mir eine Ehre«, gab dieser etwas steif von sich.

»Hans, ich habe in diesem ganzen Chaos noch gar nicht gesagt, wie leid es mir um deine Frau tut. Ganz egal, wie du zu ihr gestanden hast, ihr Tod muss dich sehr mitgenommen haben. Und in all diesem Tohuwabohu hattest du wahrscheinlich gar keine Zeit, richtig zu trauern.«

Lilly, Hans und Amadeus saßen an diesem Abend zusammen im Wohnzimmer, um über den Stand der Dinge zu reden.

»Danke, Lilly. Ich hatte über Jahre ein gutes Verhältnis zu meiner Frau. Sie war ja auch ein prima Typ. In den letzten Jahren ist alles etwas abgekühlt. Wahrscheinlich war ich ihr einfach zu langweilig. Und sie wollte wohl mal austesten, wie gut sie bei jungen Männern noch ankommt. Das übliche Spiel also. Ich habe ihr auf jeden Fall verziehen. Es tut mir nur leid, dass ich ihr das nicht mehr persönlich sagen kann.«

»Es tut mir auch leid, dass du vom Fehltritt deiner Frau auf diese Art und Weise, im Gerichtssaal, erfahren musstest. Aber ich konnte das ja schließlich nicht wissen.«

»Ist schon gut. Ich war ja nicht der Einzige, den du mit deiner Aussage zur Weißglut gebracht hast. Wenn ich daran denke, wie du den Richter abgebügelt hast, wie du den ehrenwerten Herrn Vorsitzenden als liederlichen Bengel bezeichnet hast, dann könnte ich schreien vor Vergnügen.«

Jetzt fingen Hans und Amadeus an zu lachen und Lilly sagte ganz ernst: »Er ist ein liederlicher Bengel, mit und ohne Robe.«

»Wenn er mich mal wieder ärgert«, meldete sich nun Amadeus zu Wort, »sage ich, dass ich gleich meine Großtante hole.«

»Na, so schrecklich bin ich nun auch wieder nicht.«

»Noch viel schrecklicher.«

»Amadeus, ich enterbe dich.«

Nach dem heiteren Teil der Unterredung versuchte Lilly, es auf den Punkt zu bringen: »So, meine Herren, und nun zum Ernst des Lebens. Was machen wir denn jetzt? Wir können uns doch nicht für den Rest unseres Lebens von der Polizei bewachen lassen. Mal ganz davon abgesehen, dass der freundliche Herr Kommissar uns etwas husten wird. Entweder der Missetäter wird gefunden oder wir kommen in unserem Leben nicht mehr zur Ruhe. Es ist so, als ob ein Damoklesschwert über einem schwebt.«

»Wir müssen den Kerl finden, so einfach ist das«, sagte Hans.

»Aber wir wissen noch nicht einmal, wer dieser Kerl ist«, entgegnete Lilly. »Du verdächtigst Georg, der seit zwanzig Jahren spurlos verschwunden ist. Aber du weißt es natürlich nicht. Als Staatsanwalt hat man ja sicherlich auch so seine Feinde.«

»Ach Lilly, am Amtsgericht werden doch nur Kinkerlitzchen verhandelt. Ich habe es mit Verkehrsrowdys und kleinen Dieben zu tun. Gelegentlich gibt es mal eine Schlägerei zwischen Nachbarn, weil die Sträucher zu dicht am Gartenzaun stehen. Ich kann mir nicht vorstellen, dass einer aus meiner Kundschaft deshalb einen Mord begeht. Außerdem: Der anonyme Brief an mich und Georgs Fußball, den man an dich geschickt hat, das deutet doch alles auf meine Vergangenheit hin, einer Vergangenheit, in die du und Amadeus auch verwoben seid. Und die einzige Verbindung zwischen meiner Vergangenheit und Euch ist Georg.«

»Ich denke, du hast recht«, meldete sich nun Amadeus zu Wort. »Es widerstrebt mir zwar, das zu glauben, aber wir können die Augen nicht vor der Realität verschließen. Wenn Georg noch lebt, müssen wir ihn finden. Sollte tatsächlich er der Übeltäter sein, muss er wohl irgendwie durchgedreht sein. Und dann wird er auch nicht aufhören, uns Angst einzujagen. Und genau das ist unsere Chance. Er wird wieder Kontakt aufnehmen, einem von uns irgendetwas schicken oder sonst etwas Verrücktes tun. Und da wir das wissen beziehungsweise vermuten, sollten wir ihm eine Falle stellen.«

Das Gespräch zog sich über Stunden, ohne dass etwas Greifbares dabei herauskam. Am Ende waren alle erschöpft und Lilly sagte: »Gut, wir werden das Problem heute nicht lösen. Ich werde also in den nächsten Tagen vor und hinter dem Haus Überwachungskameras anbringen lassen und hoffen, dass der Kommissar endlich mal mit Ergebnissen kommt. Hat übrigens einer der Herren Lust, die Nacht bei mir zu verbringen?«

»Wenn es dir recht ist, bleibe ich Freitag und Samstag hier. Marie macht am Samstag mit einer Freundin eine Brockenwanderung und kommt dann abends auch hierher. Wie wär's, Hans, möchtest du heute bei meiner Erbtante nächtigen?«

»Oh, darauf war ich gar nicht vorbereitet. Angesichts des Cognacs hätte ich mir sonst ein Taxi gerufen. Aber wenn du eine Zahnbürste für mich hast, Lilly ...«

»Die kaufe ich immer gleich im Dutzend.«

Goslar, 19. August 2010

Amadeus hatte einen Termin in Goslar. Er wusste nicht, wie diese Firma, wie hieß sie doch gleich noch, Beermann Consult, auf ihn gekommen war. Er wusste noch nicht mal, was dieses Unternehmen machte und in welcher Angelegenheit man seinen Rat wünschte. Seine Sekretärin hatte den Termin gemacht. Und da er nicht gerade an Überbeschäftigung und einem zu hohen Einkommen litt, war er gern die halbe Stunde gefahren. Er hatte seinen Wagen auf einem Parkplatz abgestellt und war die paar Minuten in die Altstadt gelaufen. Er war gern in Goslar. Die tausendjährige Stadt mit der Kaiserpfalz, dem Zwinger und einer großen Zahl anderer historischer Bauten hatte es ihm angetan. Wenn man nicht auf die bunten Auslagen der Geschäfte achtete, konnte man sich vorkommen wie ins Mittelalter zurückversetzt. Nun stand er vor einem herrlichen alten Fachwerkhaus, das schon gut fünfhundert Jahre auf dem Buckel haben mochte. Das silberne Firmenschild war eher dezent: Beermann Consult GmbH.

»Guten Tag, Herr Besserdich«, sagte die gut aussehende Sekretärin. »Ich bringe Sie gleich zu Herrn Wiebe.«

Sie führte ihn in die erste Etage. Treppenhaus und Flure waren mit modernen Kunstwerken dekoriert. Alles sah sehr edel und teuer aus. Sie klopfte kurz an und öffnete die Tür, ohne abzuwarten.

»Hier bringe ich Ihnen Herrn Besserdich.«

»Ah, pünktlich wie die Maurer.«

Der Mann mochte Ende fünfzig sein, war schlank und wirkte sehr dynamisch. Er war sehr schnell aufgestanden und ging auf Amadeus zu, um ihm die Hand zu schütteln.

»Manfred Wiebe. Guten Tag, Herr Besserdich.« Er führte ihn zur Sitzgruppe seines großen, kostbar eingerichteten Büros und sagte: »Bitte, nehmen Sie Platz. Was darf ich Ihnen anbieten?«

»Eine Tasse Kaffee wäre nicht schlecht.«

Die Sekretärin war noch im Zimmer, nickte freundlich, dass sie sich darum kümmern würde und verschwand.

»Sie werden sich vielleicht wundern«, begann Herr Wiebe, »dass ich um diesen Termin gebeten habe. Und ich bin Ihnen dankbar, dass Sie so kurzfristig kommen konnten. Wir sind zwar eine alteingesessene Firma, aber ich bin relativ neu hier als einer der beiden Geschäftsführer und Gesellschafter. Zur Firma gehöre ich zwar schon länger. Aber ich war bis vor Kurzem in Kanada, um mich dort um die Geschäfte zu kümmern. Da der Firmengründer, den Sie nachher noch kennenlernen werden, nicht mehr ganz jung ist, muss hier die Nachfolge aufgebaut werden. Deshalb bin ich nach Deutschland übergesiedelt. Und wie das so ist, wenn man neu ist, dann versucht man natürlich, so einiges umzukrempeln. Und dafür brauche ich Sie.«

»Womit beschäftigt sich Ihr Unternehmen?«, fragte Amadeus.

»Diamanten. Sie wissen wahrscheinlich, dass man in Kanada mehr und mehr Diamantenvorkommen entdeckt. Bei der Größe des Landes ist das eine Aufgabe für Generationen. Früher, vor meiner Zeit, hat sich das Unternehmen in Afrika und anderswo engagiert. Mittlerweile lenken wir alle Kräfte nach Kanada. Unsere Aufgabe ist es, Investoren zu finden, diese zu bündeln und dann die Rechte für die Ausbeutung bestimmter Vorkommen zu vergeben. Also, wir buddeln nicht selbst, sondern sorgen für das nötige Kapital.«

»Sie lassen buddeln und halten die Hand auf«, entgegnete Amadeus schmunzelnd.

»Ich sehe, wir verstehen uns. Und Ihre Aufgabe wäre es, sich um das Vertragliche zu kümmern.«

»Und wie sind Sie ausgerechnet auf mich gekommen? Ich habe mich zwar während meines Studiums und vor allem während meines Auslandssemesters mit internationalem Vertragsrecht beschäftigt, bin aber in dieser Beziehung noch nicht sehr bekannt. Momentan vertrete ich alles, was anfällt, vom Autodiebstahl bis zur Ehescheidung, wie das in der Provinz so ist.«

»Das wissen wir. Natürlich haben wir Erkundigungen eingeholt. Wir hätten uns an einen renommierten Anwalt wenden können, für den das alles zum täglichen Brot gehört. Aber von einer alteingesessenen Kanzlei vorzüglich bedient zu werden, ist nicht so selbstverständlich. Ich habe in Kanada mit jungen Anwälten, die sich etwas aufbauen wollen, gute Erfahrungen gemacht. Man muss sich auch mal kurzfristig treffen können, miteinander telefonieren, ohne dass für jedes Telefonat gleich zweihundert Euro berechnet werden, was nicht heißen soll, dass wir Sie nicht anständig bezahlen. Wenn unser Unternehmen erfolgreich ist, und das ist der Fall, dann sollen Sie daran auch partizipieren.«

Jetzt kam die freundliche Sekretärin und brachte Kaffee. Danach lief das Gespräch sehr harmonisch weiter. Für Amadeus taten sich Perspektiven auf, von denen er nicht zu träumen gewagt hätte. Das war wie ein Sechser im Lotto.

Wenn ich dieses Ding reinhole, dachte er, *dann brauche ich mich über kurz oder lang nicht mehr mit Kleinkriminellen, Nachbarschaftsstreitereien und Unterhaltszahlungen zu beschäftigen. Dann kann ich endlich das tun, was ich am besten kann und was mir Spaß macht.*

»Tja, Herr Besserdich – starker Name übrigens – ich würde sagen, wir sind uns einig. Ich übermittle Ihnen ab sofort die entsprechenden Unterlagen und Sie gestalten die Verträge. Wenn wir dann nach einer gewissen Zeit der Meinung sind, dass wir dauerhaft zusammenarbeiten sollten, würde es mich freuen. Schicken Sie mir jeden Monatsanfang eine Pauschalrechnung über dreitausend Euro für telefonische Beratung et cetera. Die Endabrechnung machen Sie dann jeweils am Monatsende.«

»Nichts lieber als das.«

»So, und jetzt stelle ich Sie noch unserem Firmengründer, Herrn Beermann, vor. Wenn ich mal nicht da bin, müssten sie sich an ihn wenden.«

Herr Wiebe erhob sich dynamisch von seinem Sessel und eilte Amadeus voraus. Es ging durch Flure und über Treppen in diesem alten, verschachtelten Haus. Ganz am Ende öffnete Wiebe eine Tür, und sie befanden sich in einem kleinen Zimmer, in dem eine ältere Dame am Computer saß.

»Das ist Frau Roth. Herr Besserdich, unser neuer Vertragsanwalt.«

Man schüttelte sich artig die Hand.

»Ist Herr Beermann in seinem Büro?«

»Ja, natürlich. Ich bringe Sie rein.« Frau Roth ging vor und öffnete die Tür, ohne anzuklopfen. »Herr Beermann, ich bringe Ihnen Herrn Wiebe und Herrn Besserdich.«

Ein uraltes Faktotum, das an Methusalem erinnerte, wackelte vom hinteren Ende des lang gezogenen Zimmers auf sie zu. Das musste Herr Beermann sein. Wiebe gab Amadeus ein Zeichen mit der Hand, dass er vorgehen solle, und sagte noch ganz eilig: »Vorsicht, Stufe!«

Aber da war es auch schon zu spät. Amadeus stolperte und fand keinen Halt mehr. Mit dem rechten Arm schlug er auf

eine Kommode und erwischte ein großes Tablett aus gehäm-
mertem Kupfer, auf dem sich einige Blätter Papier und ein
Briefbeschwerer befanden. Amadeus landete auf dem Fußboden und das Tablett schlug Herrn Beermann nach einem ra-
santen Flug durch das Zimmer auf den Kopf. Es machte *gong*.
Der Briefbeschwerer landete mit einem ordentlichen Knall auf
Herrn Beermanns Schreibtisch.

Frau Roth schrie auf und Herr Wiebe sagte: »Diese Scheiß-
Stufe!«

Nachdem Amadeus sich aufgerappelt hatte, war Herr Beermann zu ihm vorgestoßen, reichte ihm seine zittrige Hand
und sagte: »Na, junger Mann, das ist ja mal ein dynamischer
Einstand.«

Zwischen Brocken und Torfhaus, 21. August 2010

Seit Menschengedenken gilt der Brocken, die mit 1142 Metern
höchste Erhebung in der Nordhälfte Deutschlands, als magi-
scher Berg. Hier sollen sich, dem Volksglauben nach, an Walpurgis die Hexen mit dem Teufel ein Stelldichein geben. Aber
auch ohne Hexen und sonstigem Sagengut übt der Berg eine
faszinierende Anziehungskraft aus. Goethe, Heine, Eichen-
dorff, Fontane, Novalis und andere große Dichter und Denker
haben den Brocken erwandert. Während der deutschen Tei-
lung hatten sich sowjetische Soldaten des Berges bemächtigt,
um aufgrund der günstigen Lage ihre Spionageabhörgeräte zu
installieren. Für normale Bürger war der Berg in diesen vierzig

Jahren nicht zugänglich. Nach der Grenzöffnung setzte dann ein gewaltiger Menschenstrom ein. Alles, was Beine hatte, zog es auf den Gipfel. Wer mit dem Laufen Schwierigkeiten hatte, benutzte die Brockenbahn, ein altes dampfbetriebenes Vehikel. Seit 1899 gibt es diese Schmalspurbahn. Zwanzig Jahre nach dem Wegfall der Grenze ist der Ansturm wieder auf ein normales, immerhin recht hohes Niveau zurückgegangen. Auf dem Hochplateau des Berges herrscht ein Klima, das dem isländischen vergleichbar ist. Die Vegetation ist spärlich. Man findet Moose, Blumen und andere Pflanzen, die nirgendwo sonst in Deutschland gedeihen. Alte Tannen sehen aus, als seien sie erst vor zehn Jahren gepflanzt worden. Wenn im Flachland der Wind weht, gibt es hier oben Orkane. Im Winter können die Schneeverwehungen gewaltig sein.

An schönen Sommertagen ist auf den Wegen zum Brocken Hochbetrieb. Nicht so an diesem 21. August. Es regnete und der Gipfel war von Wolken eingehüllt. Die beiden jungen Frauen, Marie und ihre Freundin Anna, hatten sich dennoch nicht davon abschrecken lassen. Anna wollte schon immer mal auf den Brocken wandern. Und nun wurde die Sache durchgezogen. Sie begegneten nur wenigen Unverdrossenen auf ihrem Weg. Auf dem Gipfelplateau stärkten sie sich im Brockenrestaurant, bevor sie sich auf den Weg machten zum Torfhaus, wo ihr Wagen stand. Das war jetzt nochmal ein Fußmarsch von acht Kilometern. Sie waren stolz, dass sie durchgehalten und nicht etwa kehrtgemacht hatten. Dieses Stück würde man jetzt auch noch schaffen. Danach ab nach Hause und in die Badewanne, um die feuchte Kälte aus dem Körper zu kriegen.

Sie hatten mittlerweile den steilen Abstieg hinter sich und befanden sich im Hochwald, ein paar hundert Höhenmeter unterhalb des Gipfels. Da sagte Anna, dass sie mal in die Büsche müsse.

»Geh nicht so weit, damit du mir nicht verloren gehst«, meinte Marie.

Nach ein paar Minuten trat Anna wieder auf den Weg, wo sie Marie zurückgelassen hatte. Aber da war keine Marie. Sie schaute in alle Richtungen und dachte, dass sie wahrscheinlich auch mal kurz in die Büsche gegangen sei. Nach fünf Minuten fing sie an zu rufen. Es kam keine Antwort. Es herrschte eine Sicht von höchstens fünfzig Metern. Der Nebel hüllte alles ein. Nach zehn Minuten fing Anna an, sich Sorgen zu machen. Sie brüllte aus Leibeskräften. Zuerst ging sie hundert Meter zurück, dann zweihundert Meter in die andere Richtung. Keine Marie, kein Mensch, nichts. Dann holte sie ihr Handy raus und betätigte Maries Kurzwahl. Mailbox. Jetzt bekam sie es mit der Angst zu tun und marschierte schnurstracks auf dem Goetheweg Richtung Torfhaus, ständig um sich blickend, ob Marie nicht doch noch auftauchte. Mit letzter Kraft erreichte sie den Parkplatz. Keine Marie. Sie ging in das Restaurant neben dem Parkplatz. Auch hier keine Spur. Dann rief sie Amadeus an. Amadeus rief Hans Gutbrodt an. Dieser riet, gleich den Kommissar zu verständigen.

»Aber Hans, du glaubst doch nicht im Ernst, dass es hier einen Zusammenhang gibt? Ein Verbrechen? Eine Entführung?«

»Es muss ja nichts bedeuten, aber wenn nun doch ... also, ich würde sagen, bleib erst mal ganz ruhig, ruf den Kommissar an und komme dann zum Torfhaus. Ich mache mich auch gleich auf den Weg. Und wir gehen dann nochmal die Strecke ab, die die beiden Mädchen gelaufen sind. Es ist ja noch ein paar Stunden hell. Vielleicht hat sich bis dahin auch alles geklärt und Marie sitzt im Restaurant und trinkt einen Kaffee.«

Etwa eine Stunde später waren Amadeus und Hans am Torfhaus. Kommissar Schneider redete mit der völlig aufgelösten Anna. Mehrere Polizisten in Uniform, einer davon mit einem Schäferhund, standen im Kreis und unterhielten sich.

»Haben Sie mir etwas mitgebracht?«, fragte Herr Schneider Amadeus, der in einer Plastiktüte Handschuhe und eine Kappe dabei hatte, die seiner Freundin gehörten. Der Hundeführer nahm sich der Sachen an und ging mit seinen Kollegen los. Anna, der Kommissar, Amadeus und Hans gingen hinterher. Zunächst ging es ziemlich steil bergab. Der Boden war durch den anhaltenden Regen rutschig. Als der Goetheweg erreicht war, ging es leicht bergauf. Nach einer Dreiviertelstunde hatte die Gruppe den Ort erreicht, an dem Marie verschwunden war, und Kommissar Schneider versammelte alle um sich.

»Also, Leute, normalerweise dürften wir hier gar nicht tätig sein. Wir haben die Landesgrenze überschritten und befinden uns in Sachsen-Anhalt. Aber ich habe meinen Chef gebeten, beim zuständigen Präsidium anzurufen und zu erklären, worum es geht. Und sollten wir Hilfe brauchen, wird man uns sicherlich unter die Arme greifen. Also, es ist unwahrscheinlich, dass die junge Dame in die Richtung entschwunden ist, wo ihre Freundin in den Büschen war. Also, bitte alle gut verteilt in entsprechendem Abstand nach rechts.«

Kaum hatte Schneider zu Ende geredet, nahm auch schon der Hund Witterung auf. Es dauerte nur zwei Minuten, bis er Marie gefunden hatte. Als der Hundeführer rief, rannten alle durch den diesigen, immer düsterer werdenden Wald. Auf dem Boden, hinter einem Busch saß Marie an eine große Fichte gefesselt und geknebelt. Sie bewegte sich nicht.

Lautenthal, 22. August 2010

Am frühen Morgen betrat Amadeus das Haus seiner Großtante, die ihn sofort mit Fragen bombardierte, was denn nun mit Marie sei. Amadeus hatte zwar schon vom Krankenhaus aus angerufen, aber nun wollte sie alles ganz genau wissen. So blieb ihm nichts anderes übrig, Lilly trotz seiner Müdigkeit alles haarklein zu berichten. Sie hatte Frühstück bereitet und beide saßen am Esstisch, als Amadeus erzählte: »Sie da gefesselt und geknebelt auf dem nassen Waldboden zu sehen, war schrecklich. Ich dachte zuerst, sie sei tot. Gott sei Dank, lebte sie aber, und sie kam auch schnell zu sich. Im Krankenhaus hat man festgestellt, dass sie betäubt wurde. Abgesehen von einem Schock, den sie so schnell nicht überwinden wird, ist sie in Ordnung. Körperlich hat sie keinen Schaden davongetragen.«

»Ich begreife nicht, was hier eigentlich los ist«, sagte Lilly, die sehr niedergeschlagen wirkte. »Erst wird Frau Gutbrodt umgebracht und in meinen Garten gesetzt, dann erhält ihr Mann einen merkwürdigen Brief mit einem Inhalt, der weit in seine Jugend hineinreicht, dann erhalte ich diesen albernen Ball deines Vaters. Und jetzt wird Marie entführt. Es muss doch möglich sein, diesen Verrückten, der für all das verantwortlich ist, zu fassen.«

»Da will uns irgendjemand in Angst und Schrecken versetzen«, antwortete Amadeus. »Das Ganze erscheint so sinnlos. Warum will uns jemand drangsalieren? Und was hat Marie damit zu tun?«

»Wenn einer verrückt ist, ist es sinnlos, solche Fragen zu stellen«, entgegnete Lilly.

»Das beste wäre, wenn du, Tantchen, erstmal aus der Schusslinie wärst. Und das gilt auch für Marie. Solange dieser Irre sein Unwesen treibt, solltet ihr verschwinden.«

»Aber wohin? Und wie lange?« Es entstand eine Pause der Ratlosigkeit. Plötzlich schoss es aus Lilly heraus: »Schweiz! Ich reise in die Schweiz und nehme Marie mit. Sie soll sich Urlaub nehmen, und dann machen wir uns eine schöne Zeit in der Schweiz. Ich habe da sowieso noch etwas zu erledigen. Und Kommissar Schneider werde ich sagen, dass ich allmählich die Nase voll habe. Er ist ja ein netter Kerl, aber er muss sich schon etwas einfallen lassen, um den Täter endlich zu fassen, bevor noch wer weiß was passiert. Wenn wir aus der Schweiz zurückkommen, wünsche ich, dass der Kerl hinter Schloss und Riegel sitzt.«

»Na, wenn du das sagst, Tante Lilly, bleibt ihm gar nichts anderes übrig, als deiner Anweisung zu folgen.«

Goslar, 23. August 2010

Gerald Schneider war vor zehn Jahren nach Goslar gekommen. Er hatte hier mit über vierzig geheiratet und war stolzer Vater eines achtjährigen Sohnes. Er war ein ganz und gar unauffälliger Mensch, konservativ gekleidet, ausnehmend höflich. Ein ruhiger Typ, der auch angesichts grober Provokationen, denen er bei seiner Klientel gelegentlich ausgesetzt war, nie aus der Haut fuhr. Aufgrund seiner erfolgreichen, systematischen Arbeitsweise wurde er von Vorgesetzten und Kollegen respektiert. Freundschaften gab es in seinem Umfeld nur wenige. Die meisten seiner Kollegen redete er mit *Sie* an. Seine

Assistentin Gisela Berger, dreiunddreißig Jahre alt, klein und schlank, unordentliches dunkelblondes Haar, eher schlampig gekleidet, war weit entfernt von jedweden freundschaftlichen Verbindungen am Arbeitsplatz. Sie war meist still oder einsilbig. Wenn sie etwas sagte, polterte es aus ihr heraus, was einige ihrer Mitmenschen schon mal brüskieren konnte. Die beiden waren ein seltsames Paar, und niemand in ihrem Umfeld verstand so richtig, warum Schneider ausgerechnet dieses komische Mädchen auserkoren hatte, so eng mit ihm zusammenzuarbeiten. Der Kommissar wusste es allerdings sehr genau. Er schätzte Gisela Berger, weil sie erst nachdachte, bevor sie etwas sagte. Sie verfügte über einen analytischen Verstand. Und ihre poltrige Art, sich zu äußern, empfand er als wohltuend, allerdings ohne sie das wissen zu lassen. Die beiden verstanden sich, ohne dass alles immer ausgesprochen werden musste.

Kommissar Schneider und Gisela Berger kamen aus dem Besprechungsraum. Die Polizeidirektion Braunschweig als vorgesetzte Dienststelle hatte einen Mitarbeiter geschickt, der sich ein Bild vom Stand der Dinge machen und ihnen beratend zur Seite stehen sollte. Viel war bei der Besprechung nicht herausgekommen. Die acht Teilnehmer, von denen fünf Kommissar Schneider unterstellt waren, wussten am Ende nur, dass sie nicht sehr viel wussten. Und Spekulationen mochte Schneider nicht. Es war noch immer unklar, ob der Mord an dem Mönch in Bayern mit dem an Frau Gutbrodt im Zusammenhang stand. Man konnte sich zwar vorstellen, dass der Brief an Herrn Gutbrodt und der an Lilly Höschen geschickte Ball auf das Konto des Mörders von Frau Gutbrodt ging. Aber was hatte Marie, die Freundin von Amadeus Besserdich, mit all dem zu tun? Wenn es einen Zusammenhang gab, dann musste irgendjemand ganz genau über Hans Gutbrodt, Lilly Höschen und Amadeus Besserdich Bescheid wissen, er musste sie beobachten und in Erfahrung bringen, wer wann was tat, um im geeigneten Moment zuschlagen zu können. Und welches Motiv gab es? Warum sollte jemand all das tun? Im Grunde handelte es sich hier um ein Sammelsurium von Einzelstraftaten, ohne dass man einen logischen Zusammenhang ausmachen konnte. Der bei der Besprechung anwesende Polizeipsychologe sprach von einer zutiefst gestörten Täterpersönlichkeit, die alle erdenklichen Mühen auf sich nahm, um Angst zu verbreiten. Nach Schneiders Frage, warum jemand Angst verbreiten sollte, gab er zur Antwort: »Sein Ziel ist es, jemanden, entweder eine oder mehrere Personen, zu bestrafen.«

Nun saß Schneider, der gut gekleidete, niemals aus der Ruhe zu bringende Kommissar, wieder mit seiner stillen Assistentin Gisela Berger in seinem Büro, goss sich ein Glas Wasser ein und sagte mit seiner tiefen Stimme: »Irgendetwas müssen wir bisher übersehen haben.«

»Oder irgendjemanden«, war Frau Bergers Antwort. »Ich habe zum Beispiel den Eindruck, dass wir uns mit dem jungen Liebhaber von Frau Gutbrodt, dem, wie hieß er gleich, Maximilian Schmecke, noch gar nicht richtig beschäftigt haben. Vielleicht hat er ja Frau Gutbrodt umgebracht, und alles sonst geht auf das Konto eines anderen.«

»Daran habe ich auch schon gedacht. Nur, Herr Schmecke hat ein Alibi.«

»Ist es wirklich so ein wasserdichtes Alibi, wenn seine Mutter behauptet, dass er zur Tatzeit zu Hause war? Sie hat ja wohl kaum mit ihm im selben Bett gelegen.«

»Sie haben recht, Gisela. Also, bestellen Sie den Mann her und wir überprüfen dann, ob er auch ein Alibi für die Tatzeit der Entführung der jungen Dame Marie hat. Wir können nicht kopflos einem geisteskranken Phantom hinterherlaufen, wie der Psychologe meint, und am Ende gibt es für alles ganz banale Erklärungen«, antwortete Schneider.

»Ich bin auch der Meinung, dass wir die Klamotten des Herrn Schmecke unter die Lupe nehmen sollten. Eigentlich hätten wir das schon viel eher tun sollen. Vielleicht finden wir ja Partikel davon an der Kleidung der Toten oder an der Kleidung von Marie.«

»In Ordnung, das sollten wir aber davon abhängig machen, wie es alibimäßig aussieht. Kümmern Sie sich darum.«

»Wird gemacht. Und was mir immer noch nicht aus dem Kopf geht, ist, wo Frau Gutbrodt sich in der Zeit zwischen ihrem Verschwinden und ihrer Ermordung aufgehalten hat. Ihr Auto ist weg. Ihre Kreditkarte wurde nicht benutzt. Das ist merkwürdig. Außerdem hat sie einige Zeit vor ihrem Verschwinden zehntausend Euro von ihrem Konto abgehoben. Ich meine, wer hebt heutzutage noch solche Beträge in bar ab? Was hat sie mit dem Geld gemacht? Und in diesem Zusammenhang sehe man sich die katastrophale finanzielle Situation von Herrn Schmecke an. Der Gerichtsvollzieher muss sich doch bei ihm schon richtig zu Hause fühlen. Vielleicht ist der Mord an Frau Gutbrodt gar nicht so mysteriös, sondern es geht einfach nur um Knete. Und die Entführung von Marie kann auch eine versuchte Erpressung gewesen sein. Dass es nicht dazu kam, lag daran, dass wir sie so schnell gefunden haben.«

»Ja, da ist so manches merkwürdig. Da der Mann von Frau Gutbrodt hinsichtlich des Geldes seiner Frau auch keine Erklärung hat, kann ich mir nur vorstellen, dass sie schon einige

Zeit vorher geplant hatte, ihn zu verlassen«, antwortete Schneider.

»Und was ist mit dem Personenschutz? Wen wollen wir denn noch alles beschützen? So viele Leute haben wir doch gar nicht«, sagte Gisela Berger.

»Fräulein Höschen und Marie können wir erst mal von der Liste streichen. Die beiden Damen verreisen zusammen. Ziel unbekannt. Nur ich weiß, wohin die Reise geht: in die Schweiz. So, jetzt wissen Sie es auch. Den beiden ist klar, dass niemand etwas davon erfahren darf. Aber auf Amadeus Besserdich und Hans Gutbrodt müssen wir ein Auge haben. Ich halte beide für gefährdet. Und genau das bringt uns wieder zu Täter und Motiv. Der Täter muss jemand sein, der weiß, dass es sich hier um Vater und Sohn handelt. Das schränkt den Kreis der möglichen Täter erheblich ein.«

»Ja, so sehr, dass wir überhaupt keinen haben. Wenn wir wüssten, wer hier eingeweiht ist, dann würden wir den Täter ruckzuck am Arsch kriegen.«

»Frau Berger!« Schneider blickte seiner Assistentin in die Augen und schüttelte mit dem Kopf.

»Entschuldigung.«

»Gut, also wir wissen, dass Georg Besserdich Bescheid weiß oder wusste. Aber der ist seit zwanzig Jahren verschwunden, möglicherweise tot. Lilly Höschen weiß davon, scheidet aber als Mörderin von Frau Gutbrodt mangels körperlicher Kraft und Motiv aus. Ansonsten wissen wir nicht, wer noch Kenntnis von Herrn Gutbrodts Vaterschaft hat. Das ist sehr dürftig.«

»Ehrlich gesagt«, entgegnete Gisela Berger, »so ganz geheuer ist mir Herr Gutbrodt auch nicht. Er ist ein komischer Kauz, nicht recht durchschaubar. Es würde mich nicht wundern, wenn er am Ende doch seine Alte massakriert hat.«

»Also, Gisela, entweder Sie sagen gar nichts oder Sie poltern rum wie ein alter Holzhacker. Ich bin ja schon froh, dass Sie mir nicht ständig mit Ihrem Harzer Jargon kommen ...«

»Kän Probläm, das kann ich aach.«

»Lassen Sie's, sonst gibt es die gelbe Karte. Um auf unseren Freund Gutbrodt zurückzukommen: Er kann nicht der Mörder seiner Alten, entschuldigung, seiner Frau sein, da er ein Alibi hat. Und das ist hieb- und stichfest. Er ist zwar ein gewöhnungsbedürftiger Typ, aber davon kenne ich eine ganze Menge.«

Jetzt schmunzelte er seine Assistentin an, die mit einem hämischen Grinsen antwortete.

»Was mich bei der Entführung von Marie stutzig macht«, sagte der Kommissar, »ist die Tatsache, dass keine DNA von Georg Besserdich gefunden wurde. Beziehungsweise, eigentlich macht es mich nicht stutzig. Denn dass an seinem Fußball, der Fräulein Höschen geschickt wurde, seine DNA zu finden ist, das ist klar. Und was sagt uns das?«

»Dass Georg Besserdich nicht mehr lebt. Irgendjemand hatte seinen Fußball. Und den hat er ins Spiel gebracht, um uns auf eine falsche Spur zu locken.«

»Sehr richtig«, antwortete Schneider. »Wenn wir nun herausfinden, wer im Besitz des Balls war, dann hätten wir wahrscheinlich den Mörder und Entführer. Und vielleicht auch gleich noch den Mörder von Georg Besserdich und seiner Frau. Das heißt, wir müssen uns nochmal intensiv mit der Kindheit von Georg Besserdich und Hans Gutbrodt beschäftigen. Vielleicht sollten wir nach Bayern reisen. Diese Telefoniererei mit den dortigen Kollegen bringt nichts. Ich will schwarz auf weiß sehen, was man dort am Internat herausgefunden hat.«

»Ja, das ist richtig, aber es wird uns wohl kaum bei Marie weiterbringen. Was wollte der Entführer eigentlich bezwecken? Er kidnappt die Frau und bindet sie ein paar hundert Meter weiter an einem Baum fest. Er vergewaltigt sie nicht, er krümmt ihr im Grunde kein Haar, wenn man mal von dem Schock absieht, den das Mädchen gekriegt hat. Das Ganze ist irgendwie sinnlos.«

»Da wären wir dann wieder beim Seelenzustand des Täters. Wahrscheinlich hat der Psychologe recht, wenn er sagt, dass er Angst schüren will, Angst, mit der er eine Bestrafung anzukündigen versucht. Und das ist ihm leider auch gelungen.«

»Wenn doch Marie bloß eine halbwegs gescheite Personenbeschreibung abgegeben hätte«, sagte Gisela Berger jetzt. »Aber außer Gesichtsmaske, Parka, mittlere Größe des Täters, der vermutlich schlank war, hat sie nichts mitbekommen. Das könnte im Prinzip jeder sein, vom Pennäler bis zum älteren Herrn.«

»Damit müssen wir leben«, antwortete Schneider. »Also, ich rufe jetzt in Bayern an und sehe zu, dass wir morgen da runterfahren können.«

Clausthal-Zellerfeld, 24. August 2010

Maximilian Schmecke saß seinem alten Bekannten Amadeus Besserdich in dessen Büro gegenüber.

»Also, Max, ich habe keine Ahnung, warum der Schneider ein Alibi von dir für die Tatzeit von Maries Entführung will. Ich kann mir nur vorstellen, dass du noch nicht ganz aus dem

Schneider bist, was den Tod von Frau Gutbrodt anbetrifft. Solange man für ihren Tod noch keinen Mörder hat, sind wahrscheinlich alle möglichen Leute verdächtig.«

»Aber ich hatte ein Alibi für die Tatzeit.«

»Ja, deine Mutter. Aber welche Mutter würde ihrem Kind kein Alibi geben? Ich bin kein Kriminalist und auch kein großer Strafverteidiger. Außer mit Diebstahl und Kleinkriminalität kenne ich mich nicht aus. Aber ich denke, wenn es um Mord geht und die Polizei keine wirklich heiße Spur hat, wird man so lange in dem Topf der Verdächtigen herumrühren, bis man den Richtigen gefunden hat.«

»Soll ich jetzt jedes Mal bei der Kripo antanzen, wenn irgendwo in der Gegend einer abgemurkst oder entführt wird?«

»Das wäre wohl etwas übertrieben. Abgesehen davon passieren in dieser Gegend so wenig Morde, dass es kein besonderes Problem darstellen würde.«

»Aber, was meinst du, wie peinlich es war, dass die Kripo meine sämtlichen Klamotten untersucht hat. Sie wollten wohl Spuren meiner Garderobe auf den Sachen von Frau Gutbrodt und auch auf denen von Marie finden. Nur, wenn ich wirklich jemanden umbringe oder entführe, dann wäre ich bestimmt schlau genug, die entsprechenden Klamotten anschließend zu entsorgen.«

»Ja, soviel Intelligenz traue ich dir zu.«

»Außerdem, wie kommt die Polizei dazu, meine Konten unter die Lupe zu nehmen?«

»Das ist absolut üblich. Geld ist schließlich immer ein wichtiges Motiv.«

Es entstand eine Pause, bis Maximilian ein anderes Thema anschnitt:

»Wie geht es Marie eigentlich? Hat sie es einigermaßen weggesteckt?«

»Es geht ihr wieder erstaunlich gut. Sie ist heute mit Tante Lilly verreist, um erst mal etwas Abstand zu gewinnen.«

»Oh, wohin denn?«

»Das darf ich dir nicht sagen. Die Polizei hat mich dringend gebeten, keiner Menschenseele etwas davon zu erzählen.«

»Ah, verstehe. Ich könnte ja hinterherreisen und sie nochmal entführen.«

»Genau.«

»Gut. Dann zu meinem Hauptanliegen. Kannst du mir den Vertrag, um den ich dich gebeten habe, bis morgen aufsetzen?«

»Ehrlich gesagt, im Moment bin ich reichlich überfordert. Zum einen der ganze private Kram mit Mord und Entführung. Und dann habe ich auch noch einen neuen Mandanten, der mich total in Anspruch nimmt. Ich muss bis morgen noch einen ganzen Haufen erledigen. Wahrscheinlich werde ich die halbe Nacht zugange sein.«

»Mein Gott, was ist das denn für ein Mandant? Die Mafia?«

»Wenn es so wäre, würde ich es dir nicht sagen. Aber zu deiner Beruhigung: es ist nicht die Mafia, sondern ein ganz honoriges Unternehmen in Goslar. Also, deinen Vertrag könnte ich frühestens bis Montag fertig haben.«

Maximilian Schmecke gab sich zufrieden und verabschiedete sich von Amadeus. *Irgendwie ist er ein komischer Kerl*, dachte Amadeus, als er allein war. Er kannte Max seit vielen Jahren, war mit ihm mal zwei Jahre in derselben Klasse, bis Max sitzenblieb. Er war ein über alle Maßen verwöhntes Einzelkind, das seine Mutter zur Weißglut gebracht hatte. Und einiges von seinem kindlichen Gemüt hatte er sich auch noch bis heute erhalten. Er nahm das Leben leicht, stieg mit jeder

Frau ins Bett, die er kriegen konnte, stieß sie wieder ab, wenn er keine Lust mehr hatte. Vor ein paar Jahren hatte er es auch bei Marie versucht, bevor sie mit Amadeus zusammen war. Aber sie hatte ihn sofort durchschaut und eiskalt abblitzen lassen. Beruflich hatte er nicht viel auf die Beine gekriegt. Es lebte sich offenbar bequemer von Mutters Geld.

Maximilian war groß und blond und achtete auf sein Äußeres. Er machte gern großzügige Geschenke, vor allem, um Frauen zu beeindrucken. Allerdings konnte er sich das gar nicht leisten. Seine Mutter betrieb ein Geschäft in Clausthal, das allerdings nicht mehr so gut lief wie früher. Statt sich da ordentlich reinzuhängen, tat er so, als wäre er selbst Unternehmer. Dies beschränkte sich aber meist auf allerlei dubiose Geschäfte über das Internet. Seinen aufwändigen Lebensunterhalt konnte er damit sicherlich nicht bestreiten. Also musste seine Mutter herhalten, die wohl noch einiges aus früheren Zeiten auf der hohen Kante hatte. Einmal, vor ein paar Jahren, wurde gegen ihn wegen Diebstahls ermittelt. Allerdings hatte man die Sache mangels Beweisen wieder eingestellt. Mit dem Diebstahl, wegen dessen er neulich vor Gericht gestanden hatte, konnte er allerdings wirklich nichts zu tun haben. Allerdings war es bezeichnend, dass man es ihm zutraute. *Na ja, was geht's mich an,* dachte Amadeus und kümmerte sich nun wieder um die Verträge, die Herr Wiebe von ihm am nächsten Tag erwartete.

Clausthal-Zellerfeld, 27. August 2010

Als Amadeus endlich den PC in seiner Kanzlei ausschaltete, war es bereits kurz vor 22.00 Uhr. Da läutete das Telefon.

»Marie, schön, deine Stimme zu hören. Wie geht es dir?«

»Ich habe Bauchschmerzen.«

»Oh, du armes Mädchen. Kochen die Schweizer so schlecht?«

»Mit dem Essen hat das nichts zu tun, sondern eher mit Tante Lilly.«

»Um Gottes willen, hat sie dich mit Eis und Schokolade vollgestopft?«

»Dagegen kann ich mich ja wehren. Wogegen ich mich nicht wehren kann, ist ihre schrullige Komik. Ich habe so sehr gelacht, dass mir die gesamte Bauchmuskulatur wehtut.«

»Was hat das alte Mädchen denn wieder angestellt? Vielleicht einem Kellner das Bein gestellt?«

»Wenn es nur das wäre, hätte ich vielleicht mal kurz gelacht und dem Kellner dann aufgeholfen. Aber was sie heute angestellt hat, hat mich bald umgebracht.«

Nun erzählte Marie die Geschichte. Sie und Lilly hatten ein Auto gemietet und fuhren in eine sehr einsame Gegend. Am Straßenrand stand ein Mann neben seinem Wagen, der eine Panne hatte. Als Lilly anhielt und fragte, ob sie behilflich sein könne, war der Mann wirklich froh, denn er stand dort schon eine Dreiviertelstunde. Zuvor waren nur zwei Autos vorbeigekommen, die allerdings nicht gehalten hatten. Zu allem Unglück hatte der Mann kein Handy dabei. Und Lillys und Maries Handys bekamen kein Netz. Also nahmen sie den Mann mit. Nach einiger Zeit erreichte man einen Platz mit einer so wunderschönen Aussicht, dass Lilly anhielt und beschloss, erst einmal Rast zu machen, den mitgebrachten Kaffee zu trinken und das Panorama zu genießen. Der Mann war zwar alles andere als glücklich darüber, weil er weiter wollte, um Hilfe zu holen. Aber was sollte er machen? Also setzte man sich an den Hang einer Bergwiese und schaute ins Tal hinunter. Man kam ins Gespräch und Lilly sagte: »Hier hat Otto Dix bestimmt die Lärche im Engadin gemalt«, woraufhin der Mann antwortete: »Otto Dix konnte auch malen? Das wusste ich noch gar nicht. Für mich ist er nur ein Schmierfink.«

Sofort brodelte es in Lilly. Sie sah den Mann an, als sei sie als Mitglied der Inquisition dafür zuständig, ihn entsprechend zu bestrafen. Da machte der gute Mann einen verhängnisvollen Fehler, indem er nochmal nachlegte: »Der Dix hat doch nur alte Huren gemalt. Die Lärche im Engadin hat er wahrscheinlich malen lassen. Ich war mal im Kunsthandel tätig. Da weiß man schon so manches, was die dummen Käufer nicht mal erahnen würden.«

Daraufhin Lilly: »Marie, ich denke, wir machen uns auf den Weg. Der junge Mann möchte gern noch etwas hierbleiben und über moderne Malerei nachdenken, insbesondere über Otto Dix und die Bäume, die er gemalt hat. Und natürlich über dumme Käufer, die nichts von Kunst verstehen.«

Jetzt wurde der Mann unruhig. Er konnte offenbar nicht glauben, wie ernst es Lilly war.

»Aber ich habe doch nur meine Meinung gesagt. Warum ist das überhaupt so wichtig für Sie? Sind Sie mit dem Maler verwandt? Vielleicht habe ich ja auch etwas übertrieben. So grottenschlecht sind seine Bilder ja auch nicht. Aber es ist halt nicht mein Geschmack.«

»Nun, Sie haben ja jetzt Zeit genug, um über die Irrungen und Wirrungen Ihres Geschmacks nachzudenken.«

»Aber Sie können mich doch nicht hier in der Wildnis aussetzen. Hier kommt doch nur jede Stunde mal ein Auto vorbei. Und die meisten halten nicht mal an, schon gar nicht, wenn ein fremder Mann an der Straße steht, um mitgenommen zu werden in dieser gottverlassenen Gegend.«

»Das hätten Sie sich früher überlegen müssen«, war Lillys triumphaler Kommentar.

Sie faltete die Decke zusammen, setzte sich ans Steuer und Marie daneben, während der Mann um das Auto herumhampelte und nicht fassen konnte, was ihm geschah. Und schon wieder bekam Marie einen Lachkrampf, und Amadeus musste den Hörer vom Ohr weghalten, weil er selbst sich nicht mehr vor Lachen halten konnte.

»Das ist Tante Lilly! Ebenso gefürchtet wie geliebt.«

»Du hättest das Gesicht dieses Mannes sehen sollen!«

Als sich die beiden wieder beruhigt hatten, erkundigte Marie sich nach dem Stand der Ermittlungen und Amadeus sagte: »Ich habe heute mit dem Kommissar telefoniert. Er war in Bayern. Er konnte oder wollte zwar nichts Konkretes sagen, meinte aber, dass der Schlüssel für alles dort läge. Wenn ich etwas Wichtiges erfahre, melde ich mich bei dir. Ansonsten solltest du dich möglichst nicht so viel damit beschäftigen. Genieße die Schweiz und Tante Lilly.«

»Du hast gut Reden.«

»Ich weiß. Mir geht das ja auch alles wahnsinnig an die Nieren. Allein wenn ich daran denke, was dir passiert ist und was dir noch hätte passieren können. Am liebsten würde ich mich ins Flugzeug setzen und zu dir kommen. Aber ich habe auf einmal so viel zu tun mit dem neuen Mandanten, dass ich gar nicht weiß, wie ich es bewältigen soll. Auf der anderen Seite bedeutet das, dass ich endlich mal richtig Geld verdiene.«

»Ist doch klar. Mach deine Arbeit. Ich komme schon zurecht. Lilly kümmert sich ganz rührend um mich. Ich mache jetzt Schluss. Lilly liegt schon im Bett, und ich bin auch ziemlich kaputt von diesem Tag. Ich wollte nur nochmal deine Stimme hören und dir berichten, was heute passiert ist.«

»Danke, Schatz. Vor allem bin ich jetzt beruhigt, dass du wieder so herzhaft lachen kannst.«

Amadeus verließ die Kanzlei gut gelaunt. Der Tag hatte trotz manchem Stress und die bohrende Sorge um Marie doch noch einen guten Abschluss gefunden. Bis zu seiner Wohnung war es nur ein Fußweg von fünf Minuten. Da lief ihm Maximilian Schmecke über den Weg. Er schien etwas angeheitert.

»Na, Herr Anwalt, sag bloß, du kommst jetzt erst von der Arbeit?«

»Leider haben es nicht alle so gut wie du, Max.«

»Selber Schuld. Das Leben ist leicht, wenn man es sich leicht macht.«

»Darin hast du ja Erfahrung. Wenn ich mal deinen Rat brauche, wie man das macht, komme ich auf dich zurück.«

»Das ist nicht schwierig. Ich kann dich ja noch auf ein Bier einladen, dann erzähl ich dir, wie's geht.«

Im Prinzip hatte Amadeus keine Lust auf Maximilians Gesellschaft. Aber gegen ein Bier um diese Uhrzeit war nichts einzuwenden.

»Na gut. Es ist zwar nicht so einfach, in diesem Kaff zu dieser späten Stunde noch ein Bier zu kriegen; aber ich glaube, da gegenüber ist noch geöffnet.«

In der Kneipe war nicht viel los. Die beiden setzten sich in eine dunkle Nische und bestellten Bier.

»Sag mal, Max, was ich dich schon längst mal fragen wollte: wie bist du eigentlich an Frau Gutbrodt rangekommen? Ich meine, sie war eine seriöse Frau, verheiratet mit einem ebensolchen Mann. Wie kam es dazu, dass ihr beide ...?«

»Wie es immer dazu kommt, wenn man Lust auf Abwechslung hat. Ich habe mich von ihr massieren lassen, ein bisschen gestöhnt und ihr schöne Augen und ein paar Andeutungen gemacht. Und irgendwann habe ich zugelangt, und ihr gefiel es. Wir haben eine Zeit lang viel Spaß miteinander gehabt. Blöderweise ist es dann zum Schluss über die reine Lust hinausgegangen. Das heißt, wir haben über alles Mögliche gequatscht. Das sollte man nicht tun. Dadurch wird alles nur kompliziert. Als die Verhandlung war, war ich im Grunde schon auf dem Absprung. Aber ich musste ihr schwören, dass ich sie nicht brüskiere. Sie stand für ein Alibi nicht zur Verfügung.«

»Aber sie hätte doch sagen können, dass du als ganz normaler Patient bei ihr warst. Ich meine, Massage ist Massage.«

Maximilian grinste: »Da hast du im Prinzip recht. Aber ihr Alter hätte sich Gedanken gemacht, dass ausgerechnet seine Frau mir ein Alibi gibt. Ist jetzt auch scheißegal.«

»Hast du sie nach der Verhandlung noch einmal gesehen?«

»Nein!«

Dieses *Nein* kam wie aus der Pistole geschossen, und Amadeus wusste, dass es eine Lüge war.

Goslar, 30. August 2010

Gerald Schneider hatte noch einmal Hans Gutbrodt bestellt. In einem kleinen Besprechungsraum saß dieser nun dem Kommissar und seiner Assistentin gegenüber.

»Schön, dass Sie gekommen sind, Herr Gutbrodt.«

»Das ist selbstverständlich.«

»Müssen Sie eigentlich gar nicht arbeiten?«

»Ich habe mich beurlauben lassen. Außerdem habe ich die Pensionierung beantragt. Das kann natürlich noch dauern, da ich erst neunundfünfzig bin. Aber glücklicherweise bin ich in der Lage, mit meinen Mitteln notfalls auch ein paar Jahre ohne Einkommen durchzuhalten. Jedenfalls bin ich nach all dem nicht mehr in der Lage, meiner Arbeit nachzugehen. Ich trage mich auch mit dem Gedanken, wegzuziehen.«

»Tja, das wäre allerdings schade«, sagte Schneider, »gerade jetzt, wo Sie sich Ihrem Sohn offenbart haben, der Sie ja, wie ich so rausgehört habe, durchaus schätzt.«

»Ich muss ja nicht ans Ende der Welt ziehen.«

»Gut. Also, Herr Gutbrodt, ich will Sie davon in Kenntnis setzen, dass wir uns bei den Kollegen in Bayern intensiv mit allem beschäftigt haben. Und wir haben Hinweise, dass wir im Umfeld des Internats suchen sollten. Es gibt eine Liste mit Lehrkräften, die nachweislich oder zum Teil mutmaßlich Kinder und Jugendliche missbraucht haben. Und es gibt eine Liste mit Schülern, die unter diesen besonders gelitten haben. Einer der besagten Lehrer lebt noch. Er ist in einem Kloster in Südamerika, fällt also nicht in unseren Zuständigkeitsbereich. Die betroffenen Schüler haben wir alle durchgecheckt. Und alle haben für die Tatzeit ein Alibi. Besser gesagt, alle uns bekannten. Leider konnten wir zwei Schüler nicht finden. Zum einen Georg Besserdich. Hier haben wir bisher vermutet, dass er nicht mehr lebt. Und der andere ist der Ihnen bekannte Michael Leutkamp.«

»Sie haben Michael nicht gefunden?«

»Nein. Haben Sie eine Ahnung, wo er stecken könnte?«

»Absolut nicht. Ich habe nach der Schulzeit nie wieder etwas von ihm gehört oder gesehen.«

»Das dachte ich mir. Wir waren bei seiner Mutter in Würzburg. Sie ist eine sehr extrovertierte alte Dame. Kommt mir vor wie eine in die Jahre gekommene Filmdiva.«

Gutbrodt musste lächeln und Gisela Berger nuschelte: »Eine abgetakelte Fregatte trifft es wohl eher.«

Schneider sah seine Assistentin scharf an und Gutbrodt schmunzelte.

»Nun«, fuhr Schneider fort, »sie hat ihren Sohn vor zwanzig Jahren zum letzten Mal gesehen, als er nach Würzburg kam, um das Erbe seines Vaters zu kassieren. Ein nicht unbeträchtliches Erbe. Zuvor hat er in Amerika studiert und hatte dann Jobs in aller Welt. Nach seinem letzten Besuch in Würzburg verliert sich seine Spur. Mit seiner Mutter hat er offenbar nichts im Sinn. Und ich glaube, sie kann den Verlust auch verschmerzen. Sie reist in der Welt herum und umgibt sich mit allerlei schillernden Freunden.«

»Das sieht ihr ähnlich.«

»Sie kennen die Frau?«

»Ich hab sie ein paar Mal im Internat gesehen.«

»Nun gut«, jetzt räusperte sich der Kommissar und fuhr fort: »Herr Gutbrodt, Sie als Staatsanwalt wissen natürlich, wie sehr man in einer Ermittlung auf die lückenlose Aussage von Zeugen angewiesen ist. Und hier geht es um Mord. Ich möchte Sie bitten, mir genau zu sagen, was es mit dem Spruch *Auf Gedeih und Verderb – wir bleiben Freunde* auf sich hat.«

Gutbrodt drückste herum: »Es fällt mir schwer. In den mehr als vierzig Jahren habe ich das niemandem erzählt.«

»Herr Gutbrodt, ganz egal, was Sie getan haben, es zählt heute nicht mehr, sofern es kein vorsätzlicher Mord war. Aber wenn uns vielleicht geholfen wird, Morde aufzuklären und weitere Verbrechen zu verhindern ...«

»Ich weiß. Und ich werde jetzt über meinen Schatten springen. Vielleicht muss es endlich mal raus. Möglicherweise fühle ich mich dann auch besser.«

Hans Gutbrodt lehnte sich zurück, richtete die Augen nach oben und erzählte ganz langsam, als ob er an einem anderen Ort wäre: »Wir waren sechzehn. Da tauchte am Internat ein junger Lehrer auf, Frater Anselm Schott. Er war sportlich, gab sich kameradschaftlich. Und er stellte es auch als kameradschaftlich, ja als Freundschaftsdienst hin, wenn er Jungen verprügelte. Und das tat er mit größter Gewissenhaftigkeit. Auf die Einzelheiten kann ich immer noch nicht eingehen. Es ist einfach zu pervers. Jedenfalls hat er eines Tages einen Annäherungsversuch bei Georg gemacht. Und Georg hat ihm in die Fresse gehauen und ist weggerannt. Er hat sich im Park versteckt, und ich habe ihn gefunden. Die ganze Zeit über führte er Selbstgespräche: *Ich bring das Schwein um. Ich mach ihn kalt.* Ich habe auf ihn eingeredet, aber es half nichts. Dann sind wir auf das Wehr gegangen, das über den Fluss führt. Als wir in der Mitte waren, kam Frater Anselm Schott lächelnd auf uns zu. Wenn wir weggerannt wären, hätten wir in den Fluss stürzen können. Wir waren gefangen. Frater Anselm kam ganz langsam auf uns zu, schnallte seinen Gürtel ab und sagte: *Ich bin dir noch etwas schuldig, Georg. Und man sollte doch seine Schulden bezahlen. Ich denke, fünfundzwanzig Schläge wären angemessen. Geh vorsichtig zurück, damit du nicht ins Wasser fällst, und dann legst du dich über den Baumstumpf, und ich werde endlich meine Schulden los.* Als Georg in Reichweite des Fraters war, holte er aus und schlug ihm mit der flachen Hand ins Gesicht. Der Frater verlor das Gleichgewicht und stürzte das Wehr hinunter in den Fluss. Der Strudel war so stark, dass er nicht wieder auftauchte. Außerdem hatte das Wasser vielleicht eine Temperatur von zwei, drei Grad.«

Jetzt stützte Gutbrodt seine Arme auf den Tisch und vergrub das Gesicht in den Händen. Es war mucksmäuschenstill im Raum. Dann erzählte er weiter: »Wir gingen zum Ufer, schauten nach dem Frater. Nach einiger Zeit tauchte er auf – mit dem Gesicht nach unten. Zuerst waren wir total bestürzt. Und nach einiger Zeit sagte Georg lachend: *Das Schwein ist tot.* Und ich sagte: *Das erzählen wir keinem Menschen, niemals.* Wir schlossen einen Pakt. Wir legten uns zurecht, wo wir wann waren, dass wir nichts gesehen hatten und so weiter. Zum Schluss sagte ich: *Auf Gedeih und Verderb – wir bleiben Freunde.* Und Georg wiederholte es, und dann sagten wir es gemeinsam und klatschten uns gegenseitig in die Hände. So, jetzt wissen Sie alles.«

Nach einer halben Minute durchbrach Schneider das Schweigen: »Es ist gut, dass Sie das erzählt haben. Gut für uns und gut für Sie. Der Tod des Fraters wurde damals als Unfall angesehen. Und im Grunde war er das ja auch. Und was Georg getan hat, war eindeutig Notwehr. Ist es möglich, dass irgendjemand Sie damals beobachtet hat? Zum Beispiel Michael Leutkamp?«

»Nein, das ist nicht möglich. Er war in einem Kurs. Den zu versäumen hätte Prügel bedeutet. Und das war bei Michael nicht denkbar. Außerdem war das Wetter saumäßig. Es war Ende November. Da war niemand, der im Park spazieren ging. Wir hatten einen weiten Blick in alle Richtungen.«

»Wenn absolut niemand von diesem Spruch wusste, dann kann tatsächlich nur Georg Besserdich dafür in Frage kommen. Oder Sie.«

»Da haben Sie allerdings recht, Herr Schneider. Nur, ich weiß eben, dass ich mir diesen Brief nicht selbst geschickt habe. Und da ich ein Alibi für die Tatzeit des Mordes an meiner

Frau habe, wäre es ja auch sinnlos, mir selbst diesen Brief zu schreiben.«

»Wir müssen Michael Leutkamp finden«, sagte Gisela Berger und die beiden Männer schauten sie ganz entgeistert an, als hätten sie ihre Anwesenheit erst jetzt bemerkt.

»Und ich denke, da brauchen wir nicht nach Bayern und auch nicht nach Amerika zu reisen. Wenn er hier sein Unwesen treibt, muss er zumindest ein Domizil in der Gegend haben. Vielleicht sitzt er nur ein paar Häuser entfernt von hier und freut sich darüber, wie blöd wir sind.«

Die beiden Männer konnten den Redeschwall von Gisela Berger kaum fassen und Schneider entgegnete: »Nun gut, Gisela, ich mache Sie hiermit zur hauptamtlichen Sucherin von Michael Leutkamp.«

Goslar, 3. September 2010

Kommissar Schneider hatte seine fünf Mitarbeiter im Konferenzraum versammelt. Gisela Berger sollte über ihre Recherchen bezüglich Michael Leutkamp berichten. Sie stand am Kopfende des Tisches und warf mit dem Beamer das Bild eines jungen Mannes an die Wand.

»Das ist Michael Leutkamp im Alter von dreiundzwanzig Jahren. Das Foto wurde in den USA aufgenommen. Es ist das letzte Foto, neuere gibt es nicht beziehungsweise haben wir nicht. Es ist also vierunddreißig Jahre alt. Er dürfte sich inzwischen ein wenig verändert haben.«

Das Bild zeigte einen lächelnden jungen Mann vor einem Universitätsgebäude. Er trug Schlips und Kragen und Gisela erzählte, dass es anlässlich seiner letzten Prüfung aufgenommen wurde, die er mit guten Noten bestanden hatte. Das hatte jedenfalls seine Mutter erzählt.

»Was wissen wir noch über den Mann? Er ist hundertachtundsiebzig Zentimeter groß, schlank, hatte dunkles Haar, das inzwischen, sofern noch vorhanden, wahrscheinlich grau ist. Bis auf die Größe dürfte er sich äußerlich stark verändert haben. Gut, die Augenfarbe, blau, ist unveränderlich. Ansonsten bringen uns die körperlichen Merkmale nicht weiter.«

»Wann wurde er denn zuletzt gesehen?«, wollte Peter Knott, ein fähiger Kollege, wissen, ein Mann von Ende dreißig, groß und lässig gekleidet.

»Seine Mutter hat ihn zum letzten Mal vor zwanzig Jahren gesehen. Da war er in Würzburg, um das Erbe seines Vaters einzusacken. Geld, Aktien und sonstige Anlagen, die er dann auch sofort versilbert hat. Danach gab es keinen Kontakt mehr zur Mutter.«

»Ist er ein Einzelkind?«, fragte Knott weiter.

»Ja. Merkwürdigerweise hatten seine Eltern trotzdem kaum Zeit für ihn oder kein Interesse. Der Vater war Geschäftsmann, und die Mutter war damit beschäftigt, sich zu amüsieren. Der Junge wurde beizeiten aufs Internat abgeschoben. Über seine Misshandlungen hat er zu Hause nichts erzählt. Er war ein Einzelgänger.«

»Und was wissen wir über die letzten zwanzig Jahre?«, wollte Knott wissen.

»Mein Gott, nun unterbrich mich doch nicht ständig. Ich würde gern alles am Stück erzählen«, patzte Gisela ihren Kollegen an, der schuldbewusst und beschwichtigend die Hände hob.

»Also, 1990 ging Michael Leutkamp mit der Erbschaft im Gepäck zurück nach Amerika, wo er einen guten Job bei einer

Firma Geoproject hatte. Dort war er dann noch fünf Jahre beschäftigt, bis die Firma verkauft und aufgelöst wurde. Diese Firma hat sich mit südamerikanischen Edelsteinminen beschäftigt. Es ist mir gelungen, ehemalige Mitarbeiter ausfindig zu machen und mit diesen zu telefonieren. Eine Mitarbeiterin meint, sich erinnern zu können, dass Michael Leutkamp einen Teil des Unternehmens gekauft und sich dann selbstständig gemacht hat. Das muss 1995 gewesen sein. Also habe ich nachgeforscht, welche Unternehmen in Amerika 1995 in dieser Branche gegründet wurden. Und diese Firmen habe ich mir einzeln vorgenommen. Ergebnis: In keinem dieser Unternehmen taucht der Name Leutkamp auf. Das muss natürlich nichts heißen, denn er kann ja als stiller Gesellschafter fungieren. Außerdem sollten wir in Betracht ziehen, dass er die Firmengründung in einem anderen Land vorgenommen hat, zum Beispiel auf den Caiman-Inseln oder sonst wo. Und was wir auch bedenken müssen: Er kann seinen Namen geändert haben. Das ist in manchen Ländern einfacher, als man denkt. Jedenfalls habe ich international in unzähligen Unternehmen der Edelsteinbranche gewühlt, ohne dass auch nur ein einziges Mal der Name Leutkamp aufgetaucht wäre. Wenn er also seinen Namen beibehalten hat, tritt er nicht als große Nummer in Erscheinung. Oder er hat heute einen anderen Namen. Letzteres wird noch wahrscheinlicher, weil ich natürlich in allen zugänglichen Telefonbüchern dieser Welt nach ihm gesucht habe. Es gibt keinen Michael Leutkamp, der mit unserem übereinstimmt.«

»Das bedeutet also«, meldete sich Schneider zu Wort, »dass wir genauso schlau sind wie vorher.«

»Ja. Allerdings gibt es noch einen Hoffnungsschimmer.«

Jetzt wurden alle hellhörig.

»Die ehemalige Mitarbeiterin von Geoproject versucht herauszufinden, wie die damalige Freundin oder Verlobte hieß. Es war eine ernsthafte Verbindung. Sie meint, dass die beiden bestimmt geheiratet haben. Es wäre schon unwahrscheinlich, wenn diese Frau sich auch in Luft aufgelöst haben sollte. Möglicherweise hat Leutkamp ja auch den Namen dieser Frau angenommen. Ich denke, wir brauchen noch ein paar Tage Geduld. Ich werde jeden zweiten Tag anrufen und fragen, ob sie weitergekommen ist. Parallel läuft eine Anfrage bei den Einbürgerungsbehörden. Wenn wir Glück haben, wissen wir in ein paar Tagen mehr.«

»Danke, Gisela. Bleiben Sie am Ball«, sagte Schneider.

Goslar, 6. September 2010

Amadeus hatte es sich in der Sitzecke von Herrn Wiebes Büro bequem gemacht. Die Zusammenarbeit mit ihm war angenehm. Die Aufgaben, mit denen er betraut wurde, waren lösbar, die Chemie zwischen den beiden stimmte.

»Ich hoffe, dass Herr Beermann von dem Schlag mit dem Tablett nichts zurückbehalten hat«, sagte Amadeus. »Ich kann gar nicht sagen, wie peinlich mir das ist.«

»Ach, machen Sie sich darüber keine Sorgen. Er hatte zwar noch ein, zwei Tage ein ordentliches Horn am Kopf. Aber der alte Knabe hat einen harten Schädel. Wenn Sie ihn erst mal näher kennen und er Ihnen seine Kriegsgeschichten erzählt, dann werden Sie merken, dass für ihn ein Schlag mit dem Tablett nur eine Bagatelle ist.«

Nun mussten beide unweigerlich lachen.

»Herr Besserdich, dann wäre erstmal alles klar mit den Verträgen. Ich melde mich in den nächsten Tagen mit Nachschub. Und noch eines: Richten Sie sich bitte darauf ein, dass Sie demnächst mit mir nach Kanada fliegen. Wir sollten da mit unserem kanadischen Anwalt ein paar Dinge besprechen. Außerdem will ich dort eine Schürfstelle in Augenschein nehmen. Es ist immer besser, mal an Ort und Stelle aufzutauchen und zu sehen, was los ist. Sonst meinen die Betreiber, sie könnten einem Märchen erzählen.«

»Oh. Und wohin geht es in Kanada?«

»Der Anwalt sitzt in Winnipeg. Und die Schürfstelle liegt etwa tausend Kilometer nördlich davon in der Wildnis. Aber es gibt einen Flugplatz in einem Kaff namens Thompson. Von dort aus geht es mit dem Hubschrauber weiter. Aber wir halten uns nur einen Tag dort auf. Die ganze Reise nach Kanada nimmt vielleicht drei, vier Tage in Anspruch. Ich melde mich rechtzeitig, damit Sie alles mit Ihren sonstigen Terminen unter einen Hut kriegen.«

»Gut. Das werden wir schon schaukeln. Ja, wenn Sie jetzt weiter nichts haben, würde ich mich gern verabschieden. Ich fahre gleich weiter nach Lautenthal. Meine Großtante kommt heute aus dem Urlaub zurück. Dann habe ich noch etwas Zeit, um ein Begrüßungsessen vorzubereiten.«

»Na, das ist ja prima. So einen Neffen würde ich mir auch wünschen.«

Die Männer erhoben sich, reichten sich die Hand und Herr Wiebe brachte Amadeus zur Tür und sagte zum Abschied: »Vielen Dank, dass alles so schnell geklappt hat. Wir sehen uns.«

Lautenthal, 6. September 2010

»Eigentlich müsstest du ja richtig erschöpft sein, Tante Lilly. Das war ja die reinste Odyssee«, sagte Amadeus, als er den Nudelauflauf servierte.

»Es war viel zu aufregend, um erschöpft zu sein. Ich hoffe, dass du nicht böse bist, weil ich Marie überredet habe, noch in der Schweiz zu bleiben. Aber sie ist da einfach sicherer. Solange der Unhold noch nicht gefasst ist, wird sie sich hier nicht wohlfühlen.«

»Da hast du bestimmt recht.«

Lilly war mit Marie vor zwei Wochen nach Zürich geflogen, hatte sich dort ein Auto gemietet und verschiedene Orte in der Schweiz aufgesucht. Vor zwei Tagen waren sie dann wieder nach Zürich gefahren, weil Lilly etwas bei einer Bank zu erledigen hatte. Und während Marie nach Genf weiterreiste, fuhr Lilly mit dem Wagen nach Frankreich und von dort nach Karlsruhe. Dort gab sie den Mietwagen ab und nahm den Zug in den Harz.

»Und mit deinen Geschäften hat alles geklappt?«, fragte Amadeus grinsend.

»Genau so, wie ich es mir vorgenommen hatte. Keine Kontrollen an den Grenzen. Jetzt muss ich nur überlegen, was ich mit dem Zaster anfange. Am besten, ich frage Klaus. Jedenfalls habe ich Marie gleich etwas gegeben, damit sie sich noch eine schöne Zeit machen kann. Ich kann mir das ja leisten, jetzt, wo ich eine reiche Frau bin.«

»Das warst du auch schon vorher. Nur, jetzt hast du das Geld in bar. Das ist natürlich nicht ungefährlich. Vielleicht zahlst du immer mal kleinere Beträge ein. Aber miete dir doch einfach ein Bankfach. Da wird es dir zumindest nicht gestohlen.«

»Ja, das ist eine gute Idee.«

Goslar, 7. September 2010

»Vielen Dank, Herr Gutbrodt. Das ist interessant. Ich werde sofort checken, auf wen das Auto damals zugelassen war. Ich melde mich wieder bei Ihnen.«

Kommissar Schneider legte den Hörer auf und sah Gisela an: »Kaum zu glauben, was es für Sachen gibt. Herr Gutbrodt hat vor zwanzig Jahren eine Autonummer aufgeschrieben, als er Georg und Miriam Besserdich im Moor gesucht hat. Der Wagen parkte auf dem Waldparkplatz, wo zuvor das Auto der Besserdichs stand. Und jetzt kommt es: Er hat das zwanzig Jahre alte Notizbuch wiedergefunden. Und nun das Beste: Es handelt sich um eine Würzburger Nummer.«

Gisela Berger nahm ihrem Chef den Zettel aus der Hand und ging ans Telefon. Nach einer Weile legte sie auf und sagte: »Der Wagen war damals zugelassen auf den Namen Leutkamp Immobilien in Würzburg.«

Schneider haute auf den Tisch und war selbst erschrocken über seinen Gefühlsausbruch: »Das ist doch nicht zu fassen! Wir sind auf der richtigen Spur. Verdammt nochmal, wann finden wir den Kerl endlich?«

Gisela griff erneut zum Hörer und wählte eine amerikanische Nummer, obwohl es dort fünf Uhr am Morgen war.

Etwa zur selben Zeit telefonierte Herr Wiebe mit Amadeus:
»Herr Besserdich, ich habe ein Attentat auf Sie vor. Es brennt
in Kanada. Man will uns das Projekt, für das ich jahrelang ge-
kämpft habe, auf den letzten Metern vor dem Ziel wegneh-
men. Können Sie schnell Ihre Zahnbürste einpacken und mit
mir nach Kanada fliegen?«

»Wann?«

»Sofort.«

»Ich habe in den nächsten Tagen keine Termine bei Gericht. Und alles andere kann ich verschieben. Okay, ich komme mit.«

»Das ist super! Es geht heute Abend ein Flug von Hannover
nach London mit sofortigem Anschluss nach Kanada. Wenn
Sie in zwei Stunden bei mir sind, liegen wir gut in der Zeit.«

Gisela Berger hatte bei der ehemaligen Kollegin von Michael
Leutkamp noch einmal Druck gemacht. Diese wollte sofort alle möglichen Bekannten kontaktieren, um herauszufinden,
wen er geheiratet hatte. Nun saß sie an ihrem Schreibtisch und
starrte das Telefon an, sie beschwor es geradezu.

»Verdammte Scheiße, jetzt komm in die Gänge, Mädel!«

Schneider schaute kurz auf und amüsierte sich über den
Ausbruch seiner Assistentin, kommentierte diesen aber nicht.
Denn er war selbst auf ein Höchstmaß angespannt. Als bis
18:00 Uhr immer noch kein Rückruf aus Amerika gekommen
war, sagte er: »Gisela, jetzt gehen Sie nach Hause. Ich bleibe
noch eine Stunde hier. Dann kann ich ja nochmal anrufen und
der Dame in Amerika meine Handynummer geben.«

»Nä!«

»Was heißt hier ›nä‹? Sie haben seit einer Stunde Feierabend, und ich will Ihnen etwas Gutes tun. Es bringt doch
nichts, hier zu sitzen und zu warten.«

»Ich habe es im Gefühl. Ich weiß, dass wir heute ein ordentliches Stück weiterkommen. Ich weiß es einfach. Und
dann kriegen wir den Kerl am Arsch.«

»Gisegisegisela! Manchmal sind Sie nicht zu bremsen. Also
gut, dann geh ich erst mal nach Hause. Aber wenn der Anruf
kommt und er ergibt etwas ...«

»... dann rufe ich Sie sofort an. Ist doch klar. Und wenn es
mitten in der Nacht ist.«

Um 21.00 Uhr rief Gisela wieder in Amerika an. Die Dame
sagte, dass sie heute sicherlich den Namen herausfinden könne. Allerdings sei die frühere Kollegin, die Leutkamps mut-
maßliche Frau gut kannte, unterwegs. Aber sie wolle sich um
20:00 Uhr Ortszeit, also um 3:00 Uhr deutscher Zeit mit ihr
treffen. Und dann würde sie sofort zurückrufen.

»Aber sind Sie denn um diese Zeit im Büro?«

»Oh, kein Problem, ich kann sowieso nicht schlafen. Ich
bleibe, wenn es sein muss, die ganze Nacht im Büro.«

»Mein Gott, die Deutschen sind ja tatsächlich so fleißig,
wie immer gesagt wird.«

Gisela lächelte, bedankte sich und legte auf.

Nachts gegen 4:00 Uhr klingelte endlich das Telefon.

Goslar, 8. September 2010

Gisela hatte ihren Chef aus dem Bett geklingelt. Eine Viertelstunde später stand er im Büro. Gut gelaunt, als ob es das
Selbstverständlichste wäre, um diese Zeit zu arbeiten, setzte er
sich Gisela gegenüber und sagte: »So, jetzt schießen Sie mal
los.«

»Also, Michael Leutkamp hat 1995 eine Frau namens Rita Wiebe geheiratet und ist mit ihr in ihre kanadische Heimat gezogen. Leutkamp hat den Namen Wiebe angenommen. Und um seine Spuren noch besser zu verwischen, nennt er sich auch nicht mehr Michael, sondern Manfred. Das ist sein zweiter Vorname. Er hat übrigens die kanadische Staatsbürgerschaft. Seine Frau ist vor ein paar Jahren gestorben. Ich hoffe, er hat sie nicht auch abgemurkst. In Winnipeg hat er sich an einem deutschen Unternehmen beteiligt und dort eine kanadische Dependance aufgebaut. Die Firma heißt Beermann Consult und beschäftigt sich mit der Finanzierung von Diamantenminen. Der Hauptsitz dieser Firma ist in ...«

Jetzt lächelte Gisela ihren Chef dümmlich an und hielt den Mund geschlossen. Schneider wurde unruhig, obwohl er diese Spielchen seiner Assistentin kannte.

»Für Ihre Rätselstunde ist es mir doch noch etwas zu früh. Der Hauptsitz der Firma ist in ...?«

»Goslar!«

Jetzt fiel dem Kommissar die Kinnlade herunter.

»Das kann nicht wahr sein.«

»Oh, liebes Kommissarchen, es kommt noch besser.«

»Noch besser?«

»Der gute Herr Wiebe wohnt sogar hier und steht im Telefonbuch, so sicher fühlt er sich. Er bildet sich tatsächlich ein, dass er nur den Namen zu wechseln braucht, und seine alte Existenz ist futsch. Und ich Idiotin schaue in allen Telefonbüchern dieser Welt nach und erst zum Schluss in Deutschland, um dann herauszukriegen, dass er in Goslar ist.«

»Wo wohnt er?«

»Tausend Meter Luftlinie von hier, in der Altstadt. Er hat eine Wohnung in dem Haus, in dem sich auch das Unternehmen befindet.«

»Hervorragend. Dann will ich mal den Staatsanwalt aus dem Bett klingeln und die Kollegen. Großes Aufgebot. Wann haben wir es schon mal mit einem Mehrfachmörder und Entführer zu tun? Jetzt darf nichts mehr schiefgehen. Wir greifen einfach zu und zack.«

So vital hatte Gisela ihren Chef bisher nur selten gesehen. Sie freute sich, dass sie ihn mit ihrer Euphorie angesteckt hatte.

Gegen 5:00 Uhr waren Schneider, Gisela Berger, zwei weitere Kollegen, der Staatsanwalt und vier uniformierte Polizisten am Haus von Manfred Wiebe beziehungsweise Michael Leutkamp. Als er nicht öffnete, drangen sie gewaltsam in das Haus ein. Seine Wohnung im obersten Geschoss war einsam und verlassen. Also klingelte man den Geschäftsführer, Herrn Beermann, der woanders wohnte, aus dem Bett. Dieser sagte, dass sein Teilhaber gestern nach Kanada geflogen sei, und zwar zusammen mit Anwalt Amadeus Besserdich. Aber da er nun ohnehin schon wach sei, erklärte sich Herr Beermann bereit, ins Büro zu kommen.

»Das kann nicht wahr sein«, sagte Schneider ganz leise vor sich hin. »Er hat sich an Amadeus Besserdich rangemacht. Sie sind zusammen in Kanada. Mein Gott, der arme Junge. Hoffentlich passiert ihm nichts.«

Gisela war fassungslos und wütend zugleich. Warum konnte diese blöde Tussi in Amerika nicht einen halben Tag eher herausfinden, wen er geheiratet hatte. Dann hätten sie jetzt ihren Mörder und könnten ihn nach allen Regeln der Kunst vernehmen. Und wenn er nicht geständig wäre, könnte man ihm Punkt für Punkt alles nachweisen. Wer weiß, was er vielleicht noch alles auf dem Kerbholz hatte?

»Und jetzt ist dieser Scheißkerl einfach in Kanada. Und da kann er sein nächstes Opfer in aller Ruhe um die Ecke bringen. Verdammt nochmal!«

»Gisela, bleiben Sie ruhig. Das bringt jetzt nichts. Warten wir erst mal ab, was uns Herr Beermann erzählen kann«, sagte Schneider.

»Aber wir müssen Herrn Besserdich warnen. Und wir müssen die kanadische Polizei kontaktieren, damit sie Wiebe festnehmen.«

»Ich weiß nicht, ob das so eine gute Idee ist. Wenn er kanadischer Staatsbürger ist, wird er möglicherweise gar nicht ausgeliefert. Wir reden jetzt erstmal mit Herrn Beermann, und dann setzen wir uns mit dem Staatsanwalt und einem Richter zusammen, der etwas von den kanadischen Rechtsverhältnissen versteht. Und erst dann werden wir entscheiden, wie wir weiter vorgehen. Wir dürfen auf keinen Fall übers Ziel hinausschießen.«

Giselas Stimmung schlug in Depression um, als sie spürte, dass sich der Schlafmangel bemerkbar machte.

»Aber das Mindeste wäre doch, Herrn Besserdich zu warnen. Wir haben doch seine Handynummer.«

»Okay, ich habe seine Nummer gespeichert. So mache ich das immer mit den Leuten, mit denen wir uns gerade beschäftigen. Ich rufe an. In Winnipeg ist es jetzt gegen Mitternacht. Vielleicht haben wir Glück.«

Schneider wählte. Nach langem Klingeln wurde am anderen Ende abgenommen: »Hallo.«

»Ja hallo. Hier ist Schneider. Bitte entschuldigen Sie die späte Störung. Bei Ihnen muss es jetzt gegen Mitternacht sein. Aber ich habe Ihnen etwas Dringendes mitzuteilen.«

»Äh, Verzeihung, aber ...«

»Wenn Sie nicht allein sind, hören Sie bitte einfach nur zu. Sie sind in großer Gefahr. Wir müssen davon ausgehen, dass Ihr Mandant der Mörder und Entführer ist.«

»Entschuldigung. Ich kann Sie kaum verstehen. Hier im Norden ist der Empfang so schlecht. Ich glaube, gleich ist das Netz ganz weg.«

»Haben Sie mich verstanden?«

»Hallo, ich verstehe jetzt gar nichts mehr.«

Das Gespräch war weg, und Schneider schaute seine Assistentin nachdenklich an.

»Keine Verbindung mehr. Ich weiß nicht, ob er mich überhaupt verstanden hat.«

Thompson, Kanada, 8. September 2010

Amadeus kam von der Toilette in den Gastraum zurück und Herr Wiebe sagte: »Ihr Handy hat eben geklingelt. Ich habe mir erlaubt, das Gespräch anzunehmen. Es hätte ja etwas Wichtiges sein können.«

»Oh ja, danke. Und wer war dran?«

»Tut mir leid. Ich habe nichts verstanden. Ich weiß nur, dass es eine Männerstimme war. Ich wollte erklären, dass ich nicht Sie bin, aber der Typ hat immer weitergeredet. Und dann war das Netz ganz weg. Hier oben muss man aufs Handy verzichten. Wenn man in die Wildnis geht, braucht man ein Satellitentelefon. Aber hier im Ort gibt es natürlich auch das Festnetz. Vielleicht wollen Sie zu Hause anrufen?«

»Wenn es eine Frauenstimme gewesen wäre, dann würde ich meine Großtante oder meine Freundin anrufen. Aber eine

Männerstimme, die mir um diese Uhrzeit etwas Wichtiges zu sagen hätte, kenne ich nicht. Wahrscheinlich war das irgendein Mandant, der meine Handynummer hat. Soll er doch gefälligst in der Kanzlei anrufen. Ich stelle das Ding jetzt aus, bevor noch mehr Leute meinen, mich hier in der Pampa stören zu können und sich dann über ihre Telefonrechnung ärgern.«

»Richtig, man muss auch mal Ruhe vor dem ewigen Geklingel haben. Apropos Ruhe: Es ist möglich, dass ich die Nacht nicht hier verbringen kann. Vielleicht werde ich noch abgeholt. Dann verbringe ich den Rest der Nacht in der Wildnis und sehe mir morgen früh die neue Schürfstelle an. Sie müssten dann ohne mich verhandeln. Aber unser Anwalt aus Winnipeg wird morgen früh gegen zehn hier sein. Sie machen das dann schon. Sie kennen sich ja in der Materie besser aus als ich. Und wenn Sie alles unter Dach und Fach gebracht haben, können Sie nach Hause fliegen. Ich weiß noch nicht, wann ich fertig bin. Im Grunde hätte ich auch noch was in den USA zu erledigen. Ich weiß noch nicht recht. Auf jeden Fall bin ich in ein paar Tagen auch wieder zu Hause und melde mich dann bei Ihnen.«

Goslar, 8. September 2010

Herr Beermann saß zusammen mit Kommissar Schneider, dessen Assistentin und Staatsanwalt Huber im Besprechungszimmer seiner Firma. In seiner langsamen, behäbigen Art sagte er in altersschwacher, hoher Tonlage: »Könnte es sein, dass Sie verrückt geworden sind, meine Herrschaften? Sie holen mich um diese Zeit aus dem Bett, kreuzen hier mit einem

Heer von Polizisten auf und stellen das Büro meines Partners auf den Kopf. Ein Anruf beim Finanzamt hätte Ihnen klargemacht, dass bei uns alles in Ordnung ist. Wir machen nur seriöse Geschäfte und wir zahlen unsere Steuern.«

»Herr Beermann, es tut uns sehr leid, dass wir Ihnen solche Unannehmlichkeiten bereiten. Aber es geht hier weder um Sie noch um Ihre Firma. Es geht einzig und allein um Ihren Partner, Herrn Wiebe. Also quasi um das Privatleben von Herrn Wiebe.«

»Dann setzen Sie sich doch auch privat mit ihm in Verbindung.«

»Das würden wir gern tun. Aber er ist ja nicht da.«

»Mir scheint, ich leide unter Altersschwachsinn. Herr Wiebe ist fast immer da, es sei denn, er ist auf Geschäftsreise, was heute der Fall ist. Also gehen Sie zurück in Ihre Dienststelle und kommen Sie wieder, wenn er anwesend ist. Das dürfte in den nächsten Tagen der Fall sein. Wenn Sie nicht warten können, gebe ich Ihnen seine Handynummer.«

»Wir müssen ihn persönlich sprechen.«

»Wenn es nicht zwei, drei Tage Zeit hat, dann sollten Sie sich auf den Weg zum Flughafen machen und nach Kanada fliegen.«

»Herr Beermann«, sagte nun Schneider in seiner sehr verbindlichen Art, »Sie können uns glauben, dass es uns außerordentlich leidtut und sehr unangenehm ist, unbescholtene Menschen wie Sie auf diese Art und Weise zu bedrängen. Aber bitte glauben Sie uns, wenn es nicht von größter Wichtigkeit wäre, würden wir um diese Zeit lieber in unseren Betten liegen.«

»Was soll Herr Wiebe denn angestellt haben? Er ist einer der freundlichsten Menschen, die ich kenne. Es ist unvorstellbar, dass er irgendetwas getan haben soll, was solch eine

Aktion rechtfertigt. Das werden Sie mit Sicherheit feststellen, wenn Sie ihn persönlich sprechen.«

»Gut, das werden wir ja dann sehen.«

»Sie haben mir meine Frage nicht beantwortet, junger Mann. Was wird Herrn Wiebe vorgeworfen?«

»Aus ermittlungstaktischen Grü...«

»Hören Sie auf mit dem Quatsch! Sie dringen hier ein, holen mich aus dem Bett, schädigen den Ruf meiner Firma durch Ihre Aktion und erzählen mir sonst was. Und wenn ich dann eine konkrete Frage stelle, wimmeln Sie mich ab wie ein kleines Kind. In meiner Militärzeit hätte ich Ihnen für diese Frechheit den Arsch bis zum Stehkragen aufgerissen!«

Gisela entfuhr ein Lacher. In diesem Moment kam ein Beamter an die Tür, um Schneider zu signalisieren, dass man in Wiebes Büro nichts Belastendes gefunden hatte.

»Gut, Herr Beermann, ich bin froh, dass ich nicht beim Militär bin und denke, wir belassen es erst mal dabei. Es wäre sehr im Interesse unserer Arbeit, wenn Sie nicht versuchen, Herrn Wiebe in Kanada anzurufen.«

»Das interessiert mich nicht. Ich werde ihn auf jeden Fall anrufen.«

»Ich kann Sie nicht daran hindern. Noch eine Frage: Wo genau hält sich Herr Wiebe in Kanada auf.«

»Ausgangspunkt ist unser Büro in Winnipeg. Zur Zeit dürfte er in der Gegend von Thompson sein. Das ist achthundert Kilometer nördlich von Winnipeg.«

»Und wo genau?«

»Woher soll ich wissen, hinter welchem Strauch er da sitzt? Vermutlich fliegt er mit dem Hubschrauber zu irgendeiner Stelle in die Wildnis, die für die Ausbeutung von Diamanten interessant ist.«

»Du meine Fresse«, sagte Gisela im Hinausgehen. »Das war ja wohl der größte Hosenschiss meiner bisherigen Laufbahn.«

Und der Staatsanwalt, der sie mürrisch von der Seite anschaute, entgegnete: »Wir treffen uns alle in zehn Minuten im Besprechungszimmer.«

»Was war das eigentlich für eine chaotische Aktion?«, fragte der Staatsanwalt in die Runde, ohne jemanden anzusehen. Man saß mittlerweile zusammen im Konferenzsaal der Polizeidienststelle.

»Was hätten wir tun sollen?«, fragte Schneider zurück. »Hätten wir vorher anrufen sollen? Es war unsere große Chance, ihn einfach zu überrumpeln. Dass er ausgerechnet heute nicht da ist, konnte kein Mensch ahnen. Wir müssen jetzt dezidiert über unser weiteres Vorgehen nachdenken. Vor allem geht es erst einmal um die Sicherheit von Amadeus Besserdich. Meines Erachtens befindet er sich in Lebensgefahr.«

»Es wird uns nichts anderes übrig bleiben, als die kanadische Polizei zu informieren«, antwortete der Staatsanwalt. »Die sollen bei der Niederlassung der Firma in Winnipeg in Erfahrung bringen, wo genau die beiden Männer sind, und dann losschlagen.«

»Das ist doch alles ein blöder Mist«, polterte jetzt Gisela dazwischen, und der Staatsanwalt traute seinen Ohren nicht, wie dieses unverschämte Mädchen seine Autorität untergrub. Sie störte sich nicht daran und fuhr fort: »Erstmal müssen die Kanadier ihn kriegen. Er ist ja alles andere als blöd. Und wenn sie ihn haben, kann es Jahre dauern, bis sie ihn ausliefern. Da er nur die kanadische Staatsbürgerschaft hat, werden sie ihn vielleicht gar nicht ausliefern. Können wir nicht einfach den alten Beermann festsetzen, damit er seine Klappe hält, bis Wiebe wieder hier ist?«

»Zu Ihrer Information, Frau Berger«, konterte nun der Staatsanwalt, »solange Leute wie Sie hier noch nicht das Sagen haben, wovor Gott uns bewahren möge, befinden wir uns immer noch in einem Rechtsstaat. Möglicherweise hat Herr Beermann ja inzwischen bereits die Niederlassung in Winnipeg angerufen, und damit dürfte dann auch Herr Wiebe gewarnt sein, sobald er wieder in der Lage ist, zu telefonieren. Es ist also zu spät. Uns bleibt nur noch, ihn durch die kanadische Polizei festsetzen zu lassen. Ich werde sofort das Nötige veranlassen. Und Sie, Herr Schneider, versuchen bitte weiter, Herrn Besserdich zu erreichen, damit er weiß, in welcher Gefahr er sich befindet.«

»Ich glaube nicht, dass Herr Beermann bereits in Winnipeg angerufen hat. Denn dort ist es jetzt mitten in der Nacht«, antwortete Gisela und zog sich damit scharfe Blicke von Schneider und dem Staatsanwalt zu.

»Umso größer also unsere Chancen, Herrn Wiebe dort festzusetzen, bevor er weiß, dass wir ihn suchen«, antwortete der Staatsanwalt.

In den folgenden Stunden telefonierte Schneider sämtliche Hotels in Thompson ab. Es waren neun an der Zahl. Drei nahmen gar nicht ab aufgrund der nachtschlafenden Zeit. In drei weiteren übernachtete kein Mister Besserdich. Beim siebten Versuch hatte er Glück. Ja, Herr Besserdich sei auf seinem Zimmer. Aber man wisse nicht, ob man ihn mitten in der Nacht stören könne. Schließlich gelang es durch Schneiders Überredungskunst, dass er durchgestellt wurde.

»Herr Besserdich?«

»Um Himmels willen, wer ist denn da? Wissen Sie nicht, wie spät es ist?«

»Ich bitte um Entschuldigung. Hier ist Schneider.«

»Herr Schneider, mein Gott nochmal, ist was passiert?«

»Bitte, Herr Besserdich, hören Sie mir genau zu. Sind Sie allein und können Sie reden?«

»Natürlich bin ich allein. Ich liege im Bett.«

»Gut. Also, wir haben herausgefunden, dass Herr Wiebe, mit dem Sie unterwegs sind, höchstwahrscheinlich der Mörder ist.«

Sekundenlanges Schweigen.

»Haben Sie das verstanden, Herr Besserdich?«

»Nein. Sie meinen allen Ernstes, dass Manfred Wiebe der Mörder von Frau Gutbrodt ist? Und womöglich Marie entführt hat? Und ... und wollen Sie mir etwa auch noch weismachen, dass er möglicherweise meine Eltern ...?«

»Genau davon gehe ich aus.«

»Entschuldigung, aber ich glaube Ihnen kein Wort. Wie, um alles in der Welt, kommen Sie darauf?«

»Das mag schockierend für Sie sein. Aber wir haben herausgefunden, dass Herr Wiebe, der ursprünglich Michael Leutkamp hieß, mit Ihrem Vater und mit Hans Gutbrodt zusammen im Internat war.«

Wieder Schweigen. Es tickte in Amadeus' Kopf. Er kriegte einfach nicht auf die Reihe, was Schneider ihm da erzählte.

»Aber Herr Schneider, natürlich bin ich jetzt erstaunt. Trotzdem, wenn es so war, dann ist es doch noch lange kein Grund ... nein, ich glaube das nicht.«

»Herr Besserdich, wir haben so eindeutige Indizien, dass wirklich ein dringender Tatverdacht besteht. Wo ist Herr Wiebe eigentlich? Ich nehme an, er schläft auch in diesem Hotel.«

»Nein, er ist kurz nach Mitternacht abgereist. Er dürfte sich jetzt irgendwo in der Wildnis befinden.«

»So ein Mist. Die kanadische Polizei soll ihn festnehmen.«

»Das gibt es doch nicht. Herr Schneider, ich glaube Ihnen nicht. Ich weiß zwar nicht, wie Mörder und Entführer so sind. Aber Manfred Wiebe ist bestimmt kein Mörder. Er wird in ein paar Tagen wieder in Deutschland sein, und dann können Sie ihn fragen und ihn mit Ihren abstrusen Vorwürfen konfrontieren. Glauben Sie mir, Herr Schneider, Sie irren sich.«

»Herr Besserdich, ich glaube, dass Sie in Gefahr sind. Sind Sie ganz sicher, dass Herr Wiebe das Hotel verlassen hat?«

»Ich habe mit eigenen Augen gesehen, wie er abgeholt wurde.«

»Wissen Sie, ob er mit Herrn Beermann telefoniert hat?«

»Das weiß ich nicht. Mit dem Handy hat er bestimmt nicht telefoniert, weil die Dinger hier oben kaum oder gar nicht funktionieren. Ob er von seinem Zimmer aus per Festnetz mit Herrn Beermann telefoniert hat, weiß ich nicht.«

»Herr Besserdich. Sie bleiben jetzt auf jeden Fall in Ihrem Zimmer, so lange, bis die Polizei kommt. Die bringt Sie dann in Sicherheit.«

»Was soll das heißen? Ich werde nicht mit der Polizei mitgehen, weil ich hier morgen früh ein äußerst wichtiges Gespräch mit anderen Anwälten habe. Diesen Job werde ich erledigen, egal, ob sich hier Mörder herumtreiben oder nicht.«

»Gut, wenn Herr Wiebe wirklich weg ist, kann Ihnen ja im Prinzip nichts passieren. Aber ich bin mir nicht sicher, dass er wirklich abgereist ist beziehungsweise ob er inzwischen vielleicht wieder da ist. Sie sind wirklich in Gefahr. Wissen Sie denn, wo genau Herr Wiebe hingefahren ist?«

»Nein, ich weiß nur, dass es in ziemlich unwegsames Gelände ging.«

»Das hört sich nicht sehr beruhigend für mich an. Vielleicht hat er doch mit Herrn Beermann telefoniert, der ihm berichtete, dass wir ihn in Deutschland verhaften wollten. Und deshalb ist er dann über alle Berge.«

»Herr Schneider, jetzt machen Sie einfach mal halblang.«

Goslar, 9. September 2010

Schneider wurde zum Staatsanwalt beordert und saß ihm an dessen Schreibtisch gegenüber.

»Tja, Herr Schneider, das ist ja bis jetzt ein ziemlicher Scheiß. Bitte bringen Sie mich auf den neuesten Stand der Dinge.«

»Also, die kanadische Polizei hat Wiebe nicht im Hotel angetroffen. Er ist wohl tatsächlich irgendwo in der Wildnis. Aber kein Mensch weiß, wo. Auch im Büro in Winnipeg wusste man nichts davon. Es hieß nur, dass er sich von einem möglichen neuen Geschäftspartner eine Schürfstelle zeigen lassen wollte. Aber niemand weiß etwas über den Vorgang. Und die Polizei ist natürlich nicht in der Lage, ein Gebiet von tausenden von Quadratkilometern abzusuchen. Diese angebliche Schürfstelle kann überall sein. Entweder das stimmt oder er hat Wind bekommen von seiner bevorstehenden Verhaftung und ist abgehauen. Wenn es allerdings stimmt, dass er in der Wildnis ist, bestehen gute Chancen, dass er noch gar nicht weiß, dass er festgenommen werden soll. Das ist jetzt unsere große Hoffnung. Sobald er dann wieder in Thompson oder Winnipeg auftaucht, schlägt die Polizei zu.«

»Es war übrigens nicht ganz leicht«, warf nun der Staatsanwalt ein, »die kanadischen Kollegen überhaupt davon zu überzeugen, dass es sich bei Wiebe um einen mutmaßlichen Mörder handelt.«

»Das ist das eine«, fuhr Schneider fort. »Was mir im Moment wichtiger ist, ist die Tatsache, dass Herr Besserdich nicht zu Schaden gekommen ist. Er hat morgens seine Verhandlungen in Thompson geführt und ist dann nach Winnipeg geflogen. Zur Zeit dürfte er gerade in der Luft sein. Er ist auf dem Weg nach Deutschland.«

»Gott sei Dank.«

Wieder in seinem Büro, sagte Schneider zu Gisela Berger: »Sie fahren bitte nach Lautenthal und berichten Fräulein Höschen über den neuen Stand der Dinge. Wenn ihr Neffe heute Abend eintrifft, sollte sie vorbereitet sein, falls er ihr hinsichtlich Herrn Wiebe etwas erzählt.«

»Klar, Chef.«

»Aber bitte, Gisela, bringen sie es ihr schonend bei. Sie wissen schon, nicht so holterdiepolter.«

»Ich bin nie holterdiepolter. Ich bin die Sensibilität in Person.«

Ihr Chef sah sie ungläubig an, und Gisela setzte ihr ironisches Lächeln auf.

Lautenthal, 9. September 2010

Lilly öffnete die Tür, nachdem es geklingelt hatte. Sie konnte es kaum glauben, aber da stand Maximilian Schmecke. Noch dazu mit einem Blumenstrauß.

»Nanu, Maximilian, bist du unter die Floristen gegangen?«

»Hallo, Fräulein Höschen. Ich wollte Ihnen ein paar Blumen bringen und mich herzlich bei Ihnen bedanken, dass Sie mich neulich bei Gericht vor einer Dummheit bewahrt haben.«

Es kam selten vor, dass Lilly sprachlos war. Aber jetzt musste sie sich erstmal fangen, so überrascht war sie.

»Mein Gott, so ein alberner Bengel. Na, komm schon rein. Das Problem ist nur, dass es bei mir aussieht wie in Sodom und Gomorrha. Setz dich ins Esszimmer. Ich stelle nur die Blumen ins Wasser und komme dann, um den Papierkram wegzuräumen.«

Lillys Esstisch war übersät mit allerlei Papieren. Als sie in der Küche war, um eine Vase zu suchen und die Kaffeemaschine anzustellen, streifte Maximilians Blick über die Blätter. Eine Sache fiel ihm besonders ins Auge: eine Auszahlungsquittung über mehr als zweihundertfünfzigtausend Euro von einer Schweizer Bank.

Diese alte Schnepfe, dachte er, *hat ein Vermögen steuerfrei im Ausland und lässt sich Beträge in bar auszahlen, von denen andere nur träumen können.*

Er griff kurzerhand nach der Auszahlungsquittung und steckte sie in seine Jacke. Dann kam Lilly zurück und räumte in Windeseile den ganzen Papierkram zusammen, um ihn in einer Schublade zu verstauen. Sie setzte sich gegenüber von Maximilian an den Tisch.

»So, hast du also eingesehen, was du da wieder angestellt hast? Ich denke dabei bloß an deine Mutter. Sie ist so eine fleißige Frau, die es im Leben nicht leicht gehabt hat. Und sie hat alles versucht, dich zu einem ordentlichen Menschen zu erziehen, wenngleich das auch ein hartes Stück Arbeit gewesen ist.«

»Bin ich wirklich so schlimm gewesen?«

»Schlimmer. Und dass du jetzt als Erwachsener immer noch solchen Blödsinn anstellst wie ein pubertierender Bengel, macht es nicht besser.«

Maximilian hörte sich die Belehrungen geduldig an, dachte aber: *Rutsch mir doch den Buckel runter, du alte Hexe.*

Nachdem Lilly eine kurze Pause einlegte, um den Kaffee zu holen, schnitt er ein anderes Thema an: »Und wie geht es Marie inzwischen?«

»Nun, sie macht erst einmal richtig Urlaub, und zwar an einem unbekannten Ort, damit niemand sie behelligen kann. Sie hat wirklich genug durchgemacht.«

»Wer ihr das nur angetan hat?«

Dann läutete es wieder an der Tür und Lilly sagte: »Nanu, das ist ja hier heute wie im Taubenschlag. Wer kommt denn jetzt schon wieder?«

Sie ließ Gisela Berger herein, die ganz erstaunt schaute, als sie Maximilian Schmecke sah.

»Tag, Herr Schmecke.«

»Hallo. Ja, ich will mich dann mal wieder auf den Weg machen. Sie haben ja wahrscheinlich etwas zu besprechen.«

»So ist es«, antwortete Gisela Berger.

Nachdem Maximilian gegangen war, fragte sie Lilly: »Kennen Sie Herrn Schmecke so gut, dass er Sie besucht?«

»Ich kenne ihn besser, als ihm lieb ist. Er war einige Zeit auf der Schule, an der ich unterrichtet habe. Und ich kenne seine Mutter, die mir sehr leid tut, einen solchen Taugenichts großgezogen zu haben. Ich mochte ihn noch nie. Und daran hat sich bis heute nichts geändert.«

»Tja«, meinte Gisela, »irgendwie kommt er mir nicht geheuer vor. Ich denke, man sollte ihn mit Vorsicht genießen. Ich habe jedenfalls ein Auge auf ihn.«

»Was führt Sie zu mir?«, fragte Lilly sachlich.

»Nach meinen Informationen kommt Ihr Großneffe Amadeus heute zurück aus Kanada. Herr Schneider hat mit ihm telefoniert, um ihm zu sagen, dass sein Mandant Herr Wiebe, mit dem er zusammen dorthin gereist ist, mit großer Wahrscheinlichkeit der Mörder ist.«

»Um Himmels willen, Mädchen! Ist das Ihr Ernst?«

»Leider ja. Die Indizien sind erdrückend. Bei Herrn Wiebe handelt es sich um keinen anderen als um Michael Leutkamp, der zusammen mit Georg Besserdich und Herrn Gutbrodt auf dem Internat war. Wir gehen davon aus, dass er etwas mit dem Verschwinden der Besserdichs zu tun hat, dass er Frau Gutbrodt umgebracht hat und ebenso den Pater in Bayern. Ob er etwas mit der Entführung Maries zu tun hat, können wir noch nicht sagen. Aber mit großer Gewissheit hat er Ihnen den Fußball geschickt und Herrn Gutbrodt einen anonymen Brief.«

»Du meine Güte, das ist ja alles furchtbar. Und? Haben Sie ihn verhaftet?«

»Als wir das letzte Puzzlestück zusammenhatten, war er bereits mit Amadeus in Kanada. Und die dortige Polizei war bis jetzt nicht in der Lage, ihn ausfindig zu machen. Er ist also wahrscheinlich immer noch dort und versteckt sich. Aber glücklicherweise ist Amadeus nichts geschehen. Er wird heute Abend in Deutschland eintreffen. Ein Kollege wird ihn vom Flughafen abholen.«

Lilly war die Erleichterung ins Gesicht geschrieben.

»Ach, da bin ich aber froh. Nicht auszudenken, wenn ihm etwas passiert wäre.«

»Hat denn Amadeus etwas über Herrn Wiebe erzählt?«

»Er hat immer von einem neuen, lukrativen Mandanten in Goslar gesprochen. Den Namen hat er mir erst genannt, bevor er nach Kanada abgereist ist. Jedenfalls hat er ihn in höchsten

Tönen gelobt. Sind Sie auch wirklich absolut sicher, dass er der Täter ist?«

»Absolut sicher kann man nur sein, wenn man handfeste Beweise und nach Möglichkeit auch noch ein Geständnis hat. Aufgrund der Indizienlage sind wir ziemlich sicher, ich denke mindestens zu neunzig Prozent.«

»Hundert Prozent wären besser.«

»Die restlichen zehn Prozent werden wir bekommen, wenn wir ihn vernehmen. Aber dazu müssten wir ihn erstmal haben. Ich weiß gar nicht, ob er überhaupt ausgeliefert wird, da er kanadischer Staatsbürger ist. Auf jeden Fall ist das eine lange Prozedur. Aber Hauptsache wäre erstmal, dass er in Haft ist, egal wo.«

»So egal ist das nicht. Stellen Sie sich vor, er ist nicht der Unhold und wir wiegen uns in Sicherheit, und dann schlägt der wahre Täter wieder zu.«

Gisela lächelte und antwortete beschwichtigend.

»Ich denke, in dieser Hinsicht brauchen Sie sich keine Sorgen zu machen. Letztendlich weiß nur der liebe Gott alles. Aber wir wissen schon eine ganze Menge, Fräulein Höschen.«

»Aber ich bin nun mal eine alte Lehrerin. Und wenn Sie sagen, Gott wüsste alles, dann muss ich Ihnen sagen: Ein Lehrer weiß alles besser.«

Jetzt hatte Lilly sie zum Lachen gebracht und sie antwortete: »Gut, Fräulein Höschen, wenn ich mal nicht weiterkomme und der liebe Gott mir seine Hilfe verweigert, frage ich Sie um Rat.«

Dann verabschiedeten sie sich.

Goslar, 10. September 2010

Nachdem Amadeus sich ausgeschlafen hatte nach der strapaziösen Reise, besuchte er Kommissar Schneider, um ihm ausführlich über seinen Kontakt mit Herrn Wiebe zu berichten. In seiner Darstellung gab es nicht den geringsten Hinweis, dass dieser irgendetwas im Schilde führte. Amadeus' Meinung nach wusste Herr Wiebe nicht mal, dass er der Sohn seines alten Schulkameraden war.

Neben Schneider waren auch der Staatsanwalt und Gisela bei dem Gespräch anwesend. Der Staatsanwalt hatte Gisela zwar scheel angesehen, verkniff sich aber jede Bemerkung. Er wusste, dass Schneider auf ihrer Anwesenheit bestand.

»Ich gehe davon aus«, sagte Schneider, »dass Herr Wiebe ein guter Schauspieler ist. Warum sollte er Ihnen signalisieren, dass er weiß, wer Sie sind oder dass er Sie im Visier hat? Nach allem, was wir über ihn wissen, ist er eine gestörte Persönlichkeit, die sich rächen muss für das, was ihr angetan wurde.«

»Bitte nehmen Sie zur Kenntnis, dass Herr Wiebe keine gestörte Persönlichkeit ist. Das können Sie selbst feststellen, wenn Sie mit ihm reden. Er wird in ein paar Tagen wieder in Goslar sein.«

»Sie sind ein Optimist«, warf der Staatsanwalt ein. »Er wird sich hüten, überhaupt nochmal nach Deutschland zu kommen. Wenn Sie als Anwalt erstmal mehr Erfahrung erworben und Ihre Naivität abgelegt haben, werden Sie wissen, was ich meine.«

Jetzt wurde Amadeus, dem noch der Jetlag in den Knochen saß, langsam ungehalten und er war selbst etwas überrascht, was für eine Antwort er dem Staatsanwalt hinschleuderte: »Gerade wegen meiner Unerfahrenheit halte ich mich lieber an Fakten und meinen gesunden Menschenverstand als an Scheißhauspsychologie.«

Gisela lachte laut auf, und der Staatsanwalt sah erst sie und dann Amadeus scharf an.

Niemand außer Amadeus und Herrn Beermann hatte damit gerechnet, dass Manfred Wiebe noch einmal nach Deutschland zurückkehren würde. Folglich wurden auch nicht die deutschen Flughäfen kontrolliert. Lediglich die Kanadier hielten an ihren Flughäfen Ausschau nach ihm. Sämtliche Passagierlisten wurden dort auf den Namen Wiebe gecheckt. Nun war Manfred Wiebe aber mit einer Privatmaschine einer kooperierenden Firma in die USA geflogen und von dort aus über Paris nach Hannover zurückgekehrt. Er holte sein Auto ab und fuhr nach Goslar. In seiner Wohnung legte er sich schlafen, um sich von dem Jetlag zu erholen. Er schaffte es, vorerst nicht an den morgigen Tag zu denken.

Goslar, 11. September 2010

Es klopfte an Schneiders Tür.

»Herein.«

Schneider erhob sich und ging auf seinen Besucher zu. Es war ein Mann von etwa Ende fünfzig, mittelgroß, schlank. Die beiden reichten sich die Hände.

»Schneider, guten Tag.«

»Wiebe. Manfred Wiebe. Ich habe gehört, dass Sie mich sprechen wollen.«

Der Kommissar wusste nicht, ob er lachen oder weinen sollte. Er wies erstmal auf einen leeren Besucherstuhl und setzte sich selbst in seinen Bürosessel. Dann öffnete sich erneut die Tür und herein kam Gisela Berger.

Schneider hatte sich wieder im Griff und sagte: »Gisela, ich möchte Ihnen Herrn Wiebe vorstellen. Manfred Wiebe. Das ist Frau Berger, meine Assistentin.«

Herr Wiebe hatte sich wieder erhoben und reichte einer völlig ungläubig dreinschauenden Gisela Berger die Hand.

»Könnte es sein«, sagte nun Wiebe freundlich, »dass Sie mit meinem Besuch nicht gerechnet haben? Wenn ich ungelegen komme, kann ich auch später nochmal hereinschauen.«

»Herr Wiebe, Sie glauben gar nicht, wie froh wir sind, Sie zu sehen«, antwortete Schneider.

»Wir suchen Sie über Kontinente hinweg. Falls Sie es noch nicht wissen, gegen Sie liegt ein Haftbefehl vor. Sie werden des mehrfachen Mordes beschuldigt.«

»Das ist ja höchst interessant. Aber damit kann ich Ihnen leider nicht dienen. Ich habe es in meinen neunundfünfzig Lebensjahren noch nicht mal auf eine einfache Körperverletzung gebracht. Also ich fürchte, da müssen Sie sich einen anderen suchen.«

»Herr Wiebe, es geht hier wirklich um sehr üble Sachen. Wir sollten systematisch vorgehen und eine offizielle Vernehmung anberaumen. Das heißt, wir begeben uns jetzt in ein anderes Zimmer und werden den Staatsanwalt bitten, dazuzukommen.«

Schneider ließ Herrn Wiebe von zwei Polizisten in einen Vernehmungsraum bringen, ihn nach Waffen untersuchen und eine Speichelprobe abgeben. Er informierte den Staatsanwalt, der nicht glauben konnte, was er hörte. Er fragte Wiebe, ob er einen Anwalt hinzuziehen wolle, der zur Antwort gab: »Dazu sehe ich keine Veranlassung.«

Und nach einer halben Stunde saßen Wiebe, Gisela, der Staatsanwalt und Schneider zusammen in einem Raum bei laufendem Tonaufnahmegerät. Es war abgesprochen, dass Schneider die Vernehmung führen sollte und die beiden anderen sich zurückhielten.

»Herr Wiebe, stimmt es, dass Ihr Geburtsname Michael Leutkamp ist?«

»Ja.«

»Sind Sie zusammen mit Hans Gutbrodt und Georg Besserdich auf dem Internat gewesen?«

»Ja.«

»Wurden Sie auf diesem Internat sexuell missbraucht und körperlich misshandelt?«

»Ja.«

»War einer dieser Männer, die Sie missbraucht und misshandelt haben, Pater Sigismund?«

»Ja.«

»Wann haben Sie diesen Pater zum letzten Mal gesehen?«

»Als ich das Internat verließ, also unmittelbar nach dem Abitur.«

»Falsch«, rief Gisela und zog die Blicke der drei Männer auf sich, wobei der Staatsanwalt sie am liebsten getötet hätte, so sehr ging ihm ihre schrille Stimme durch Mark und Bein.

Schneider mahnte seine Assistentin mit einer Handbewegung zum Schweigen und fuhr fort: »Was Frau Berger damit sagen wollte, bringt mich zu meiner nächsten Frage: Haben Sie Pater Sigismund getötet?«

Wiebe lächelte übers ganze Gesicht und sagte: »Aber selbstverständlich. Tausendmal. Allerdings nur in meinen Gedanken. Ich hatte ja bereits gesagt, dass ich ihn seit dem

Verlassen des Internats nicht mehr gesehen habe. Und da war er noch ganz lebendig. Als ich neulich in der Zeitung las, dass er umgebracht worden sei, tat er mir leid. So einem alten Greis so etwas anzutun, das ist doch dumm. Zwanzig Jahre früher hätte es vielleicht noch Sinn gemacht.«

»Gut. Dann hätten wir gern ein Alibi von Ihnen für die Tatzeit.«

»Kein Problem, wenn Sie mir sagen, wann genau er umgebracht wurde, schaue ich in meinem Terminkalender nach.«

Wenn sein Alibi, was sich leicht überprüfen ließe, stimmte, kam er als Täter tatsächlich nicht in Frage.

»Gut, wir werden Ihre Angaben überprüfen. Nun kommen wir zu einem anderen Fall«, sagte Schneider.

»Kannten Sie die Ehefrau Ihres früheren Schulkollegen Hans Gutbrodt?«

»Nein, das Vergnügen war mir nicht vergönnt. Ich habe ja Hans seit unserer Schulzeit nicht mehr gesehen. Wie hätte ich da seine Frau kennenlernen sollen?«

»Nun, auch diese Dame wurde ermordet.«

Jetzt schaute Wiebe ungläubig den Kommissar an.

»Mein Gott. Das ist ja schrecklich.«

»Das ist wohl wahr. Auch für die Tatzeit dieses Mordes hätten wir gern ein Alibi von Ihnen.«

»Das können Sie haben.«

Auch hier hatte Wiebe genau parat, was er an welchem Ort gemacht hatte und wer dies bestätigen konnte.

»Kennen Sie die Verlobte von Amadeus Besserdich?«

»Nein, bis jetzt noch nicht. Aber ich hoffe, Herr Besserdich wird sie mir bald mal vorstellen.«

»Wie Sie vielleicht wissen, wurde der jungen Dame vor einiger Zeit Gewalt angetan. Und auch hier hätten wir gern ein entsprechendes Alibi von Ihnen.«

»Mein Gott, was ist hier eigentlich los? Wie viele grauenvolle Verbrechen haben Sie denn noch auf Lager? Und das wollen Sie alles mir aufbürden? Hören Sie, ich glaube, Sie sind hier auf dem total falschen Dampfer. Und wenn Sie noch Dutzende Schandtaten auf der Palette haben, Sie werden bei mir nichts finden, absolut nichts!«

Wiebe hatte seine Stimme erhoben, obwohl dies gar nicht seine Art war. Aber allmählich wurde es ihm zu viel.

»Also gut, nennen Sie mir die Tatzeit, und ich werde Ihnen ein wasserdichtes Alibi liefern. Ich habe ja sonst nichts zu tun.«

Nach einer Stunde beschloss Schneider, eine Pause einzulegen. Er schickte einige Beamte los, um Wiebes Angaben, wo er zu den Tatzeiten der drei Verbrechen gewesen war, zu überprüfen und sich mit Gisela und dem Staatsanwalt zu besprechen. Nach anderthalb Stunden wurden diese hinsichtlich des Mordes an dem Pater und der Entführung Maries bestätigt. Die Überprüfung des Alibis zu Frau Gutbrodts Ermordung dauerte noch an.

»Ist der Mann wirklich unschuldig in allen Punkten, oder ist er so eiskalt, dass er uns das alles nur vorspielen kann?«, fragte der Staatsanwalt.

»Wir machen jetzt erstmal weiter. Es sind noch einige Punkte zu klären. Am interessantesten dürfte der Fall Georg und Miriam Besserdich sein. Ich bin gespannt, wie er sich da herauswinden wird«, sagte Schneider.

Wieder im Vernehmungsraum, eröffnete Schneider die nächste Runde: »Herr Wiebe, ich hoffe, Sie haben sich etwas erholt und beruhigt. Wir haben noch einiges mehr zu klären.

Kennen Sie den Spruch: *Auf Gedeih und Verderb – wir bleiben Freunde?*«

»Ja.«

»Ja?«

»Ja.«

Schneider sah ihm direkt in die Augen. Gisela und der Staatsanwalt wagten vor Anspannung kaum zu atmen.

»Würden Sie mir auch sagen, wo Sie diesen Spruch schon mal gehört haben?«

»Ich habe es noch nie jemandem erzählt. Aber nach so vielen Jahren spielt es wohl keine Rolle mehr. Das war damals im Internat. Ich hatte eigentlich einen Kursus. Der fiel aber aus. Und da Georg und Hans nicht da waren, hatte ich keine Lust, auf meinem Zimmer zu bleiben. Und andere Freunde hatte ich nicht. Also ging ich trotz des schlechten Wetters in den Park. Von einem kleinen Wäldchen aus sah ich Georg und Hans auf dem Wehr balancieren. Und kurz darauf sah ich einen Lehrer, äh, wie hieß er noch gleich, so einen jungen Kerl, der immer auf gut Freund machte und einen dann windelweich schlug. Er ging auf die Jungen zu und schnallte seinen Gürtel ab. Da holte Georg aus und schlug dem Kerl ins Gesicht. Der fiel dann in den Fluss und tauchte nicht mehr auf. Die beiden gingen hinunter zum Fluss und beobachteten, dass der Frater wieder zum Vorschein kam. Allerdings war er tot. Denn er trieb mit dem Gesicht nach unten. Nachdem die beiden ihren Schock überwunden hatten, riefen sie: *Auf Gedeih und Verderb – wir bleiben Freunde.* Sie haben mich nicht gesehen. Und außer mir weiß niemand, was damals geschah.«

»Herr Wiebe, haben Sie Hans Gutbrodt neulich einen Brief geschickt, der genau diesen Spruch enthielt?«

»Hans Gutbrodt? Ich weiß noch nicht mal, wo der jetzt wohnt.«

»Er wohnt in Clausthal-Zellerfeld, also ganz in der Nachbarschaft. Und Sie wollen mir weismachen, Sie wüssten nicht, wo er wohnt?«

»In Clausthal-Zellerfeld? Das soll ein Witz sein.«

»Mit ist nicht nach Witzen zumute. Sie selbst wohnen seit geraumer Zeit hier in Goslar. Ich nehme an, Sie lesen die Tageszeitung. Da wird Ihnen doch ab und zu mal der Name Gutbrodt aufgefallen sein. Als Staatsanwalt wird sein Name des Öfteren in der Zeitung erwähnt.«

»Ich lese die Schlagzeilen aus Politik und Wirtschaft. Wirklich intensiv studiere ich die Times. Und alles, was ich sonst an Informationen brauche, hole ich mir aus dem Internet. Ich wusste nicht, dass Hans Gutbrodt hier in der Gegend wohnt.«

»Lassen wir das erstmal so stehen. Nächste Frage: Kennen Sie den Fußball mit den Autogrammen, den Georg Besserdich in seiner Kindheit zum Geburtstag bekommen hat?«

»Ja.«

»War dieser Fußball mal in Ihrem Besitz?«

»Ja.«

»Wie ist er in Ihren Besitz gekommen?«

»Ich habe ihn gestohlen.«

Gisela hätte platzen können. Sie hätte sich jetzt zu gern eingeschaltet, wagte es aber nicht.

»Und wie lange war dieser Fußball in Ihrem Besitz?«

Wiebe atmete tief aus, trank einen Schluck Wasser, senkte den Kopf nach unten und blickte Schneider dann in die Augen, um mit leiser Stimme zu antworten: »Es war vor zwanzig Jahren. Da habe ich Georg den Ball zurückgegeben.«

»War das an dem Tag, an dem Sie Georg Besserdich ermordet haben?«

»Wie bitte? Ich soll Georg ...? Georg wurde ermordet?«

Nun war Wiebe wirklich ausgelaugt. Die Ratlosigkeit stand ihm ins Gesicht geschrieben.

»Herr Wiebe, erzählen Sie mir von der Rückgabe des Fußballs.«

Er holte noch einmal tief Luft und begann ganz langsam und leise: »Es war 1990. Am 30. April 1990. Ich war in Würzburg, um mit meiner Mutter die Erbschaft meines Vaters entsprechend seinem Testament aufzuteilen. Ich war von Amerika rübergekommen und hatte ein paar Tage Zeit mitgebracht. Mit meiner Mutter habe ich mich nicht verstanden. Mit ihr mehr Zeit zu verbringen als unbedingt nötig, war mir ein Graus. In meinem alten Kinderzimmer entdeckte ich Georgs Ball, den ich ihm weggenommen hatte, weil ich als Kind eifersüchtig war. Er hatte Eltern, die sich wirklich Gedanken um ihren Sohn machten. Gedanken, wie sie ihm eine Freude bereiten könnten. Ich bekam immer nur Geld. Ich wäre dafür gestorben, wenn meine Eltern mir jemals etwas so Kostbares geschenkt hätten, etwas so Persönliches. Bestimmt hatte es Georgs Eltern Mühe gekostet, all die Autogramme auf den Ball zu bekommen. Ich war todtraurig und wollte, dass Georg auch traurig ist. Also habe ich den Ball gestohlen. Er war allerdings nicht traurig, sondern wütend. Um mich weiter zu befriedigen, habe ich den Ball misshandelt. Ich meine, Georg hat den Ball gehütet wie seinen Augapfel. Und ich habe ihn mit in den Wald genommen und damit geschossen. Als ich den Fußball dann nach all den Jahren sah, kamen mir die Tränen und ich wollte es wiedergutmachen, vor allem zu meiner Missetat stehen. Ich wollte meinen Frieden haben, mich nicht weiter mit all dem Mist belasten. Da habe ich ausfindig gemacht, wo Georg damals wohnte. Das war einfach, denn so viele Besserdichs gibt es ja nicht. Also setzte ich mich ins Auto und fuhr nach Hannover. Dann verließ mich der Mut, einfach bei ihm aufzukreuzen, und ich rief erstmal an. Es meldete sich ein Junge – Georgs Sohn. Er sagte mir, dass sein Vater nicht da sei und dass er wahrscheinlich erst am Abend nach Hause kommen würde. Und er erklärte mir, wo er sich aufhielt – im Harzer Hochmoor. Da ich ohnehin nichts weiter vorhatte, fuhr ich in den Harz, kaufte mir eine Wanderkarte und fand den Parkplatz am Moor. Es standen nur zwei Autos da. Eins davon hatte eine hannoversche Nummer. Da ich nicht für eine Wanderung angezogen war, das Wetter war außerdem grässlich, und schließlich wollte ich Georg nicht verpassen, blieb ich im Wagen sitzen. Es war mittlerweile nachmittags. Nach einiger Zeit kam ein Mann aus dem Wald und ging zu dem Wagen mit der hannoverschen Nummer. Ich erkannte ihn nicht gleich, sprach ihn aber an: *Hallo Georg.* Er schaute mich erstaunt an und grübelte nach, wer ich war.«

»Hat er Sie erkannt?«, fragte Schneider.

»Ich weiß nicht. Er hat mich nur angesehen, bis ich ihm sagte, wer ich bin. Dann brachte ich heraus: *Ich will dir etwas zurückgeben, was ich dir vor langer Zeit gestohlen habe.* Ich holte den Karton mit dem Ball aus dem Wagen und gab ihn ihm. Er öffnete den Karton und sagte grinsend: *Du altes Arschloch.* Ohne jedes weitere Wort setzte er sich in sein Auto und fuhr davon.«

»In welchem Zustand war Herr Besserdich, ich meine sowohl körperlich als auch seelisch? War er erregt, abgekämpft? War seine Kleidung zerschlissen?«

»Er schien in sich vertieft, ja, und auch etwas kopflos. Äußerlich, ja, daran kann ich mich nicht erinnern. Er war halt angezogen wie ein Wanderer bei schlechtem Wetter. Vielleicht etwas schmutzig. Aber das weiß ich nicht mehr so recht. Es ist zwanzig Jahre her.«

Für einen Moment herrschte absolute Stille im Raum, bis Schneider fragte: »Er fuhr davon ohne seine Frau?«

»Ich weiß nichts von seiner Frau.«

»Herr Wiebe, ist Ihnen bewusst, dass Sie für den Mord an Herrn Besserdich und seiner Frau kein Alibi haben?«, schaltete sich nun der Staatsanwalt ein.

»Wieso Mord? Wann und wo wurden sie denn ermordet?«

»Ich denke«, sagte nun Schneider, »wir unterbrechen hier erst mal.«

»Das hätten Sie besser nicht gesagt, verehrter Herr Staatsanwalt. Wie wollen Sie dem Mann einen Doppelmord ohne Leichen nachweisen? Ich hätte ihn einfach weitererzählen lassen.«

Die beiden saßen in Schneiders Büro zusammen mit Gisela, die sich die Haare raufte und sagte: »Kann es solche Zufälle geben? Ich meine, drei Zimmergenossen aus dem Internat sehen sich ewig nicht. Und am 30. April 1990 kommen alle zu demselben gottverlassenen Parkplatz im Harz. Und bei dieser Gelegenheit verschwinden auch noch zwei Menschen. Oder zumindest einer.«

»Von Zufall kann ja keine Rede sein«, antwortete Schneider. »Sie hatten ja alle einen Grund, dort hinzukommen. Sowohl Gutbrodt als auch Wiebe wollten Georg Besserdich treffen.«

Nach einiger Zeit kam ein Mitarbeiter Schneiders herein und sagte: »Alle Alibis von Wiebe sind wasserdicht.«

Gisela flüsterte *Scheiße* vor sich hin, der Staatsanwalt haute mit der Faust in seine Hand und Gerald Schneider sagte: »Nun gut, dann bringen wir die Vernehmung zu Ende. Wenn in Sachen Miriam und Georg Besserdich auch nichts Fassbares herauskommt, müssen wir ihn gehen lassen und von vorne anfangen.«

Wieder im Vernehmungsraum, diesmal allerdings ohne Staatsanwalt, fragte Schneider: »Herr Wiebe, warum arbeiten Sie eigentlich mit Amadeus Besserdich zusammen? Es gibt doch so viele Anwälte. Wussten Sie, wer er ist?«

»Ich suchte einen Anwalt, der sich um unsere Verträge kümmert. Da habe ich im Branchenbuch nachgesehen, besser gesagt, im Internet, und stolperte über den Namen Besserdich, der ja recht selten vorkommt. Ich hatte keine Ahnung, dass er Georgs Sohn ist. Das habe ich erst vor ein paar Tagen recherchiert. Und es hat mich gefreut. Bisher weiß Amadeus allerdings nicht, dass ich mit seinem Vater im Internat zusammen war. Auf jeden Fall ist Amadeus genau der richtige Anwalt für uns. Er hat Ahnung von der Materie, auf die es uns ankommt. Er ist jung und flexibel und absolut zuverlässig.«

»Wissen Sie, dass Georg nicht sein leiblicher Vater ist?«

»Nein.«

»Sein leiblicher Vater ist Hans Gutbrodt.«

»Oh! Davon hatte ich keine Ahnung.«

»Damals im Harz, auf dem Parkplatz, wo Sie Georg den Fußball gegeben haben, stand ja noch ein Auto. Wissen Sie, wem das gehörte?«

»Keine Ahnung.«

»Es gehörte Hans Gutbrodt.«

»Jetzt wird es allmählich kurios.«

»Herr Gutbrodt hat, als er aus dem Wald zurückkam, Ihren Wagen dort stehen sehen. Aber Sie hat er nicht gesehen. Wo waren Sie, nachdem Georg Besserdich weggefahren war?«

»Ich war von der Begegnung mit Georg so mitgenommen, dass ich nicht gleich wieder fahren konnte. Ich musste mich erstmal beruhigen. Man muss sich das mal vorstellen: Ich hatte Georg seit vielen Jahren nicht gesehen. Da fahre ich von Franken nach Hannover und von dort in den Harz, um ihn zu treffen, und das Einzige, was er herausbringt, ist: *Du altes Arschloch.* Kein Gespräch, keine Frage, was ich da mache, oder sonst irgendwas. Er sagt einfach nur: *Du altes Arschloch*, setzt sich ins Auto und fährt weg. Da bin ich ein Stück in den Wald gegangen. Vielleicht eine halbe Stunde. Danach bin ich dann weggefahren. Der Wagen, der angeblich Hans gehörte, stand nicht mehr da. Meiner war der einzige.«

»Herr Wiebe, kommen wir nochmal zurück auf Ihre Internatszeit. Hatte Georg irgendwelche Vorlieben, wo er sich gern aufhalten würde. Ich meine, hatte er ein Traumziel, wo er gern gelebt hätte? Oder anders gefragt: Wenn Georg heute noch leben sollte, könnten Sie sich vorstellen, welchen Ort er bevorzugen würde?«

»Das kann ich nicht so einfach sagen. Ich müsste intensiv darüber nachdenken. Spontan fällt mir dazu nichts ein. Sollte mir hierzu noch ein Gedanke kommen, werde ich es Ihnen bestimmt sagen.«

Goslar, 12. September 2010

Man hatte Manfred Wiebe wieder gehen lassen. Die gentechnischen Untersuchungsergebnisse standen zwar noch aus. Aber die Theorie, dass er, von einem Rachetrauma getrieben, allen möglichen Menschen, die ihm etwas angetan oder nicht geholfen hatten, Angst einflößen oder diese gar umbringen musste, hatte sich in Luft aufgelöst. Manfred Wiebe hatte sich zu einem lebensfrohen, tüchtigen Mann entwickelt. Er hatte zwar einige Konsequenzen gezogen, so zum Beispiel den Kontakt zu seiner Mutter abgebrochen, die nie für ihn dagewesen war. Aber insgesamt war er mit dem Leben versöhnt.

Wiebe hatte Amadeus zu sich gebeten, um die Ergebnisse der Kanadareise zu besprechen. Im Anschluss daran sollte Amadeus noch einmal zu Kommissar Schneider kommen. Die Männer saßen in Wiebes Büro und hatten auch Herrn Beermann dazu gebeten, um ihn über die Ergebnisse zu informieren. Der alte Mann erhob sich, um zu gehen. Als Amadeus ebenfalls aufstehen wollte, sagte er: »Bleiben Sie bloß sitzen, junger Mann. Wer weiß, was passiert, wenn Sie wieder stolpern. Ich wünsche Ihnen noch einen schönen Tag. Und«, jetzt klopfte er Amadeus auf die Schulter, »gut gemacht. Mit Ihnen macht es Spaß, zusammenzuarbeiten.«

Als die beiden allein waren, sagte Amadeus zu Wiebe: »Es tut mir leid, dass Sie in die Mühlen von Justitia geraten sind.«

»Dafür können Sie doch nichts.«

»Es ist nur so, dass ich mich, obwohl ich auch Opfer bin, irgendwie verantwortlich fühle. Stellen Sie sich vor, mein Vater, oder der, den ich für meinen Vater hielt, steckt dahinter.«

»Der Kommissar hat mich über die Zusammenhänge aufgeklärt. Er hat mir auch gesagt, dass Ihr leiblicher Vater Hans Gutbrodt ist. Auf jeden Fall muss das alles für Sie sehr belastend sein. Ich habe ja auch erst erfahren, dass Ihre Freundin entführt wurde. Mein Gott, das ist schrecklich. Aber ich kann mir auch nicht gut vorstellen, dass Georg derart abgeglitten ist und nicht mehr Recht von Unrecht unterscheidet.«

»Als Sie mich als Vertragsanwalt ausgewählt haben, wussten Sie da schon, dass Georg mein Vater ist, wenn auch nicht mein Erzeuger?«

»Nein. Aber der Name Besserdich war mir sympathisch, weil Georg zu den wenigen im Internat gehörte, die mir zumindest nichts Böses wollten, und das war für mich damals schon eine ganze Menge. Erst danach habe ich recherchiert. Aber unabhängig davon, Sie sind nur für sich selbst verantwortlich, nicht für Väter, Erzeuger oder sonst jemanden. Ich mag Sie einfach. Und wenn es Ihnen recht ist, sagen wir ab jetzt *du*.«

»Gerne. Haben Sie, äh, hast du irgendeine Ahnung, ob mein Vater, ich meine Georg, ein Wunschziel hatte? Ich meine geografisch. Der Kommissar sagte mir am Telefon, dass ich mir darüber mal Gedanken machen soll. Aber so recht fällt mir nichts ein. Wir waren, als ich ein Kind war, öfters an der Ostsee und ein paar Mal am Mittelmeer. Ich könnte aber nicht sagen, dass das seine Traumziele waren.«

Manfred Wiebe dachte einen Moment intensiv nach und dann kam wie aus der Pistole geschossen: »Der Harz. Er hat den Harz immer geliebt. Andere träumten von Hawaii oder Alaska. Georg sehnte sich immer danach, im Harz zu sein. Komisch, als der Kommissar mir neulich diese Frage stellte, fiel es mir nicht ein.«

»Das ist erstaunlich. Jetzt, wo du es sagst ... wir sind früher von Hannover aus oft in den Harz gefahren. Und zwar nicht nur, um Tante Lilly zu besuchen, sondern zum Wandern. Als Kind hing mir das manchmal zum Hals raus. Ich wäre lieber in einen Vergnügungspark gegangen, aber er fühlte sich am wohlsten, wenn wir durch einsame Wälder streifen konnten.«

»Gut, Amadeus. Ich denke, du hast noch etwas Zeit, bis du den Kommissar besuchst. Ich lade dich vorher noch zum Essen ein. Warst du schon mal im Achtermann?«

»Das ist nobel.«

»Zur Feier des Tages. Das Kanadageschäft ist gut gelaufen, und ich bin kein Mörder und Entführer. Also, das gönnen wir uns jetzt.«

Zwei Stunden später saß Amadeus im Besprechungszimmer mit Kommissar Schneider, Gisela Berger und dem Polizeipsychologen zusammen.

»Also, Herr Schneider, ich habe mir Gedanken gemacht über Ihre Frage, wo Georg gern leben würde. Ich hab darüber vorhin auch nochmal mit Herrn Wiebe gesprochen. Und wir sind beide der Meinung, dass er sich gern im Harz aufhalten würde, wenn er denn noch lebt.«

»Das ist interessant. Also, wenn er noch lebt und er sich diesen Wunsch tatsächlich erfüllt hat, dann würde das den Raum, wo wir ihn suchen müssen, natürlich erheblich einschränken. Sollte er mit den Verbrechen etwas zu tun haben, dann muss er entweder hier in der Gegend seinen Lebensmittelpunkt haben oder sich des Öfteren hier aufhalten. Im Grunde war das alles, was ich von Ihnen heute wollte, Herr Besserdich. Aber hören Sie sich bitte auch noch an, was unser Psychologe Herr Giese zu sagen hat. Nachdem Herr Wiebe als Täter ausscheidet, können Sie vielleicht sagen, ob dieses Täterprofil auf Georg Besserdich zutreffen könnte.«

Der Psychologe, ein nachdenklicher Typ von Anfang sechzig, setzte ein Lächeln auf und begann zu dozieren: »Gehen wir mal davon aus, dass der Täter vor zwanzig Jahren seine Frau umgebracht hat und dann in der Versenkung verschwunden ist. Warum ist er in der Versenkung verschwunden? Weil er mit der Tat nicht klarkam. Es war ihm unmöglich, dem Sohn seiner Frau in die Augen zu schauen. Und er wollte die Verantwortung für seine Tat nicht übernehmen, weil er sich gar nicht schuldig fühlte, beziehungsweise, weil er die Schuld verdrängt hatte. Und dann: In welcher Versenkung ist er verschwunden? Nun, in erster Linie bleibt hier nur das Ausland. Es gibt Länder, in denen man relativ einfach von vorn anfangen kann. Er wurde ja damals auch nicht international gesucht. Und wenn man sich erstmal in einem Land etabliert hat, findet man auch Mittel und Wege, seinen Namen zu ändern und damit seine Identität zu verbergen. Allerdings lügen wir uns selbst in die Tasche, wenn wir von Neuanfang und neuer Identität reden. Alles, was wir in der alten Identität nicht bewältigt haben, schleppen wir mit uns herum. Unser Täter hat die Tötung seiner Frau die ganze Zeit mit sich herumgeschleppt. Und dazu kamen noch die Qualen aus Kindheit und Jugend. Unser Täter wurde so sehr missbraucht und malträtiert, dass es bereits in seinen Jugendjahren zur Katastrophe kam. Es war sicherlich kein Mord, sondern vermutlich Notwehr, dass er seinen Lehrer ins Jenseits befördert hat. Trotzdem nagt diese Sache an ihm, und zwar so sehr, dass er sich eines Tages entschloss, einen Schuldigen zu suchen und zu bestrafen. Das war Pater Sigismund. Danach wollte er seinen alten Kumpel Hans Gutbrodt dafür bestrafen, dass der ihm nicht geholfen hatte, als er missbraucht wurde. Und er wollte ihn bestrafen, weil er der Vater seines Sohnes war. Hans Gutbrodt hat ihm also quasi Frau und Sohn weggenommen. Er wollte allerdings nicht, dass sein Freund Hans stirbt, sondern leidet, genauso wie er gelitten hat. Deshalb hat er dessen Frau umgebracht.«

Jetzt trat für einen Moment Ruhe ein, und der Psychologe fuhr fort, indem er sanft mit den Knöcheln seiner rechten Hand auf den Tisch haute und bedeutungsvoll sagte: »Und jetzt gibt es einen Bruch. Wenn mich nicht alles täuscht, was ich in jahrzehntelanger Praxis gelernt habe, dann will unser Täter gefasst werden. Er hat hierfür eine Reihe von Signalen gesendet. Erstens: der Brief an seinen Freund Hans mit dem Spruch über die Freundschaft der beiden. Zweitens: den Fußball aus Kindertagen. Und nachdem beides nicht zum Erfolg führte, hat er kurzerhand die Freundin seines Sohnes entführt. Selbstverständlich wollte er ihr nichts tun. Es war nur ein Warnschuss nach dem Motto: *Jetzt macht gefälligst hin, ich habe nicht ewig Zeit. Findet mich endlich. Und wenn ihr mich gefunden habt, dann bewundert mich für das, was ich getan habe. Ich habe Gerechtigkeit geschaffen!* Genau so denkt unser Täter. Er ist also in unserer Nähe, damit wir ihn finden. Nur, wenn dies nicht bald geschieht, wird er wieder zu drastischen Mitteln greifen, vielleicht wieder jemanden töten, nur um gefasst zu werden.«

»Und warum stellt er sich nicht einfach?«, fragte Gisela mit gespielt gelangweilter Miene.

»Weil er unsere Aufmerksamkeit will, weil wir uns um ihn kümmern sollen«, antwortete Giese und stellte dann Amadeus die Frage: »Könnten Sie in diesem Täterprofil Georg Besserdich wiedererkennen?«

»Herr Giese, ich war zwölf, als ich ihn zum letzten Mal gesehen habe. Ich muss das alles erst mal verdauen. Ich habe ihn als liebevollen Menschen in Erinnerung, nicht als psychopathischen Mörder.«

Lautenthal, 13. September 2010

»Und nachdem Herrn Wiebes Unschuld bewiesen ist, hat sich der Kommissar wieder auf Georg eingeschossen, wenn ich das richtig verstehe?«, fragte Lilly ihren Großneffen, der nach einem turbulenten Arbeitstag bei ihr aufgekreuzt war.

»Es sieht ganz so aus.«

Die beiden saßen am Tisch und nahmen ein kaltes Abendbrot zu sich. Draußen regnete es.

»Das heißt also, dass die Kriminalpolizei genauso dumm dasteht wie am Anfang. Es werden Menschen umgebracht und entführt. Dann gibt es Verdächtige, zuerst Hans Gutbrodt, dann Herr Wiebe, und nun soll plötzlich Georg der Übeltäter sein. Und wir sind die Dummen, die seelenruhig abwarten müssen, was als Nächstes passiert.«

»So sieht es aus«, antwortete Amadeus und fügte kurz darauf noch hinzu: »Ich mache mir Sorgen um Marie. Sie kann ja nicht ewig in der Schweiz bleiben. Und wenn sie wieder hier ist, kann man sie doch nicht auf Schritt und Tritt bewachen.«

»Ich habe ein schlechtes Gefühl«, sagte Lilly. »Mir geht noch immer nicht dieser komische Mann aus dem Sinn, den ich mit Eddy beim Pilzesammeln gesehen habe. Wenn das nun wirklich Georg war, dann müssen wir davon ausgehen, dass er ständig um uns herum ist, dass er weiß, wo wir sind und was wir machen. Ob ich nicht doch den Kommissar über diese Begegnung informiere? Ich weiß auch noch ganz genau, wie dieser Mann aussah.«

»Tante Lilly, fahr doch am besten nach Goslar und berichte Kommissar Schneider davon. Vielleicht hilft es ja nicht weiter, aber schaden kann es auch nichts.«

Nach einer längeren Pause, in der beide aßen, meldete Lilly sich noch einmal: »Weißt du übrigens, wer mich neulich besucht hat?«

»Der grönländische Ministerpräsident?«

»Nein, Maximilian Schmecke.«

»Was wollte der Blödmann denn von dir?«

»Er stand mit Blumen vor der Tür, um sich zu bedanken, weil ich ihm damals bei der Gerichtsverhandlung geholfen habe.«

»Das ist ihm aber früh eingefallen. Irgendwie ist er ein Spinner. Anstatt gleich die Wahrheit zu sagen. Mir kommt es jetzt im Nachhinein so vor, dass er auch noch andere Gründe hatte, bei Gericht zu schweigen. Vielleicht hat Frau Gutbrodt ihm damals Geld gegeben – oder er hat Geld für sein Schweigen verlangt. Auf jeden Fall ist er mit Vorsicht zu genießen.«

»Ich werde schon mit ihm fertig«, sagte Lilly entschlossen.

»Ich glaube, er leidet permanent unter Geldmangel. Und ich bin auch überzeugt, dass er krumme Geschäfte macht. Am besten, man hält sich von ihm fern.«

»Ich hatte auch nicht vor, mit ihm sonderlich intim zu werden.«

Als die beiden im Wohnzimmer saßen, klingelte das Telefon.

»Lilly Höschen.«

»Hallo, altes Hös-chen.«

Es war die Stimme eines Mannes in mittleren Jahren.

»Wie bitte! Wer ist denn da?«

»Ach, das ist nicht so wichtig.«

Lilly drückte auf Mithören.

»Wenn es nicht so wichtig ist, dann belästigen Sie mich gefälligst nicht!«

»Aber, aber, wer wird sich denn so aufregen? Hast du wieder Pilze gesammelt?«

Der letzte Satz versetzte Lilly einen Stich ins Herz. Sie stockte kurz und sagte dann: »Georg? Bist du das, Georg?«

Kurzes Schweigen.

»Welcher Georg? Den Georg, den du meinst, gibt es doch gar nicht mehr. Schon lange nicht mehr.«

Dann lachte der Mann und legte auf. Lilly und Amadeus sahen sich an wie zwei Menschen, die dem Leibhaftigen begegnet sind.

Amadeus fand seine Fassung zuerst wieder und sagte: »Wir rufen sofort den Kommissar an. Wenn er nicht im Dienst ist, dann halt privat.«

Eine halbe Stunde später trafen Kommissar Schneider und Gisela Berger ein. Erwartungsfroh nahm Gisela sich den Telefonapparat vor und sagte nach ein paar Minuten: »Scheiße. Natürlich hat der Kerl von einem Prepaid-Handy angerufen.«

Schneider versuchte, anhand der Angaben von Lilly und Amadeus den exakten Wortlaut des Gesprächs aufzunehmen, während Gisela Berger in ihrem Laptop das Programm zur Erstellung eines Phantombilds öffnete. Nach einer halben Stunde war Lilly mit dem Ergebnis zufrieden und Amadeus sagte ungläubig: »Das soll Georg sein?«

»Das wissen wir nicht«, antwortete Gisela, »es ist auf jeden Fall der Mann, den Ihre Großtante mir beschrieben hat. Aber in zwanzig Jahren können Menschen sich gewaltig verändern.«

Dann installierte Gisela ein Tonband, um alle künftigen Gespräche aufzuzeichnen. Im Anschluss wollte sie noch zu Hans Gutbrodt, um ebenfalls ein Aufnahmegerät anzuschließen.

»Ich kann mir vorstellen«, sagte Schneider behutsam zu Lilly, »dass das Telefonat Sie mitgenommen hat. Aber es könnte uns ein Stück weitergebracht haben.«

»Lieber Kommissar, ich bin ja nicht zimperlich, aber so allmählich habe ich die Schnauze gestrichen voll.«

Goslar, 14. September 2010

Wer kennt diesen Mann? lautete eine Schlagzeile in der Zeitung, die über den gesamten Westharz verbreitet ist. Darunter das Phantombild, das Gisela nach der Beschreibung von Lilly angefertigt hatte. Ein ähnlicher Beitrag erschien in einer Zeitung, die im östlichen Teil des Harzes ihre Leserschaft hat. In dem Artikel wurde nicht erwähnt, dass es sich um einen mutmaßlichen Verbrecher handelt. Es wurde darum gebeten, dass dieser Mann, wenn er sich darauf wiedererkennt, sich doch bitte bei der Polizei melden möge. Und die Bevölkerung wurde um entsprechende Hinweise gebeten. Natürlich begann in der Bevölkerung ein Rätselraten, worum es hier eigentlich ging. Fünfundzwanzig Anrufer wollten bis zum Abend wissen, warum dieser Mann gesucht wurde. Gisela und ihre Kollegen antworteten freundlich, dass man darüber zur Zeit keine Auskunft geben könne. Sechs Anrufer waren der Meinung, dass sie diesen Mann kennen. Kommissar Schneider und einer seiner Mitarbeiter klapperten diese Leute ab, jeweils begleitet von einem weiteren Wagen mit drei Polizisten in Zivil, die sich dezent zurückhielten, jedoch in Bereitschaft, im Fall eines Falles einzugreifen. Kommissar Schneider erlebte die kuriosesten Dinge. Ein Mann, der angeblich auf dem Bild erkannt worden war, war zwanzig Jahre jünger als der abgebildete, klein und dick. Ein Nachbar, der ihn nicht leiden konnte, wollte ihn auf dem Bild erkannt haben. Ein anderer war über achtzig Jahre alt und hatte eine Glatze. Als der Anrufer befragt wurde, warum er diesen Mann, der mit dem auf dem Bild keinerlei Ähnlichkeit aufwies, gemeldet hatte, gab er zur Antwort: *Disar alde Krepel is ma schon imma unheimlich gewesn.* Entmutigt fuhren Schneider und seine Leute abends zurück in die Dienststelle, wo Gisela sie erwartete.

»Ich habe noch einen interessanten Anruf erhalten«, empfing sie ihren Chef.

»Ach, Gisela, mein Bedarf an interessanten Anrufen ist für heute gedeckt. Na, sagen Sie schon, warum dieser Anruf so interessant war.«

»Ein Vermieter von Ferienwohnungen will den Mann mit hundertprozentiger Gewissheit erkannt haben.«

»Und, wer ist es?«

»Wer, der Vermieter oder der Mieter?«

»Gisela, meine Geduld ist längst überstrapaziert.«

»Na gut, der Mann heißt angeblich Anton Struwe und wohnt in Bremerhaven. Der Vermieter nannte mir seine Adresse.«

»Super.«

»Nichts super. Ich habe die Adresse gecheckt. Die angegebene Straße gibt es gar nicht in Bremerhaven. Aber das ist ja gerade so interessant. Das heißt, der Typ hat eine falsche Adresse angegeben.«

»Hat der Vermieter sich den Ausweis des Mieters zeigen lassen.«

»Natürlich nicht. Trotzdem schlage ich vor, dass wir den Vermieter besuchen. Dann soll er uns ganz genau sagen, wann der Typ bei ihm gewohnt hat. Es handelt sich nämlich um einen Stammgast, der immer wieder mal kommt.«

»Gut, wenn Sie auf Ihren Feierabend verzichten können, dann fahren wir gleich los. Wo wohnt denn besagter Vermieter?«

»In Hahnenklee.«

»Prima, das ist ja gleich um die Ecke.«

Eine halbe Stunde später saßen Schneider und Gisela Berger im Wohnzimmer des Vermieters, einem alleinstehenden Mann in den Sechzigern namens Rudi Schütz. Er hatte bereits auf einen Zettel geschrieben, wann der Gast jeweils bei ihm gewohnt hatte: »Also, Herr Struwe war voriges Jahr zum ersten Mal bei mir, und zwar vom 3. bis zum 15. April, und dann nochmal vom 8. bis zum 24. August. In diesem Jahr war er bisher dreimal da. Das erste Mal vom 4. bis zum 20. Mai, und dann wieder vom 1. bis zum 13. Juli, und zuletzt vom 29. Juli bis zum 22. August.«

Gisela und ihr Chef sahen sich an. Die beiden letzten Aufenthalte passten wie die Faust aufs Auge mit sämtlichen Verbrechen zusammen.

»Herr Schütz«, sagte nun Schneider in seiner ruhigen, freundlichen Art, »wenn ein Gast so oft kommt, dann gehört er ja fast schon zur Familie, wie man so schön sagt. Das heißt, man kennt sich doch recht gut mit der Zeit. Was für ein Mensch ist denn dieser Herr Struwe?«

»Ach, was soll ich da sagen ... ganz normal. Er ist ein freundlicher Kerl. Letztes Mal hat er mir sogar was mitgebracht. Eine Flasche Schnaps aus Bayern. Er kam nämlich gerade von dort.«

Jetzt schnippte Gisela triumphierend mit dem Finger. Wenn er am 29. Juli hier ankam und vorher in Bayern war, dann könnte er dort am 26. Juli Pater Sigismund umgebracht haben.

»Na, solche Gäste hat man sicherlich nicht so häufig«, sprach Schneider weiter.

»Nee, das ist schon was Besonderes. Ihm gefällt es nun mal so gut hier. Und er ist einfach gerne im Harz. Die meiste Zeit merkt man gar nicht, dass er hier ist. Morgens fährt er meistens weg und kommt dann erst abends zurück. Praktisch kommt er nur zum Schlafen. Wenn ich ihn mal erwische und irgendwas frage, zum Beispiel, was er so vorhat, dann antwortet er immer, dass er den ganzen Tag durch die Wälder streift. Er ist so ein richtiger Naturmensch.«

»Aber Sie sehen ihn doch morgens bestimmt beim Frühstück?«

»Nein, das macht jeder Gast selbst. Damit will ich nichts zu tun haben. Ich stelle nur die Ferienwohnungen zur Verfügung, putze nach der Abreise, und das ist alles. In jeder Wohnung ist ja auch eine kleine Küche.«

»Herr Schütz, haben Sie irgendeinen Gegenstand, den Herr Struwe vielleicht mal vergessen hat?«

»Ach du lieber Gott. Puhhh.«

»Oder haben Sie die Flasche Schnaps noch, die er Ihnen mitgebracht hat?«

»Nein, die ist schon längst leer und entsorgt.«

»Können Sie uns die Ferienwohnung zeigen, die Herr Struwe zuletzt bewohnt hat?«

»Na klar. Die ist im Moment sowieso leer. Kommen Sie mit.«

Der Mann führte die beiden durch den schön angelegten Garten, an dessen Ende drei Reihenbungalows standen. Er schloss den linken Bungalow auf und führte sie in die nette kleine Wohnung, bestehend aus Wohn-/Schlafzimmer mit

146

großem Bett und Schreibtisch, einer abgeteilten Küchenecke und Bad. Das machte alles einen sehr guten und sauberen Eindruck. Wahrscheinlich hatte Herr Schütz geputzt wie ein Weltmeister, so dass man bestimmt keine Spuren mehr finden würde.

»Wann war diese Wohnung zum letzten Mal belegt?«

»Am 22. August, als Herr Struwe abgereist ist. Seitdem war kein Gast mehr hier drin.«

Schneider und Gisela sahen sich hoffnungsfroh an.

»Darf ich mal in die Schränke und Schubladen schauen?«

»Kein Problem, es ist alles sauber.«

»Ehrlich gesagt«, meinte Schneider schmunzelnd, »wäre es mir lieber, Sie wären nicht so ordentlich und sauber. Das würde unsere Arbeit erleichtern.«

»Ja, Sie sind gut, Kommissar. Ich bin doch kein Schmandbäst und lass die Gäste in dreckige Zimmer ziehen.«

Gisela zog die Schublade des kleinen Sekretärs auf und sah einen Kugelschreiber, und zwar nicht gerade einen von der billigen Sorte.

»Herr Schütz«, sagte sie, »gehört dieser Kugelschreiber zum Inventar?«

»Oh. Nein, so teure Kugelschreiber habe ich nicht. Den könnte Herr Struwe vergessen haben.«

»Das ist prima. Den müssen wir mitnehmen.«

»Ich will ja nicht neugierig sein«, sagte nun Herr Schütz, »aber was ist eigentlich los mit Herrn Struwe?«

»Herr Schütz«, antwortete Schneider, »wir können es Ihnen im Moment noch nicht sagen. Nur so viel: es ist wirklich unheimlich wichtig, dass wir ihn finden. Sollte er sich bei Ihnen melden, zum Beispiel weil er die Ferienwohnung wieder mieten will, dann verhalten Sie sich bitte ganz normal. Sagen Sie ihm auf jeden Fall zu, dass die Wohnung frei ist, selbst wenn sie nicht frei sein sollte. Und dann rufen Sie uns sofort an. Können wir uns darauf verlassen?«

»Ja, aber ehrlich gesagt, Sie machen mir regelrecht Angst. Er muss doch etwas ausgefressen haben, dass Sie ihn so händeringend suchen.«

»Das wollen wir ja gerade herausfinden. Noch etwas, Herr Schütz. Ich muss Ihnen morgen früh ein paar Kollegen schicken, die die Ferienwohnung nach Spuren untersuchen. Ich hoffe, dass Sie nicht so gründlich geputzt haben, dass wir vielleicht doch noch Hinweise finden.«

»Na, da werden Sie wohl kein Glück haben. Bei mir finden Sie kein Haar.«

Goslar, 15. September 2010

Schneider hatte sein Team morgens zusammengetrommelt. Man saß im Konferenzzimmer.

Gisela referierte: »Also, Kollegen. Unsere Zeitungsaktion hat gestern Abend doch noch Früchte getragen. Ein Vermieter von Ferienwohnungen in Hahnenklee hat ihn zweifelsfrei identifiziert. Der Mensch nennt sich Anton Struwe und hat eine Adresse in Bremerhaven angegeben, die es gar nicht gibt. Der Typ war im letzten Jahr zweimal und in diesem Jahr dreimal in Hahnenklee. Der erste Aufenthalt in diesem Jahr war vom 1. bis zum 13. Juli. Frau Gutbrodt wurde am 12. Juli ermordet. Der zweite Aufenthalt war vom 29. Juli bis zum 22. August. Am 26. Juli wurde der Pater in Bayern umgebracht, ihr wisst schon, der Typ mit dem Rohrstock im Ar..., äh, im Hintern.«

Schneider schaute betont finster zu Gisela auf, während einige Kollegen kicherten.

Aber sie fuhr unbeirrt fort: »Am 29. Juli traf Herr Struwe in Hahnenklee ein und brachte seinem Vermieter eine Flasche Schnaps aus Bayern mit, von wo er gerade kam.«

»Ist dieser Schnaps aus einer bestimmten Region? Ich meine, wo wird er hergestellt?«, wollte ein Kollege wissen.

»Das ist vollkommen wurscht. Dieser Schnaps ist in ganz Bayern verbreitet, das heißt, man kann ihn in fast jedem Geschäft dort kaufen. Und jetzt unterbrecht mich nicht weiter. Am 30. Juli erhielt Herr Gutbrodt den anonymen Brief mit dem Spruch aus Jugendtagen, den nur drei Menschen auf der Welt kennen. Am 8. August sammelte Lilly Hös-chen, äh Höschen, Pilze im Wald und begegnete diesem Mann. Aufgrund ihrer guten Erinnerung konnten wir ja das Phantombild anfertigen. Am 11. August erhielt Lilly Höschen den Fußball von Georg Besserdich. Und am 21. August wurde Marie, die Freundin oder Verlobte von Amadeus Besserdich, entführt. Das heißt, dass dieser Typ während seines Aufenthaltes in Hahnenklee ein volles Programm hatte.«

»Und wo ist der Beweis, dass es sich bei dem Typen wirklich um Georg Besserdich handelt?«, fragte der Kollege.

»Den hoffe ich, heute Vormittag zu erhalten. Die Spurensicherung nimmt die Ferienwohnung auseinander. Und ich habe gestern Abend noch einen Kugelschreiber, der von Georg Besserdich stammen könnte, ins Labor gebracht. Die Herrschaften wollten sofort drangehen. Wenn also die DNA von Georg Besserdich, die wir ja unter anderem auch von dem Fußball haben, mit dem auf dem Kugelschreiber identisch ist, dann wissen wir es ganz genau. Und noch eine erfreuliche Nachricht: Die Kollegen in Bayern haben an der Leiche die

DNA von Georg Besserdich eindeutig festgestellt. Er hat den alten Schweinepriester ...«

»Gisela!«, rief jetzt Schneider seine Mitarbeiterin zur Ordnung.

»Er hat den ehrwürdigen Pater«, fuhr sie fort, »also umgebracht.«

In diesem Moment klingelte das Telefon. Gisela nahm ab und stellte auf laut: »Ja, hallo, Besmann vom Labor hier. Gute Nachrichten. Die DNA auf dem Kugelschreiber stimmt mit der von Georg Besserdich überein.«

Nun meldete sich Kollege Peter Knott zu Wort: »Ich bitte um Vergebung, wenn ich es wage, dich zu unterbrechen. Konnte sich der Vermieter erinnern, welches Autokennzeichen dieser ominöse Herr Struwe hatte?«

»HB.«

»Genauer geht es nicht?«

»Leider nein. Das wäre ja auch zu einfach. Wir wissen nur, dass es eine Nummer der Hansestadt Bremen war. Außerdem sprach der Vermieter von verschiedenen Autos. Im vorigen Jahr soll er einen schwarzen Golf gefahren haben und in diesem Jahr einen silbernen Renault.«

»Hat der Vermieter eine Telefonnummer seines Gastes?«

»Aber selbstverständlich. Sogar eine, die es gar nicht gibt.«

»Dumm ist er also nicht«, murmelte Knott leise vor sich hin.

Nun stand Schneider auf und ergriff das Wort: »Danke, Gisela. Also Kollegen, wie gehen wir jetzt vor? Ich habe mir natürlich heute Nacht meine Gedanken gemacht. Was soll man auch sonst nachts tun? Ich denke aber, dass jeder von uns zunächst einmal für sich – oder meinetwegen auch im Zweierteam – über die weitere Vorgehensweise nachdenken sollte. Wir treffen uns hier in einer Stunde wieder. Gisela, Sie gehen inzwischen bitte zum Pressehaus und bringen in Erfahrung, wer in Bremen, Bremerhaven und Umgebung die hiesige Zeitung abonniert hat. Denn wir müssen davon ausgehen, dass unser Täter, ob er nun in Bremerhaven wohnt oder nicht, immer gut über unsere Region informiert sein will. Wenn das so ist, dann weiß er auch die Sache mit dem Phantombild.«

Gisela nickte kurz und verließ den Raum, während Schneider sich auf den Weg zum Staatsanwalt machte.

Lautenthal, 31. Dezember 2010

Das kleine Bergstädtchen wirkte wie ein Ort aus dem Märchenbuch. Dächer, Bäume und Hänge sahen aus, als hätte jemand Puderzucker darauf gestreut. Die Kinder hatten ihren Spaß beim Rodeln, während die alten Leute fluchten, wenn sie eine steile Straße oder einen Weg passieren mussten, wo nicht gestreut war. Winter im Harz. Das bedeutet meistens: Schnee. Lilly verließ ihr Haus nur noch, um einzukaufen. Sie schlitterte mit ihrem Auto die Straße hinunter und hatte manchmal, wenn gerade wieder frischer Schnee gefallen war, Schwierigkeiten, die Straße hoch zu ihrem Haus zu fahren. Aber das sollte sie heute nicht mehr kümmern. Sie hatte alle Einkäufe längst erledigt, Lebensmittel und Getränke besorgt, die für zwei Fußballmannschaften gereicht hätten. Nun konnte die Party steigen. Sie erwartete Amadeus und Marie, Klaus aus Hannover, Hans Gutbrodt, Manfred Wiebe und ihren Freund Eddy. Morgens kam Marie, um ihr bei den Vorbereitungen zu helfen. Es wurde eine riesige Schüssel Heringssalat gemacht und mittlerweile war man mit Krapfenbacken beschäftigt. Das war ein Silvester nach ihrem Geschmack. Sie hatte gern Leute um sich, vor allem auch jüngere.

»So, Marie, mit dem Backen sind wir gleich fertig. Dann können wir noch das Wohnzimmer schmücken. Ich habe Luftschlangen, Luftballons und einiges mehr. Wenn der Besuch kommt, soll alles fertig sein.«

»Mein Gott, Lilly, was du alles auf die Beine stellst! Ist dir das auch wirklich nicht zu viel?«

»Ach Mädchen, ausruhen kann ich mich noch so lange, wenn ich tot bin. Aber bis dahin will ich noch ein bisschen Spaß haben. Vor allem sollten wir uns durch all den Mist, der in diesem Jahr über uns hereingebrochen ist, das Leben nicht verdrießen lassen. Jetzt erst recht!«

»Das ist die richtige Einstellung, Lilly. Mit deiner Hilfe habe ich die Entführung mittlerweile auch einigermaßen überstanden. Ganz überstehen kann man das aber wohl nur, wenn der Saukerl endlich hinter Schloss und Riegel sitzt.«

»Ja, es ist schon merkwürdig, dass solch ein fähiger Polizist wie Kommissar Schneider immer noch keinen Erfolg zu verzeichnen hat.«

Schließlich ging Lilly in den Keller und kam mit einem großen Weidenkorb zurück, den sie vor der überdachten Haustür abstellte. Er enthielt allerlei Knallkörper und Feuerwerk. Zum Teil unverbrauchte Ware aus dem letzten Jahr, zum Teil neu gekaufte. Sie liebte Feuerwerk und Knaller und es war ihr egal, wenn es Leute gab, die sich aufregten, was für ein Geld sie dafür ausgab. Viele Leute im Ort richteten ihren Blick um Mitternacht gen Schulberg, weil sie genau wussten, wer dort die schönsten Raketen startete und den meisten Krach veranstaltete.

Goslar, 31. Dezember 2010

Zur gleichen Zeit saß Kommissar Schneider mit Gisela Berger in seinem Büro. Es gab keine akuten Dinge, derer man sich annehmen musste. Schneider blätterte in den Akten unerledigter Fälle und Gisela brütete vor sich hin.

»Gisela, wenn der Staatsanwalt Ihr Gesicht sehen könnte, würde er wahrscheinlich Anklage wegen Körperverletzung erheben.«

»Ach, Scheiße. Dass wir diesen irren Georg Besserdich oder Struwe oder wie immer er sich jetzt nennen mag, nicht gefasst haben, das wurmt mich dermaßen. Jetzt müssen wir diesen Dreck tatsächlich noch ins neue Jahr mitschleppen.«

Am späten Nachmittag sagte Schneider schließlich: »So, Gisela, ich denke, das war's für dieses Jahr. Machen Sie sich jetzt gefälligst nach Hause. Feiern Sie, gehen Sie aus, lassen Sie's krachen oder was man sonst so in Ihrem Alter tut.«

Gisela sah ihren Chef missmutig an. Dann klingelte das Telefon.

»Schneider ... Guten Tag, Herr Schütz ... Das ist ja interessant. Und was haben Sie gesagt? ... Prima. Herr Schütz, wir sind in einer halben Stunde bei Ihnen.«

Gisela sah ihren Chef erwartungsvoll an.

»Gisela, ich nehme alles zurück und behaupte das Gegenteil. Gehen Sie nicht nach Hause, feiern Sie nicht. Ziehen Sie Ihren Mantel an und kommen Sie mit. Herr Struwe alias Besserdich hat gerade in Hahnenklee angerufen und eine Unterkunft für heute bestellt. Und obwohl Herr Schütz gar nichts mehr frei hatte, hat er zugesagt. Ich verständige schnell ein

paar Kollegen. Wer weiß, vielleicht können wir diesen Fall ja
doch noch im alten Jahr erledigen.«

Freudig erregt haute Gisela auf den Tisch und sprang auf.

Lautenthal, 31. Dezember 2010

Gegen fünf Uhr erwartete Lilly ihre Gäste. Kurz zuvor hatten
sich ein paar Jungen einen Spaß gemacht und einen Knallkörper vor Lillys Garten gezündet und diesen vor ihre Haustür
geworfen. Da sie nicht sehen konnten, was sich in dem vor der
Tür stehenden Weidenkorb befand, zielten sie auf diesen und
trafen auch prompt hinein. Allerdings zündete der Knaller
nicht. Dann trafen Amadeus, Hans und Klaus ein. Sie waren
zusammen in Hans' Auto gekommen, das sie an der Straße ab-
stellten. Im selben Moment kam auch Manfred Wiebe an. Als
die vier Männer etwa zwei Meter vor der Haustür waren, ging
das Spektakel los. Der verreckte Knallkörper war zwar nicht
explodiert, hatte aber wohl die ganze Zeit über geglimmt und
dann einen bengalischen Goldregen gezündet, der wiederum
etliche Knallfrösche zum Hüpfen brachte. Es dauerte nicht
lange, bis die ersten Raketen losgingen, die meisten allerdings
nicht in die Höhe, sondern zur Seite. Es knallte, krachte und
leuchtete in einer Intensität, dass die vier Männer es mit der
Angst bekamen und zurückrannten. Klaus warf sich in einen
Schneehaufen, Amadeus ging hinter dem mit Schnee über-
häuften Gartenzaun in die Hocke, während Hans und Manfred hin und her sprangen, um dem Beschuss auszuweichen.
Lilly und Marie standen am Küchenfenster und bekamen vor
Staunen den Mund nicht mehr zu. Als alles vorbei war, eilten

sie zur Haustür und stellten fest, das der Weidenkorb vor sich hin glimmte. Gerade wollte Lilly etwas sagen, da explodierte mit einem gewaltigen Donner der letzte Kanonenschlag und alle gingen wieder in Deckung.

»Na, das ist ja mal ein toller Empfang«, sagte Hans.

»Ich verstehe gar nicht, wie das passieren konnte. Mein schönes Feuerwerk. Man stelle sich vor, das wäre in der Wohnung passiert«, sagte Lilly ganz verwundert.

Auf jeden Fall war die Stimmung angesichts dieses munteren Empfangs von Anfang an ziemlich ausgelassen. Man saß in großer Runde in Lillys Wohnzimmer. Jeder hatte reichlich gegessen und nun wurden Anekdoten erzählt. Die Gesellschaft krümmte sich vor Lachen, nachdem Amadeus einige Begebenheiten aus Lillys Leben erzählt hatte. Lilly selbst konnte sich allerdings nur ein kleines Lächeln abringen und meinte dann mit einem sarkastischen Unterton: »Nun, es gibt aber auch noch andere, die mit ihrem Verhalten gelegentlich für Erheiterung sorgen. Wie war das gleich noch mal, als du nackt vom Dach gefallen bist, Amadeus?«

»Ich flehe dich an, Tante Lilly, bitte nicht diese alte Geschichte!«, protestierte dieser.

»Das hättest du dir überlegen müssen, bevor du meine Schandtaten preisgegeben hast, mein Junge. Jetzt bist du dran, da hilft kein Flehen und kein Winseln. Also«, begann Lilly und zündete sich genüsslich einen Zigarillo an. »Ich war verrückt genug, meinen Großneffen vor ein paar Jahren mit nach Italien zu nehmen. Etwas Kultur, so dachte ich, kann ihm sicherlich nicht schaden. Wir nahmen uns ein kleines Hotel in einem Ort unmittelbar vor Venedig. Amadeus ging auf sein Zimmer, während ich mich im Ort umsah. Als ich genug hatte, kehrte ich zum Hotel zurück und wollte mich draußen ins Restaurant setzen, um etwas zu trinken. Da kein Tisch mehr frei war, fragte ich ein Ehepaar mittleren Alters, ob ich mich zu ihnen setzen dürfe. Natürlich durfte ich. Der Mann schaute die ganze Zeit so verdattert und unterhielt sich mit seiner Frau über ein merkwürdiges Vorkommnis mit einem Nackten. Da ich interessiert schaute, erzählte er mir schließlich, was vorgefallen war. Als er und seine Frau Wein tranken, fiel ein nackter Mann vom Dach und landete geradewegs auf dem Schoß dieses Zeitgenossen. Auf meine Frage hin erklärte er, dass es sich um einen jüngeren Mann handelte. Dieser griff dann den Weinkühler vom Tisch, um damit gewisse Teile zu bedecken, und verschwand im Hotel. Als der Kellner kam und fragte, wo der Weinkühler geblieben sei, antwortete der Mann, dass ihm gerade ein Nackter vom Dach aus mit dem Hintern ins Gesicht gesprungen sei. Das Dach war nur so eine Art niedriger Überbau. Darunter befand sich das Restaurant. Der Kellner fasste sich an den Kopf und redete etwas von *Idiota*. Die Geschichte war so unglaubwürdig, dass ich dem Mann zu verstehen gab, dass ich seine Schilderung auch für idiotisch hielt. Ich war sogar etwas ungehalten, dass er mir solch einen Blödsinn erzählte, und wartete nur noch auf den Kellner, damit ich bezahlen und gehen konnte. Als er endlich kam, passierte es noch einmal: ein nackter Mann fiel geradewegs vom Dach und landete zwischen den Stühlen an unserem Tisch. Und was soll ich euch sagen, wer dieser Mann war?«

Nun brüllten alle lachend im Chor: »Amadeus!«

»Das muss ich aber schon erklären«, sagte nun Amadeus, der beschwichtigend gestikulierte. »Ich hatte gerade geduscht und mir ein Handtuch umgebunden, ging auf den Balkon und zündete mir eine Zigarette an. Dann fiel mein wunderschönes goldenes Feuerzeug auf dieses blöde Dach direkt vor dem Balkon. Es kullerte ein paar Meter und blieb etwa in der Mitte liegen. Also stieg ich auf das Dach, rutschte und verlor das

Gleichgewicht. Und ehe ich mich versah, rollte ich weiter, und das Handtuch rollte sich ab. Und schwupps ... saß ich auf dem Schoß dieses Mannes, der mich anstarrte, als sei ich der Mann vom Mond. Ich griff mir den Weinkühler, kippte das Eiswasser aus und bedeckte damit meine Familienjuwelen und rannte durch das Foyer zu meinem Zimmer, das ich, Gott sei Dank, nicht abgeschlossen hatte.«

Marie lachte, dass ihr der Bauch wehtat. Auch die anderen konnten kaum an sich halten, und Amadeus erzählte weiter: »Damit war aber mein Problem keineswegs erledigt. Das Feuerzeug lag immer noch auf dem Dach und dazu jetzt auch noch das Handtuch. Ich trank erst mal was. Und nachdem ich mich einigermaßen beruhigt hatte, stieg ich noch mal aufs Dach, um beides zu holen. Diesmal ganz vorsichtig. Als ich das Feuerzeug in der Hand hatte, fehlten nur noch ein paar Zentimeter bis zum Handtuch. Gerade, als ich danach greifen wollte, verlor ich wieder das Gleichgewicht und kam abermals ins Rollen. Diesmal landete ich zwischen dem Mann und Tante Lilly, die mich ansah wie eine Heimsuchung Gottes. Also rannte ich wieder durch die Hotelhalle. Die Dame an der Rezeption und die Gäste, die davor standen, bekamen den Mund nicht mehr zu.«

Nachdem die heftigsten Lachkrämpfe versiegt waren, fragte Hans schließlich: »Und warum hast du dir, bevor du zum zweiten Mal auf das Dach gestiegen bist, nicht erst mal eine Hose angezogen?«

»Das, lieber Hans, wird wohl immer zu den großen ungelösten Rätseln meines Lebens gehören. Ich kam damals einfach nicht auf die Idee, mir etwas anzuziehen, weil kein Mensch auf der Welt innerhalb einer Viertelstunde zweimal nackt vom Dach fällt.«

»Kein Mensch außer meinem Großneffen Amadeus«, ergänzte Lilly.

»Jedenfalls habe ich mich dermaßen geschämt, dass ich am nächsten Morgen schnell die Rechnung beglichen und mit meinem missratenen Großneffen abgereist bin. Den Weinkühler habe ich mitgenommen, weil es mir zu peinlich gewesen wäre, damit in Verbindung gebracht zu werden.«

Kaum hatte Lilly ausgesprochen, da läutete es an der Tür. Marie öffnete und kam kurz darauf mit Kommissar Schneider und seiner Assistentin Gisela herein.

»Na, mit Ihnen haben wir ja nun gar nicht gerechnet«, begrüßte Lilly die beiden. »Ich hoffe, der Anlass Ihres Besuchs ist angenehm. Wollen Sie mit uns Silvester feiern?«

»Guten Abend, meine Herrschaften. Na, das ist ja prima. Alle, die es angeht, haben sich hier versammelt. Das spart uns einiges an Arbeit am Silvesterabend«, entgegnete Schneider.

Die beiden Besucher zogen ihre dicken Jacken aus und setzen sich mit allen zusammen an den großen Esstisch. Sämtliche Augen waren erwartungsvoll auf den Kommissar gerichtet.

»Tja, ich wollte Sie darüber informieren, dass unser Freund Georg Besserdich sich heute gemeldet hat. Er hat bei einem Vermieter in Hahnenklee angerufen und sein Kommen für heute Abend angekündigt.«

»Und warum sind Sie dann nicht in Hahnenklee?«, wollte Lilly wissen.

»Ganz Hahnenklee ist voll von Kollegen. Außerdem wird Ihr Haus, Herr Gutbrodt, bewacht. Und auch bei Ihnen in Goslar, Herr Wiebe, warten die Kollegen, ob sich etwas tut. Meine Kollegin hier kennen Sie ja. Sie wird bei Ihnen bleiben. Außerdem befinden sich ein paar Polizisten hier im Ort und halten Ausschau nach dem Gesuchten. Das heißt also, wenn

Georg Besserdich mit irgendeinem von Ihnen persönlichen Kontakt aufnehmen will oder etwas im Schilde führt, dann haben wir ihn.«

»Und wenn nicht?«, fragte Lilly in ihrer penetranten Art.

»Wenn der Anruf in Hahnenklee nur eine Finte war, dann können wir natürlich nichts machen.«

Gegen zehn Uhr war der Gesuchte noch immer nicht in Hahnenklee aufgetaucht und Kommissar Schneider verabschiedete sich.

»Gisela, ich fahre jetzt zurück nach Goslar. Im Büro kann ich die ganze Sache besser koordinieren. Wenn irgendwas ist ...«

»... dann rufe ich Sie sofort an. Klar.«

»Ach, Sie Armer. Statt mit Ihrer Familie zu feiern, müssen Sie jetzt den Abend im Büro versauern«, sagte Lilly.

»So ist nun mal unser tapferes Schneiderlein«, bemerkte Gisela und lächelte ihren Chef an.

Die ausgelassene Stimmung war natürlich gekippt. Gisela ging von einem Fenster zum anderen. Amadeus, Marie, Klaus und Lilly saßen am Esstisch. Und Hans Gutbrodt und Manfred Wiebe unterhielten sich leise am Kamin.

»Eigentlich ist es jammerschade, dass wir uns unter solchen Umständen wiedergesehen haben«, sagte Manfred Wiebe zu seinem alten Schulkameraden.

»Das hätte ich mir auch nicht träumen lassen«, entgegnete Hans. »Meine Freundschaft mit Georg war schon etwas ganz Besonderes. Nur irgendwann kam dann die Geschichte mit Amadeus' Mutter dazwischen. Er hätte sie nicht heiraten sollen. Und ich hätte natürlich nichts mehr mit ihr anfangen dürfen, nachdem sie nun mal mit ihm verheiratet war. Aber manchmal kommt es einfach so.«

»Ja, das ist auch in meinem Leben so. Es hätte manches besser laufen können. Aber einige Dinge passieren einfach. Auf jeden Fall bin ich froh, dass ich dich nach all den vielen Jahren wiedergetroffen habe, egal unter welchen Umständen. Als Junge war es mir nicht möglich, ein besseres Verhältnis zu dir aufzubauen. Ich war ein ziemlich verkorkster Kerl. Aber heute bin ich froh, dass wir hier sitzen und uns ganz ungezwungen unterhalten können. Vielleicht konnte ich ja mittlerweile einiges von meiner Verkorkstheit ablegen.«

Um Mitternacht ging die übliche Knallerei los und alles wollte auf den Balkon strömen, um sich die Leuchtraketen anzusehen. Gisela erhob ihre Stimme und stellte sich vor die Tür: »Bitte gehen Sie nicht auf den Balkon oder an die Fenster. Wenn bei der Knallerei scharf geschossen wird, fällt es gar nicht auf.«

Sichtlich schockiert gingen alle ans andere Ende des Wohnzimmers. Es wurden Hände geschüttelt und Umarmungen ausgetauscht, um sich für das neue Jahr Glück zu wünschen. Ein paar Minuten später klingelte das Telefon und Lilly nahm ab.

»Hallo Lilly. Ich wünsche dir ein frohes neues Jahr. Eigentlich wollte ich euch heute ja besuchen. Aber ich musste leider umdisponieren. Aber ich verspreche dir, dass wir uns in diesem Jahr sehen.«

Amadeus sah den schockierten Gesichtsausdruck seiner Großtante und eilte zu ihr.

»Das war Georg.«

Goslar, 1. Januar 2011

Das neue Jahr fing genauso scheußlich an, wie das alte aufgehört hatte. Von Georg Besserdich alias Anton Struwe keine Spur. Man hatte den ganzen Polizeiapparat in Bewegung gesetzt, um den Gesuchten in der Silversternacht dingfest zu machen. Aber offenbar spielte er nur mit ihnen. Zu allem Unglück bekam Kommissar Schneider nachts im Büro Schüttelfrost und hohes Fieber. Er musste zum Notarzt, der eine Virusgrippe diagnostizierte und ihn ins Bett schickte. Staatsanwalt Matthias Huber hatte für morgens um 9:00 Uhr eine Besprechung anberaumt. Die meisten Kollegen hatten die ganze Nacht hindurch gearbeitet – und nun das. Fast alle waren körperlich und seelisch am Ende. Keine Silvesterparty, kein Familienleben und nun auch noch am Feiertag arbeiten. Völlig erschlafft kamen die Mitarbeiter des erkrankten Kommissars in den Besprechungsraum. Der Staatsanwalt, ein Mann von Anfang fünfzig, der ständig von irgendwelchen Karrieresprüngen träumte, die sich nie einstellten, saß bereits da, starrte auf seine Armbanduhr und trommelte mit dem Mittelfinger seiner rechten Hand auf den Tisch. Zuletzt betrat Gisela Berger den Raum.

»Wie schön, dass Sie uns auch die Ehre geben«, war seine Begrüßung.

»Ich wünsche Ihnen auch ein frohes neues Jahr, Herr Staatsanwalt.«

Er ignorierte die Bemerkung und legte ungeduldig los.

»Dieser Fall ist der größte Albtraum, den ich in meiner gesamten juristischen Laufbahn je erlebt habe. Offenbar sind die Verbrecher heutzutage intelligenter als die Polizei.«

»… und die Staatsanwälte«, nuschelte Gisela vor sich hin, und ein Kollege fing an zu lachen.

Ein scharfer Blick des Staatsanwalts ging in Giselas Richtung.

»Und um das Maß voll zu machen, legt sich auch noch unser Kommissar ins Bett. Und Sie besitzen die Dreistigkeit, mir zu berichten, dass bei der ganzen Aktion nichts herausgekommen ist. Es wird mir also nichts anders übrig bleiben, als mich selbst um die Sache zu kümmern. Zumindest, bis Kommissar Schneider wieder im Dienst ist.«

Jetzt meldete sich Inspektor Knott zu Wort, der die ganze Zeit über hemmungslos gegähnt hatte: »Vielleicht kommen Sie mal auf den Punkt. Wenn Sie die Ermittlungen jetzt leiten, dann sagen Sie doch ganz einfach, was wir tun sollen. Denn wenn ich Sie richtig verstanden habe, sind Sie offenbar intelligenter als Verbrecher und Polizei.«

»Ich würde an Ihrer Stelle nicht ganz so dreist sein. Sie bewegen sich auf sehr dünnem Eis, Herr Knott. Und das gilt auch für Sie, Frau Berger.«

»Bin ich hier in der Klapsmühle gelandet?«, rief diese nun ganz erbost. »Wir schlagen uns die Nächte um die Ohren, während Sie nicht zu erreichen sind, und dann sollen wir uns nach vierundzwanzig Stunden Dauerdienst von Ihnen sagen lassen, wie bescheuert wir sind.«

»Frau Berger, ich empfehle Ihnen, lieber den Mund zu halten.«

»Und ich empfehle Ihnen, Herr Staatsanwalt Huber, sich nicht zu benehmen wie ein Arschloch!«

»Das wird Konsequenzen haben!«, brüllte der Staatsanwalt.

Die Besprechung hatte Matthias Huber nur anberaumt, um seinen Frust herauszulassen. Seiner Meinung nach war es an der Zeit, den Leuten mal kräftig in den Hintern zu treten. In

Anwesenheit von Kommissar Schneider war dies nicht möglich, da er gegen seine Sachlichkeit einfach nicht ankam. Und nun musste diese kleine Pute namens Gisela Berger ihn auch noch vor allen Kollegen als Arschloch bezeichnen. Er würde es schon allen zeigen. Gut, dass Schneider jetzt im Bett lag. Er, Staatsanwalt Matthias Huber, würde den Täter schon zu fassen kriegen und dann in einem Aufsehen erregenden Prozess brillieren. Diesen trägen Säcken und Querulanten von Polizisten würde er schon Beine machen.

Goslar, 2. Januar 2011

Gisela klopfte an die Tür des Polizeidirektors und ging ohne abzuwarten in das große Dienstzimmer. Harald Weber, ein freundlicher Mensch um die fünfzig, stand auf, reichte ihr die Hand und wünschte ihr ein frohes neues Jahr. Nachdem sie auf dem Besucherstuhl Platz genommen hatte, sagte er mit einem unscheinbaren Lächeln: »Frau Berger, Herr Staatsanwalt Huber hat sich beschwert. Könnte es sein, dass Sie ihn gestern ein Arschloch genannt haben?«

Es war Gisela klar gewesen, dass der Staatsanwalt irgendetwas unternehmen würde nach der gestrigen Besprechung, und sie antwortete freundlich lächelnd: »Theoretisch könnte das durchaus sein, weil er sich gern wie ein Arschloch benimmt. Praktisch gesehen war es jedoch nicht so. Ich habe ihn lediglich aufgefordert, sich nicht wie ein Arschloch zu benehmen. Das ist ein Unterschied. Wenn man nach vierundzwanzig Stunden Dienst, in denen man alles gegeben hat, was möglich ist, und dann die Enttäuschung verarbeiten muss, dass die ganze Arbeit für die Katz gewesen war, vom Staatsanwalt derart heruntergeputzt wird, wie unfähig man sei und so weiter und so weiter, dann kann einem schon mal der Kragen platzen.«

Der Polizeidirektor hatte mit weit geöffneten Augen zugehört und fing an zu lachen.

»Liebe Frau Berger, ich schätze Sie, Kommissar Schneider schätzt Sie. Und was irgendein Staatsanwalt sagt, dass ist nicht so wichtig. Sie wissen, dass der Mann ein Arschloch ist, ich weiß, dass er ein Arschloch ist. Nur, man darf es natürlich nicht sagen. Man darf ihn noch nicht mal auffordern, sich nicht wie ein solches zu benehmen. Denn mit einigen juristischen Winkelzügen kann man auch solch eine berechtigte Aufforderung als Beleidigung auslegen. Also, machen Sie weiter Ihre Arbeit und halten Sie mich auf dem Laufenden. Ich nehme mir den Staatsanwalt zur Brust. Er selbst hat ja auch Vorgesetzte, bei denen man sich über ihn beschweren kann.«

Beide lächelten verschwörerisch. Sie hatten sich verstanden.

Goslar, 15. Januar 2011

Gerald Schneider war wieder gesund. Schon seit einigen Tagen hatte es ihn in den Fingern gejuckt, zum Telefon zu greifen und Gisela anzurufen. Aber seine Frau hatte zu verhindern gewusst, es auch zu tun. Nun war er wieder im Büro und ließ sich von Gisela über alles informieren. Bezüglich des Falls, der ihnen allen unter den Nägeln brannte, war dies nicht viel. Georg Besserdich spielte mit der Polizei und den anderen Betroffenen. Schneider hatte das ungute Gefühl, dass er irgendwann zum finalen Schlag ausholen würde, theatralisch inszeniert und mit großem Getöse. Davor graute ihm, denn es konnte wieder um Menschleben gehen. Aber bis dahin würde er seine Opfer sicher noch ein bisschen auf Trab halten. Und er hatte ja gute Karten. Ein Anruf genügte, um den ganzen Polizeiapparat ins Schwitzen zu bringen. Für heute Morgen war eine Besprechung angesetzt, um auf den Punkt zu bringen, wie die Dinge standen. Der Polizeidirektor hatte Schneider und dessen fünf Mitarbeiter zu sich gebeten. Und auch den Staatsanwalt. Mit diesem war er bereits eine halbe Stunde vorher verabredet, um unter anderem über das Thema Gisela Berger zu reden. Nun saß er diesem am Besprechungstisch in seinem Büro gegenüber.

»Es ist schön, dass Sie so kurzfristig Zeit haben, um an der Besprechung teilzunehmen, Herr Huber«, sagte Polizeidirektor Weber freundlich. »Da Herr Schneider ab heute wieder im Dienst ist, sollten wir mal Zwischenbilanz im Fall Georg Besserdich ziehen. Aber vorher wollte ich noch über Gisela Berger mit Ihnen reden.«

»Ich hoffe, Sie haben sich endlich entsprechende Konsequenzen einfallen lassen. Ich hatte eigentlich mit einer Suspendierung gerechnet«, schoss es aus dem Staatsanwalt heraus.

»Nun wollen wir mal nicht gleich mit Kanonen auf Spatzen schießen, lieber Herr Huber. Was meine Mitarbeiter hier leisten müssen, ist nicht ganz ohne.«

»*Wenn* sie denn wirklich etwas leisten würden.«

»Herr Huber, auf diesem Niveau brauchen wir uns gar nicht zu unterhalten. Die Leistungen der Gruppe um Kommissar Schneider können sich wirklich sehen lassen. Und auch speziell die Leistungen von Frau Berger sind respektabel. Dass im Fall Besserdich noch keine Ergebnisse vorliegen, ist bedauerlich, aber so etwas kommt immer mal vor. Statt die Mitarbeiter mit verbalen Attacken unter Druck zu setzen, sollte man sie lieber bestärken und ihnen Mut machen.«

»Wenn man eine faule Kartoffel hat, muss man sie entfernen, sonst stinkt der ganze Haufen innerhalb kürzester Zeit. Und genau das ist hier der Fall«, antwortete Huber und haute zur Bekräftigung mit der flachen Hand auf den Tisch.

»Herr Huber, der Fisch stinkt vom Kopf. Wenn hier also etwas faul ist, dann haben Sie und ich Grund, selbstkritisch zu hinterfragen, was wir falsch machen. Ich möchte Sie eindringlich bitten, künftig keine verbalen Attacken, keine Drohungen oder sonstige unbeherrschten Bemerkungen auf meine Mitarbeiter abzuschießen. Mit einem höflichen, respektvollen Umgang erreichen Sie mit Sicherheit mehr.«

»Wollen Sie mir sagen, wie ich meine Arbeit zu machen habe? Und wollen Sie etwa sagen, dass mich diese dumme Pute ungestraft ein Arschloch nennen darf?«

Jetzt sprang Polizeidirektor Weber, der von Natur aus die Ruhe selbst war, auf und brüllte den Staatsanwalt an: »Nennen Sie Frau Berger noch einmal eine Pute, und ich schreibe eine Dienstaufsichtsbeschwerde über Sie, die sich gewaschen hat. Entweder Sie lernen endlich, sich zu benehmen, oder es gibt Krieg. Und ich prophezeie Ihnen, wenn Sie sich mit mir anlegen, dann sorge ich dafür, dass Sie auf keinen grünen Zweig mehr kommen!«

Der Polizeidirektor setzte sich wieder. Noch nie in all den Dienstjahren war er derart aus der Haut gefahren. Staatsanwalt Huber hätte sich im Traum nicht vorstellen können, dass Harald Weber zu solch einem Ausbruch im Stande war. Und er wusste, dass sein Chef große Stücke auf diesen Mann hielt und wohl auch privat mit ihm zu tun hatte. Ganz kleinlaut gab er zur Antwort: »Ich habe es nicht so gemeint. Im Alltagsstress rutschen einem manchmal Dinge raus ...«

»Herr Huber, es ist mir über all die Jahre gelungen, meine Mitarbeiter in einem kollegialen Miteinander zu guten Leistungen zu motivieren. Und das lasse ich mir nicht kaputtmachen. Lassen Sie uns einen Schlussstrich ziehen und nochmal von vorn anfangen. Wenn die Mitarbeiter gleich kommen, möchte ich ihnen sagen, dass wir unser Verhältnis neu geordnet haben und in Zukunft auf einer Basis miteinander umgehen, die von Höflichkeit und Freundlichkeit geprägt ist. Kann ich das auch in Ihrem Namen sagen?«

Die letzten Sätze hatte Harald Weber wieder in seiner verbindlichen Art von sich gegeben. Huber war noch halb am Kochen, jedoch durch den Ausbruch des Polizeidirektors stark in seinem Selbstbewusstsein erschüttert. Mit gebrochener Stimme sagte er: »Schwamm drüber. Lassen Sie uns neu anfangen.«

Das interne Telefon klingelte, Weber ging zu seinem Schreibtisch, nahm ab und sagte: »Prima. Wir sind gerade fertig geworden. Schicken Sie die Kollegen rein.«

Gerald Schneider und seine fünf Mitarbeiter betraten das Zimmer. Der Polizeichef ging direkt auf Schneider zu, schüttelte ihm die Hand und sagte freudestrahlend: »Gott sei Dank, dass Sie wieder da sind. Ich hoffe, Sie haben alles gut überstanden.« Die anderen grüßten leise und nahmen Platz, bestrebt, möglichst weit entfernt vom Staatsanwalt zu sitzen, bis nur noch ein Stuhl neben diesem frei war. Ausgerechnet Gisela kam zuletzt herein und setzte sich stumm neben ihn.

Polizeidirektor Weber eröffnete die Besprechung: »Meine Herrschaften, da unser Herr Schneider wieder genesen ist, sollten wir heute eine Zwischenbilanz in Sachen Besserdich ziehen. Alle anderen Fälle sind ja gut im Fluss. Deshalb denke ich, dass wir uns mit voller Kraft auf diese Sache konzentrieren. Wir müssen hier einfach weiterkommen. Gestatten Sie, dass ich Sie vorher kurz darüber informiere, was ich gerade mit Herrn Staatsanwalt Huber besprochen habe. Es ist in letzter Zeit zu gewissen Aufreibungen menschlicher und verbaler Art gekommen. Wir können das sicherlich zum großen Teil der intensiven und unbefriedigenden Arbeit am Fall Besserdich zuschreiben. So etwas kommt mal vor. Wir sind alle nur Menschen. Aber das darf natürlich kein Dauerzustand sein. Wir haben heute miteinander vereinbart, dass wir uns ab sofort alle mehr Mühe geben und einen freundlichen Umgangston pflegen. Die Querelen der letzten Zeit sollten wir einfach abhaken. Wie haben Sie so schön gesagt, Herr Huber? Schwamm drüber. Es würde unsere Arbeit und auch unser Wohlbefinden stören, wenn wir alles, was in letzter Zeit gesagt worden ist, auseinanderdröseln. Kann ich davon ausgehen, dass alle damit einverstanden sind?«

Gisela machte eine Handbewegung. Der Polizeidirektor bekam einen kleinen Schreck und nickte ihr zu.

»Einverstanden«, sagte Gisela. »Und in diesem Zusammenhang nehme ich auch das Arschloch zurück.«

Alle lächelten oder lachten leise. Harald Weber fiel ein Stein vom Herzen und fuhr fort: »So, und nun bitte an die Arbeit. Vielleicht informieren Sie, Frau Berger, uns über den Stand der Dinge.«

Gisela zog ein Blatt mit Stichwörtern aus ihrer Mappe und fing an: »Also, ich habe heute Morgen nochmal mit den Kollegen in Bayern telefoniert. Auch dort ist man keinen Schritt weiter. Wahrscheinlich hat er seinen Job in Bayern erledigt und konzentriert sich jetzt ganz auf den Harz. Seine Silvester-Aktion beweist ja, dass er mit uns noch nicht fertig ist. Und wenn wir uns das Täterprofil des Psychologen ansehen, dann werden wir auch noch einiges zu erwarten haben. Nachdem wir alle Möglichkeiten ausgeschöpft haben, ihn zu kriegen, können wir im Grunde nur darauf hoffen, dass er sich wieder bemerkbar macht und irgendwann dabei einen Fehler begeht. Wir suchen einen Mann, dessen derzeitigen Namen wir nicht kennen. Alles, was wir haben, ist ein Phantombild, das aus der Erinnerung einer Zeugin entstanden ist. Wir haben aufgrund der Autonummer in Bremen und Bremerhaven geforscht, sämtliche Autoverleiher kontaktiert. Die Kollegen dort haben alles getan, was möglich ist. Ergebnis: null. Wir haben die DNA von Georg Besserdich an dem ermordeten Lehrer in Bayern; wir haben die DNA an dem Ball, den er Fräulein Höschen geschickt hat. Wir haben diese DNA nicht an der Leiche von Frau Gutbrodt und auch nicht an der entführten Marie. Das heißt, wir können nicht sicher sein, dass er für den Tod von Frau Gutbrodt verantwortlich ist und an der Entführung. Und deshalb frage ich mich, ob wir hier wirklich gut beraten sind, gar nicht weiter in andere Richtungen zu forschen. Im Zusammenhang mit Frau Gutbrodt geht mir einfach dieser komische Herr Schmecke nicht aus dem Kopf. Das ist so ein windiger Kerl.«

»Aber das hat doch bisher alles nichts gebracht«, sagte Staatsanwalt Huber. »Wir konnten ihm nichts nachweisen.«

»Das ist richtig. Aber vielleicht sollten wir trotzdem dranbleiben. Inzwischen dürfte er sich ja in Sicherheit wiegen. Ich schlage daher vor, dass zumindest ein Kollege sich weiterhin intensiv mit Schmecke befasst.«

Die Besprechung verlief ungewohnt harmonisch. Matthias Huber war die Freundlichkeit in Person. Das änderte allerdings nichts an der Frustration, die sich aufgrund der mangelnden Ergebnisse unweigerlich einstellte. Kommissar Schneider beauftragte den Kollegen Knott, weiterhin an

Maximilian Schmecke dranzubleiben. Und Gisela sollte sich hauptamtlich mit Georg Besserdich beschäftigen. Sie würde noch einmal mit allen Beteiligten sprechen, die Besserdich kannten beziehungsweise früher gekannt hatten. Irgendwo musste es einfach einen Anknüpfungspunkt geben. Es gab immer etwas, wo man ansetzen konnte. Nur in diesem Fall hatte man diesen Punkt einfach noch nicht gefunden.

Clausthal-Zellerfeld, 29. April 2011

Maximilian Schmecke saß über seinem Laptop im Arbeitszimmer, dass er sich im Haus seiner Mutter eingerichtet hatte. Er raufte sich die Haare und stöhnte gelegentlich laut auf. Er war mit seinem Latein am Ende. Seine Mutter hatte zum ersten Mal kategorisch abgelehnt, ihm Geld zu geben. Angeblich hatte sie absolut nichts mehr zur Verfügung. Das Haus wollte sie auf keinen Fall verkaufen. Und selbst wenn er seinen Wagen verscherbeln würde, könnte ihn das auch nicht retten. Er brauchte Geld, und zwar eine ganze Menge. Diese ganzen Internetgeschäfte hatten ihn in eine Misere gerissen, aus der er keinen Ausweg sah. Hinzu kamen die Schulden, die er bei dubiosen Geldverleihern gemacht hatte. Und die verstanden keinen Spaß. Wenn er in den nächsten Tagen kein Bares zur Verfügung hatte, würde es ernst werden.

Wo kriege ich auf die Schnelle fünfzigtausend Euro her? »Hös-chen! Du bist mein letzter Ausweg«, sagte er laut zu sich selbst. *Die alte Scharteke hinterzieht Hunderttausende vor der Steuer und tut so, als ob sie die seriöseste Person wäre,* dachte er.

Ich muss die Alte einfach überrumpeln mit der Auszahlungs-quittung. Mann, war das ein Zufall. Zufall? Das war Fügung, als ich gerade zu ihr kam und sie den ganzen Papierkram auf dem Tisch hatte. Entweder fünfzigtausend in bar oder Strafanzeige. Hös-chen vor Gericht. Ha! Das wird sie niemals riskieren. Dann erbt eben Amadeus, dieser Lackaffe, ein bisschen weniger.

Zur selben Zeit fuhr Hermann Rehm, der früher einmal Georg Besserdich geheißen hatte, in seinem schwarzen Mercedes von Wernigerode aus in Richtung Oberharz. Er hatte seine Hausaufgaben gemacht. Seit zwei Wochen wohnte er am östlichen Harzrand und fuhr fast täglich diese Strecke, um alles vorzubereiten für ein großartiges Walpurgisfest. Die Sache mit dem Pater war ja schon spektakulär gewesen. Aber was morgen bevorstand, würde alles in den Schatten stellen. An Walpurgis tanzen die Hexen mit dem Teufel. Und manchmal wird dabei eben auch eine Hexe verbrannt. Er lächelte bei dem Gedanken. Und auch sonst war er bester Laune und erfreute sich an der herrlichen Landschaft. Die Wälder waren aus dem Winterschlaf erwacht, die Fichten hatten ihren Mantel aus Schnee abgeworfen, und ganz zaghaft sah man an den Laubbäumen das erste Grün sprießen, was ja im Harz immer etwas länger auf sich warten lässt. Da war kein Platz mehr für Hexen und Teufel. Die hatten sein Leben bisher nur verdrießt. Jetzt kam die Zeit der Maikönigin. Und manchmal musste man dieser eben auf die Sprünge helfen, indem man die Hexen verbrannte.

»Kriminalpolizei, Berger, guten Tag.«

»Hier ist Ilona Rasche in Lautenthal. Bin ich jetzt mit jemandem verbunden, der den Fall der toten Frau Gutbrodt bearbeitet?«

»Jawohl.«

»Hören Sie, ich bin gerade erst von einem langen Amerika-Aufenthalt zurückgekommen und habe jetzt erfahren, dass Frau Gutbrodt ermordet wurde. Ich weiß gar nicht, wo mir der Kopf steht und wo ich anfangen soll. Auf jeden Fall steht noch das Auto von Frau Gutbrodt in meiner Garage.«

Jetzt läuteten alle Alarmglocken bei Gisela.

»Frau Rasche, das Beste wird sein, ich komme gleich bei Ihnen vorbei. Dann können Sie mir alles in Ruhe erzählen. Bitte sagen Sie mir noch Straße und Hausnummer, dann bin ich in zwanzig Minuten bei Ihnen.«

Es war gegen 15 Uhr, als Gisela und Kommissar Schneider ihren Wagen im Bischofstal vor einem alten Haus parkten, das schon bessere Zeiten erlebt hatte. Frau Rasche öffnete sofort und führte die beiden in ein kleines Wohnzimmer, in dem es trotz offener Fenster nach abgestandener Luft roch. Frau Rasche war eine rundliche Dame von Ende vierzig und machte einen kopflosen Eindruck.

»Ich bin noch gar nicht ganz da. Dieser Jetlag macht mir zu schaffen. Und dann komme ich hier an und erfahre, dass meine Freundin Rita Gutbrodt nur einen Tag, nachdem ich abgereist bin, ermordet wurde. Mein Gott!«

Sie schluchzte und hielt sich die Hand vor die Augen, während Gisela sagte: »Das muss ein Schock für Sie sein. Es tut mir sehr leid. Beruhigen Sie sich erst mal, und dann müssen wir Ihnen einige Fragen stellen.«

»Ja, natürlich. Es geht schon wieder.«

Nun schaltete sich Schneider ein: »Frau Rasche, Sie sind demnach am 11. Juli vergangenen Jahres nach Amerika gereist?«

»Ja, genau. Meine Tochter erwartete ein Kind, und ich wollte bei ihr sein. Im Übrigen wohne ich ja bereits ganz da. Ich bin heute nur nochmal zurückgekommen, weil es mit dem Verkauf des Hauses immer noch nicht geklappt hat. Ich muss hier nochmal mit dem Makler sprechen und einiges erledigen, und dann fliege ich wieder zurück.«

»Und Frau Gutbrodt hat, nachdem sie ihren Mann verließ, bei Ihnen gewohnt?«

»Richtig. Sie kam hier eines Nachmittags an, war total aufgewühlt und bat mich um Unterschlupf. Ich war gerade mit meinen Reisevorbereitungen beschäftigt. Und als dann der Tag meiner Abreise kam, wollte sie auch weg. Allerdings erhielt sie am Tag vorher einen Anruf von ihrem Geliebten, diesem Maximilian Schmecke. Mit dem wollte sie sich am nächsten Abend treffen. Also habe ich gesagt, sie soll ruhig noch einen Tag länger bleiben und den Schlüssel dann in den Briefkasten werfen.«

»Sie wollte sich also am 12. Juli mit Herrn Schmecke treffen?«, fragte Schneider ganz verdutzt.

»Ja. Sie wollten sich aussprechen und danach wollte sie über ihre Zukunft entscheiden.«

»Wissen Sie, wo sie sich treffen wollten?«

»Ja, auf dem Schulberg, oben in der Schutzhütte.«

Nun sahen Gisela und ihr Chef sich scharf an.

»Hat sich Frau Gutbrodt geäußert, was sie von Herrn Schmecke hielt oder wie sie zu ihm stand?«

»Ich denke, sie fühlte sich von ihm ausgenutzt. Erst hat er ihr die große Liebe vorgegaukelt, und dann hat er die ganze Zeit nichts mehr von sich hören lassen und war auch telefonisch nicht zu erreichen. Ich denke, er wollte sie loswerden, nachdem bei ihr nichts mehr zu holen war. Das habe ich ihr auch gesagt. Ich hatte den Eindruck, dass sie zu ihrem Mann zurückwollte. Aber in dem Fall wollte sie ihr Geld von Schmecke zurück. Ich habe ihr zugeredet, mit dem Kerl endlich Schluss zu machen. So ein junger Mann will doch nichts von einer Frau, die mindestens fünfzehn Jahre älter ist – außer vielleicht ihr Geld.«

»Wissen Sie, um welche Beträge es sich da gehandelt hat?«

»Nicht genau. Aber es muss wohl schon im fünfstelligen Bereich gelegen haben.«

»Eine ganz andere Frage«, meldete sich nun Gisela zu Wort, »wo ist das Auto von Frau Gutbrodt?«

»Das hat sie an dem Tag, als sie kam, in meiner Garage abgestellt, damit niemand es sieht. Es sollte ja keiner wissen, dass sie hier ist. Sie hat auch das Haus so gut wie nie verlassen. Ich habe, als ich abreisen musste, einer Nachbarin Bescheid gesagt, dass meine Freundin noch da ist und dann einen Tag später auch verschwindet. Ich glaube, niemand wusste, dass sie hier war, und schon gar nicht, wer sie war.«

»Haben Sie sich nicht gewundert, dass sie keinen Kontakt mit Ihnen in Amerika aufgenommen hat?«

»Na, und ob. Ich habe versucht, in ihrer Praxis anzurufen, aber das Telefon dort war stillgelegt. Und da dachte ich so bei mir, mein Gott, so eine treulose Tomate. Du hilfst ihr und gibst ihr Asyl, und sie kann sich noch nicht mal melden. Wie konnte ich denn wissen, dass sie tot war?«

Die letzten Worte brachte Frau Rasche unter Tränen heraus und griff nach einem Päckchen Papiertaschentücher. Der

Kommissar und Gisela hatten fürs Erste genug gehört. Sie mussten jetzt handeln.

»Frau Rasche«, sagte nun Schneider, »Sie haben uns sehr geholfen. Das Auto lassen wir abholen. Bitte reden Sie mit niemandem über die Sache. Ich denke, wir sollten uns morgen noch einmal unterhalten. Sie müssen ja auch ein Protokoll unterschreiben. Ich kann Sie gern abholen lassen.«

»Das übernehme ich«, sagte Gisela. »Erholen Sie sich erst mal von den Reisestrapazen und dem Schock.«

»Ich wusste es, ich habe es gewusst«, sagte Gisela im Auto. »Dieser schmierige Schmecke-Typ hat die Frau umgebracht. Wegen Geld. Fahren wir jetzt gleich weiter nach Clausthal, um ihn einzubuchten?«

»Sie sitzen am Steuer. Wenn Sie ihn einbuchten wollen, dann fahren Sie.«

Zur selben Zeit, als der Kommissar und seine Assistentin bei Frau Rasche waren, klingelte es an Lillys Tür. Ihr Haus befand sich nur ein paar Hundert Meter Luftlinie von ihnen entfernt. Allerdings betrug der Höhenunterschied mehr als hundert Meter, da ihr Haus hoch am Berg thronte.

»Nanu, wer stört mich denn da schon wieder«, sagte Lilly zu sich selbst. Als sie öffnete, verschlug es ihr fast die Sprache: Maximilian Schmecke. »Was willst du denn hier?«

»Hallo, Fräulein Höschen. Ich war gerade in der Nähe und dachte mir, schau doch mal bei Fräulein Höschen vorbei. Ich habe nämlich etwas mit Ihnen zu besprechen.«

»Was hast du denn mit mir zu besprechen?«

»Das kann man nicht zwischen Tür und Angel sagen.«

»Das befürchte ich auch. Na ja, dann komm mal rein.«

Lilly war alles andere als begeistert. Sie kannte Maximilian seit seiner Schulzeit und hatte noch nie eine angenehme Begegnung mit ihm gehabt. In ihrem Gesichtsausdruck war deutlich zu lesen, was sie von ihm und seinem Besuch hielt. Sie führte ihn ins Esszimmer.

»Also setz dich hin und schieß los.«

»Tja, Fräulein Höschen, Sie wissen vielleicht, dass ich Geschäftsmann bin. Und wie das so ist im Geschäftsleben, geht es mal rauf und mal runter. Und im Moment geht es leider ziemlich weit runter. Ich brauche also ein Darlehen.«

»Da kann ich dir eine Bank empfehlen. Ansonsten habe ich nicht viel Ahnung von Finanzberatung.«

»Da bin ich mir eben nicht so sicher. Ich glaube nämlich, dass Sie sehr viel Ahnung von Finanzberatung haben. Vor allem, wenn es darum geht, das Finanzamt zu bescheißen und damit alle ehrlichen Steuerzahler.«

Lilly bekam ihren Mund nicht mehr zu. Es dauerte einen Augenblick, bis sie sich gesammelt hatte und dann sehr langsam und eindringlich antwortete: »Maximilian Schmecke, ich glaube, jetzt bist du völlig verrückt geworden. Es war mir schon immer klar, dass bei dir die eine oder andere Schraube locker ist. Und dass du ein Taugenichts bist, darüber brauchen wir gar nicht zu reden. Aber jetzt drehst du einfach durch.«

»Oh, Fräulein Höschen, nicht doch. Sie sind eine Steuerhinterzieherin. Und nach außen tun Sie so, als ob Sie ein Muster an Rechtschaffenheit wären. Sie haben es faustdick hinter den Ohren!«

Jetzt wurde Lilly wütend. »Du hast meine Geduld überstrapaziert. Also mach, dass du raus kommst. Und trau dich nicht mehr unter meine Augen.«

Maximilian machte es sich auf seinem Stuhl bequem, schlug die Beine übereinander und grinste Lilly an. Er holte die Auszahlungsquittung einer Schweizer Bank aus seiner Jackentasche und hielt sie Lilly hin. Als sie danach greifen wollte, zog er sie weg, legte sie auf den Tisch und hielt seine Hand darauf.

»Oh, Fräulein Höschen, Sie enttäuschen mich. Wenn ich dieses Dokument der Polizei oder dem Finanzamt präsentiere, dann bekommen Sie echte Schwierigkeiten. Stellen Sie sich vor, die allseits geachtete Lilly Höschen wird wegen Steuerhinterziehung verurteilt und muss in den Knast.«

Maximilian fing an zu lachen. Lilly hatte sich schnell wieder gefangen und antwortete leise und beherrscht: »Abgesehen davon, dass du ein Dieb bist, der anderen Leuten Dokumente stiehlt, bist du nun auch noch ein Erpresser. Wir wollen doch mal sehen, wer von uns ins Gefängnis wandert. Maximilian Schmecke, du bist so dumm wie Bohnenstroh!«

Maximilian reichte es allmählich, dass sein Gegenüber so unbeeindruckt blieb und er offenbar nichts, aber auch gar nichts gegen Lilly ausrichten konnte. Und ihre ständigen Beleidigungen hatte er schon seit seiner Kindheit satt. Zorn stieg in ihm auf, und er verzog sein Gesicht und knirschte mit den Zähnen, bevor er sehr leise und eindringlich sagte: »Du dumme alte Gans. Glaub ja nicht, dass du so groß bist. Hös-chen!« Das letzte Wort hatte er fast gebrüllt, um dann in ein gekünsteltes Lachen auszubrechen.

Lilly schaute ihn an wie den Mann im Mond. Noch nie hatte es jemand gewagt, so mit ihr zu reden.

Dann fuhr er fort: »Also, du alte Schnepfe, ich verlange von dir fünfzigtausend Euro in bar, und zwar avanti!«

In beherrschtem Ton antwortete Lilly: »Also, ich denke, jetzt reicht es. Verlasse mein Haus. Sofort. Andernfalls rufe ich die Polizei.«

»Oh, ich habe ja solche Angst«, äffte Maximilian sie an.

Lilly wurde langsam mulmig in der Magengegend. Sie stand auf und ging zum Telefon. Als sie den Apparat in die Hand nahm, holte Maximilian eine Pistole aus seiner Jackentasche und sagte ernst: »Das würde ich nicht tun.«

Lilly bekam einen Schreck und legte das Telefon wieder auf die Kommode. Nachdem sie sich wieder im Griff hatte, sagte sie: »Nun wollen wir uns mal wieder beruhigen. Wir gehen jetzt in die Küche und kochen uns einen Kaffee. Und dabei überlegen wir, was wir tun können. Du kannst dir sicher vorstellen, dass ich nicht haufenweise Bargeld herumliegen habe.«

Maximilian wurde nun heiter und zynisch: »Ach Höschen, ich kann mir manches vorstellen, zum Beispiel, dass man Schwarzgeld in solchen Mengen nicht zur Bank bringt, weil man nämlich in Erklärungsnot gerät, wo der ganze Zaster herkommt. Also mach keine Sprüche. Einen Kaffee kannst du trotzdem kochen. Ich begleite dich.«

Also gingen sie nach nebenan, Lilly voraus, und Maximilian setzte sich auf den einzigen Stuhl, den es in der kleinen Küche gab. Lilly bediente die Kaffeemaschine und goss eine halbe Kanne Wasser hinein. Dann lehnte sie sich mit dem Rücken zur Fensterseite und schaute Maximilian an, der ihr gegenüber an der anderen Seite neben der Tür saß und zufrieden dreinschaute. Die Hand mit der Pistole hatte er locker auf dem Tisch liegen.

»Also Hös-chen, was ist mit dem Zaster?«

»Es liegt fast alles im Bankfach.«

Das entsprach der Wahrheit.

»Und warum sollte ich das glauben?«

»Weil es die Wahrheit ist, du dummer Junge.«

Das hatte sie lauter gesagt, als sie eigentlich wollte. Und auch der *dumme Junge* war ihr unwillkürlich herausgerutscht.

»Hös-chen, ich werde langsam ärgerlich. Ich lass mich von dir nicht mehr beleidigen. Ist das klar?«

»Natürlich. Das ist nur eine alte Gewohnheit«, sagte Lilly kleinlaut und sanft.

»Also, gesetzt den Fall, dass es wirklich so ist, wie willst du den Zaster dann ranschaffen?«

»Es wird mir nichts anderes übrig bleiben, als zur Bank zu gehen.«

»Na prima, und unterwegs überlegst du es dir anders und gehst zur Polizei.«

»Wieso sollte ich zur Polizei gehen, wenn ich doch angeblich eine Steuerhinterzieherin bin?« Jetzt hatte Lilly eine Idee, die ihr angesichts ihrer wieder aufkeimenden Wut gut in den Kram passte, und sie sagte beschwichtigend: »Jetzt lass uns erst mal einen Kaffee trinken. Das belebt den Geist, und dabei fällt uns dann schon eine Lösung ein.«

Sie nahm die halbvolle Kanne von der Kaffeemaschine und hielt eine Tasse vor sich. Dann ging sie auf Maximilian zu und schenkte ein. Sie tat so, als ob sie die Tasse vor ihn auf den Tisch stellen wolle, kippte aber den Inhalt auf seinen Schoß und haute ihm die Kanne mit voller Wucht an den Kopf. Die Kanne zersprang allerdings nicht. Maximilian schrie laut auf, fasste sich in den Schritt. Die Pistole landete dabei auf dem Fußboden direkt vor Lillys Füßen. Sie ergriff sie, richtete sie auf ihren ehemaligen Schüler, während sie sich zur Tür begab und schließlich ins Esszimmer rannte. Maximilian war mit zwei Sprüngen an der Spüle, machte ein Geschirrtuch nass, riss sich die Hose runter und kühlte sich seine verbrühten Teile. Währenddessen hatte Lilly die Küchentür abgeschlossen und den Notruf betätigt.

Ganz beherrscht sprach sie ins Telefon: »Lilly Höschen, Lautenthal, Am Schulberg. Schicken Sie sofort Hilfe. Ich werde gerade überfallen. Der Mann hat eine Waffe. Nein, eigentlich habe ich die Waffe jetzt. Und schicken Sie auch einen Krankenwagen.«

»Wer ist denn verletzt und wie schwer?«

»Der Täter ist verletzt. Ich habe ihm seinen Schniedelwutz verbrüht. Nun machen Sie hin!«

Lilly hatte das Gespräch weggedrückt und konnte daher nicht mehr hören, wie die Stimme am anderen Ende lachte.

Kommissar Schneider und Gisela befanden sich in ihrem Wagen gerade am Ortsausgang von Lautenthal, als sein Handy sich bemerkbar machte.

»Ja, was gibt es?«

»Es ist gerade ein Notruf eingegangen. Lilly Höschen wird überfallen. Von einem bewaffneten Mann. Sie hat auch einen Krankenwagen angefordert. Angeblich hat sie dem Täter den Schniedelwutz verbrüht.«

Schneider wusste mit dieser Information zunächst nicht recht umzugehen. Er war einfach nur erstaunt und rief dann: »Gisela, sofort umdrehen! Wir müssen zu Fräulein Höschen. Sie wird gerade überfallen.«

Die Haustür war offen, und Schneider und seine Assistentin betraten das Haus mit gezogener Waffe. Es war ein Bollern zu hören, weil Maximilian gegen die Küchentür trat, und Lilly rief von oben: »Kommen Sie hoch. Der Täter ist in der Küche.«

Schneider öffnete die Küchentür mit einem Ruck, und Gisela hielt Maximilian ihre Waffe entgegen. Kurz darauf brach sie in Lachen aus. Maximilian Schmecke stand mit heruntergelassener Hose da und hielt sich ein Handtuch zwischen die Beine. Ein paar Minuten später kamen ein Polizeiwagen mit Blaulicht und ein Notarztwagen. Der Arzt versorgte den

Verletzten in Lillys Esszimmer, was diesem mehr als peinlich war. Danach begleiteten ihn zwei Polizisten ins Krankenhaus.

»Mein Gott, Fräulein Höschen, was war das denn?«, wollte der Kommissar wissen.

Sie erzählte in allen Einzelheiten, was passiert war, und schloss mit der ängstlichen Frage: »Ob ich wohl jetzt auch in den Knast muss?«

Schneider sah sie entgeistert an und fragte: »Warum, um Himmels willen, sollten Sie in den Knast müssen?«

»Na, wegen Steuerhinterziehung.«

Der Kommissar lächelte sie an und sagte: »Fräulein Höschen, Sie haben gerade einen mutmaßlichen Mörder zur Strecke gebracht.«

»Was? Welchen Mörder?«

»Wir müssen davon ausgehen, dass Herr Schmecke Frau Gutbrodt auf dem Gewissen hat.«

»Mein Gott, Herr Kommissar! Das glaube ich nicht. Er ist zwar ein Tunichtgut. Und es hat mich auch erstaunt, dass er mit einer Waffe herumgefuchtelt hat. Aber ein Mörder?«

Schneider beschwichtigte weiter: »Wie auch immer. Der Staatsanwalt wird jetzt derart beschäftigt sein, dass er sich wohl kaum um die Steuererklärung einer pensionierten Lehrerin kümmern wird. Wenn Sie Probleme mit der Steuer haben, dann wenden Sie sich an Ihren Steuerberater oder einen Anwalt. Sie haben ja einen in der Familie. Also, jetzt atmen Sie erst mal durch und machen sich keine Sorgen.«

Ein Polizist trat heran und sah Schneider an. Er hatte die Waffe in einem Plastikbeutel, den er hochhielt: »Übrigens, bei dieser Pistole handelt es sich um ein Spielzeug.«

Lilly schaute ganz entsetzt und sagte: »Mein Gott, dann hätte ich diesen blöden Bengel ja gar nicht mit Kaffee zu übergießen brauchen. Vielleicht hätte eine kräftige Ohrfeige auch geholfen.«

Als Lilly wieder allein war, fand sie auf dem Küchentisch die Auszahlungsquittung der Schweizer Bank, nahm ein Feuerzeug und zündete sie im Kamin an.

Goslar, 29. April 2011

Am späten Nachmittag holte man Maximilian Schmecke aus dem Krankenhaus ab, nachdem er dort versorgt worden war. Staatsanwalt Huber, Kommissar Schneider und Gisela Berger saßen bereits im Vernehmungsraum. Schmecke saß in einem anderen Raum und unterhielt sich mit einem Anwalt, den seine Mutter ihm besorgt hatte.

Schneider sagte leicht resigniert: »Ob er wirklich mit dem Mord an Frau Gutbrodt in Verbindung zu bringen ist? Ich bin mir da nicht mehr so sicher. Er hat uns zwar belogen: Angeblich hat er das Opfer vor ihrem Tod nicht mehr gesehen, und dann verabredet er sich mit ihr zur Tatzeit. Aber warum geht er zu Fräulein Höschen mit einer Spielzeugpistole?«

»Nageln Sie ihn erst mal an seiner Lüge fest. Wenn er unschuldig ist, warum lügt er dann?«, antwortete der Staatsanwalt.

Dann betrat Maximilian Schmecke das Zimmer und mit ihm sein Anwalt, ein älterer Herr im blauen Anzug. Dieser begrüßte freundlich den Staatsanwalt, den er gut kannte, und reichte dann Gisela und Schneider die Hand.

Der arme Maximilian bewegte sich vorsichtig mit kleinen Schritten. Offenbar hatte er entsprechende Bandagen im Genitalbereich. Gisela konnte sich ein Grinsen nicht verkneifen.

Der Rechtsanwalt ergriff das Wort: »Um es vorwegzunehmen: Herrn Schmecke geht es nach der Behandlung im Krankenhaus den Umständen entsprechend gut. Das heißt, er ist zur Zeit einigermaßen schmerzfrei, hat aber Verbrennungen zweiten Grades. Er muss morgen zur Nachuntersuchung und zum Verbandswechsel wieder den Arzt aufsuchen.«

»Kein Problem«, antwortete Schneider.

Dann fuhr der Anwalt fort: »Zur Sache so viel: Mein Mandant gibt zu, dass er Fräulein Höschen um ein Darlehen gebeten hat. Dann fing sie an, ihn zu beleidigen und zu demütigen, wofür diese Dame ja hinreichend bekannt ist. In ihrer Rage hat sie Herrn Schmecke dann mit Kaffee übergossen und ihm fiel, als er zum Wasserhahn rannte, eine Spielzeugpistole aus der Tasche.«

Jetzt brach Gisela in haltloses Gelächter aus. Nur mit Mühe konnte sie eine Frage formulieren: »Entschuldigung, Herr Rechtsanwalt. Sagen Sie, wie alt ist Ihr Mandant eigentlich, dass er eine Spielzeugwaffe mit sich herumträgt? Hat er sich vielleicht gedacht: Nimmst du halt mal die Spielzeugpistole mit, vielleicht findest du jemanden, der mit dir Räuber und Gendarm spielt oder Cowboy und Indianer?«

Der Anwalt musste sich zusammenreißen, um nicht auch zu lachen, konnte sich aber gerade noch beherrschen und antwortete: »Frau Berger, jetzt werden Sie aber kindisch. Herr Schmecke hatte dieses Spielzeug gerade gekauft und daher zufällig bei sich. Er mag Kinderspielzeug. Es gibt viele Leute, die Spielzeug mögen oder auch Kinderbücher. Das ist nichts Außergewöhnliches. Jedenfalls ist es albern, anzunehmen, dass er damit einen Überfall oder Ähnliches begehen wollte.«

»Nun gut«, mischte sich jetzt Schneider ein, »das ist jetzt Ihr Standpunkt. Wir kommen später darauf zurück. Was gravierender ist als die Erpressung, die wir Ihrem Mandanten vorwerfen, ist der Mord an Frau Gutbrodt.«

Jetzt brüllte Maximilian los: »Womit soll ich die dumme Kuh denn umgebracht haben? Mit einer Spielzeugpistole? Ich habe die alte Schnepfe nicht kaltgemacht!«

Der Anwalt versuchte zu beschwichtigen und Schneider sagte laut: »Zumindest haben Sie uns belogen, Herr Schmecke. Sie haben behauptet, dass Sie Frau Gutbrodt vor ihrem Tod nicht mehr gesehen haben. Und dann treffen Sie sich mit ihr an dem Abend, an dem sie ermordet wurde.«

»Na und?«

Die Vernehmung zog sich über zweieinhalb Stunden hin. Schmecke räumte die Erpressung von Lilly nicht ein und den Mord an Frau Gutbrodt schon gar nicht.

Gegen 21 Uhr verließ Gerald Schneider seinen Arbeitsplatz. Vor dem Gebäude traf er auf Staatsanwalt Huber.

»Na, Herr Schneider, das war ja wieder mal ein ereignisreicher Tag. Darf ich Sie vielleicht zu einem kleinen Imbiss einladen? Der Abend ist ja sowieso verkorkst.«

Gerald Schneider überlegte kurz, dass sein Sohn ohnehin schon im Bett war, und stimmte zu. Bisher hatte er noch nie außerhalb der Dienstzeit mit Matthias Huber zu tun gehabt.

»Ja, warum eigentlich nicht.«

Die beiden suchten ein gemütliches Lokal in der Altstadt auf, bestellten Bier und Schnitzel und Huber fragte: »Na, wie ist Ihr Eindruck?«

»Es ist völlig klar, dass Schmecke die alte Dame erpresst oder genötigt hat. Sie ist eine wohlhabende Frau. Ich kenne Fräulein Höschen mittlerweile gut genug, um zu wissen, dass sie keine Märchen erzählt. Für diese Sache werden wir ihn drankriegen. Was den Mord an Frau Gutbrodt betrifft, da bin ich mir mehr als unsicher. Das passt einfach nicht zu ihm. Vor allem dieses Theatralische. Warum begnügt er sich nicht damit, die Frau umzubringen? Warum schafft er sie nicht weg? Warum nimmt er Mühe und Risiko auf sich, sie im Garten von Fräulein Höschen zur Schau zu stellen? Das trifft auf unseren Freund Georg Besserdich zu.«

»Da haben Sie natürlich Recht. Also, schnappen Sie ihn.«

Das Essen wurde gebracht. Aber bevor Schneider sich dem Schnitzel widmete, schaute er nachdenklich drein und sagte: »Ich habe ein merkwürdiges Gefühl. Morgen ist Walpurgis. Es war auch Walpurgis, als die Frau von Georg Besserdich verschwand. Wir sollten darauf gefasst sein, dass unser Täter sich morgen wieder meldet. Denn offenbar hat er ja etwas übrig für symbolträchtige Handlungen und Effekte. Aber das ist nur so eine Idee. Nun, ich werde morgen jedenfalls trotz meines freien Tages im Büro sein.«

»Tja, ich denke, ich schaue morgen früh auch mal bei Ihnen vorbei. Ansonsten können Sie mich auch das ganze Wochenende über erreichen. Und jetzt erstmal guten Appetit.«

Lautenthal, 30. April 2011 (Walpurgis)

Am Tag zuvor hatten Jugendliche auf dem Bergfestplatz Hecke, trockene Fichtenzweige und Weihnachtsbäume, die nicht dem Osterfeuer zum Opfer gefallen waren, zusammengetragen und zu einem großen Scheiterhaufen aufgetürmt. Heute Abend würde hier ein buntes Treiben herrschen. Jede Menge als Hexen und Teufel verkleidete Leute würden ihren Spuk machen. Es würde Bier fließen und Schnaps angesichts der recht kühlen Temperaturen. Und um Mitternacht würde dann das große Feuer entfacht werden. Eine Hexe aus Stroh musste verbrannt werden und die Maikönigin würde herrschen als Symbol, dass nun unweigerlich der Frühling auch im Harz Einzug hielt.

Im Morgengrauen hielt ein schwarzer Mercedes auf dem Bergfestplatz. Ein Mann stieg aus, ging zum Feuerplatz und machte sich an dem aufgestapelten Brenngut zu schaffen. Nach zehn Minuten war er fertig, kam zurück zum Wagen und öffnete die Hintertür. Es war eine recht schwere Last, die er da herauszog: ein grüner Schlafsack mit Inhalt. Er legte ihn sich über die Schulter und wankte auf den Stapel mit Brenngut zu, verschwand kurz darin und kam ohne den Schlafsack zurück. Danach stapelte er sorgfältig wieder alles so, wie es vorher war, ging zum Auto, drehte sich noch einmal um, atmete tief durch und fuhr lächelnd davon.

Goslar, 30. April 2011 (Walpurgis)

Kurz nach acht Uhr, Gerald Schneider hatte sich gerade die erste Tasse Kaffee geholt, betrat ein uniformierter Polizist sein Büro.

»Guten Morgen. Sind Sie Hauptkommissar Schneider?«

»Guten Morgen. Ja, der bin ich.«

»Ich habe da einen Mann, den Sie sich mal ansehen sollten. Jemand ist ihm in die Seite seines Mercedes gefahren, und er wollte gar keine Polizei holen, obwohl der Schaden erheblich ist. Der andere hat uns dann trotzdem gerufen, und der Typ kam mir irgendwie bekannt vor. Außerdem ist ihm bei dem Aufprall die Perücke verrutscht. Verletzt ist er nicht. Seine Papiere sind zwar in Ordnung, aber ich weiß nicht.«

»Sagen Sie doch einfach, was Sie vermuten.«

»Ich werde das Gefühl nicht los, dass es der Mann sein könnte, den Sie mit dem Phantombild suchen.«

»Wo ist er?«

Schneiders Herz fing an zu rasen und eine Gänsehaut bemächtigte sich seines Rückens.

»Ich kann ihn zu Ihnen bringen. Ein Kollege ist bei ihm auf dem Flur.«

»Herein mit ihm.«

Nach einer halben Minute betrat Georg Besserdich das Zimmer, begleitet von den beiden Polizisten.

»Guten Tag, Herr Besserdich«, sagte Schneider.

Der Mann nickte freundlich und antwortete: »Hallo, Herr Kommissar. Schön, dass wir uns mal persönlich kennenlernen.«

»Sie geben also zu, dass Sie Georg Besserdich sind?«

»Ich war Georg Besserdich. Seit etlichen Jahren heiße ich Hermann Rehm. Aber das ist nicht so wichtig. Von mir aus sagen Sie ruhig Besserdich zu mir.«

»Gut, Herr Besserdich. Haben Sie bei dem Unfall irgendwelche Blessuren davongetragen? Brauchen Sie einen Arzt?«

»Aber nein. Das war doch nur Blech. Ich war heute zu unkonzentriert in freudiger Erwartung des Walpurgisfestes.«

»Aha. Wir müssen Sie jetzt vernehmen. Möchten Sie einen Anwalt dabei haben?«

»Was soll ich mit einem Anwalt? Später vielleicht.«

Dann ließ Schneider Georg Besserdich abholen, um ihn erkennungstechnisch untersuchen zu lassen. Fingerabdrücke, Speichelprobe, Foto. Den beiden Polizisten, die ihn gebracht hatten, schüttelte Schneider kräftig die Hand und sagte ihnen: »Sobald ich wieder vor Arbeit geradeaus schauen kann, lade ich euch zu einem tollen Essen ein. Was ihr getan habt, war einfach spitzenmäßig.«

Sie wiegelten zwar bescheiden ab, dass sie nur die Augen offen gehalten hatten, aber Schneider entgegnete: »Es gibt verschiedene Arten von Pflichterfüllung. Das, was ihr getan habt, ist die beste Art. Ich werde alles in Bewegung setzen, damit das auch von höchster Stelle so bewertet wird.«

Zufrieden gingen die beiden wieder an ihre gewohnte Arbeit.

Inzwischen hatte Georg Besserdich im Vernehmungsraum Platz genommen. Nun kamen Schneider, Staatsanwalt Huber und Gisela herein und nahmen auf der anderen Seite des Tisches Platz. Schneider eröffnete die Vernehmung, nachdem er das Band eingestellt hatte: »Herr Besserdich, es gibt verschiedene Dinge, die wir Ihnen vorhalten. Möchten Sie eine umfassende Aussage machen und uns alles erzählen, was sich in den vergangenen einundzwanzig Jahren zugetragen hat?«

»Ich habe keine Ambitionen, irgendetwas zu verschweigen.«

Georg Besserdich war an die sechzig Jahre alt. Nachdem er seine grau melierte Perücke abgenommen hatte, zeigte sich sein schütteres, graues Haupt. Er war schlank, wirkte sportlich und machte einen sympathischen Eindruck. Er war gut rasiert und trug Jeans und Pullover.

»Das hört sich gut an«, entgegnete Schneider. »Ich brauche Ihnen nicht zu sagen, dass so etwas auch vor Gericht honoriert wird.«

»Ach, das interessiert mich nicht. Es gibt Dinge, die sollte man einfach durchziehen, egal von welcher Strafe sie bedroht sind. Und es kommt der Punkt, da muss man sagen, was Sache ist. Man muss doch einfach verstehen, warum ich so gehandelt habe.«

»Gut, Herr Besserdich. Fangen wir an mit dem 30. April 1990. Exakt heute vor einundzwanzig Jahren sind Sie mit Ihrer Frau in den Harz gefahren. Sie sind dort ins Moor gegangen, um sich auszusprechen.«

»Moment, Herr Kommissar. So einfach geht das nicht. Sie müssen mich schon erzählen lassen. Sie tun ja so, als ob Sie besser Bescheid wüssten als ich.«

»In Ordnung. Dann erzählen Sie einfach, und wenn ich Fragen habe, mache ich mich zwischendurch mal bemerkbar.«

Georg Besserdich lehnte sich in seinem Stuhl zurück, schlug die Beine übereinander und begann zu erzählen: »Meine Frau war zuerst mit Hans Gutbrodt liiert. Hans und ich waren gute Freunde. Dann kriselte es in ihrer Beziehung und sie verliebte sich in mich. Ich hatte mich schon längst in sie verguckt, wäre aber nie auf die Idee gekommen, sie Hans abspenstig zu machen. Aber nachdem die beiden ihre Beziehung beendet hatten, war der Weg für mich frei. Und schließlich haben wir auch geheiratet. Wir bekamen einen Sohn und hatten ein schönes Leben. Ich habe den Jungen geliebt. Ich habe alles für ihn getan. Natürlich gab es auch in unserer Ehe ein paar Mal Streit. Aber zeigen Sie mir irgendeine Beziehung, wo das nicht der Fall ist.«

Schneider nickte wohlwissend und lächelte dabei, während Georg Besserdich fortfuhr: »Für mich war diese kleine Familie wie ein Fels in der Brandung. Und dann eines Tages, aus heiterem Himmel, musste ich erfahren, dass Amadeus gar nicht mein Sohn ist, dass meine Frau es mit meinem ach so guten Freund Hans getrieben hatte. Ich wusste, dass die Wahrscheinlichkeit, ein Kind zu zeugen, für mich nicht sehr groß war. Ich hatte mich untersuchen lassen, nachdem wir es zunächst vergeblich versucht hatten. Aber es bestand eine gewisse Chance. Und als sie dann schwanger war, habe ich nicht eine Sekunde lang daran gezweifelt, dass es nicht mein Kind sein könnte. Als ich dann die Wahrheit erfuhr, brach für mich die Welt zusammen.«

Jetzt setzte Georg sich aufrecht hin und atmete schwer.

»Kommen Sie«, sagte Schneider und goss ihm ein Glas Wasser ein. »Trinken Sie einen Schluck Wasser.«

Dann fing er sich wieder und erzählte weiter: »Ich hatte nie vor, sie umzubringen. Ich wollte mich von ihr trennen und sie nie wiedersehen. Dann lag sie mir in den Ohren, dass wir doch nochmal über alles sprechen sollten. Sie würde mich angeblich immer noch lieben und all das Zeug. Also beschlossen wir, in den Harz zu fahren, wo ich immer schon gern war, und uns dort in aller Abgeschiedenheit aussprechen. Wir fuhren also los, gingen ins Moor, fanden eine sehr abgelegene Stelle und setzen uns auf einen Baumstamm. Weit und breit war kein Mensch zu sehen. Es war so, als ob wir die einzigen Menschen auf der Welt wären. Es fing auch ganz harmonisch an. Irgendwann reagierte ich dann gereizt, weil ich einfach nicht ertragen konnte, was geschehen war. Und als sie mir dann auch noch sagte, dass ich ja eigentlich froh sein könnte, dass mein Freund Hans bei der Zeugung für mich ›eingesprungen‹ sei, da war ich am Ende. Ich hatte auf einsamen Wanderungen immer meinen Revolver dabei. So auch an diesem Tag. Ich zog ihn heraus und drückte zweimal ab. Es dauerte eine ganze Zeit, bis mir bewusst wurde, was geschehen war. Schließlich kam ich wieder zu mir und suchte eine Stelle, wo ich sie im Moor verschwinden lassen konnte.«

»Könnten Sie diese Stelle heute noch wiederfinden?«, wollte Kommissar Schneider wissen.

Georg sah ihn mit einem Ausdruck des Ekels an und sagte: »Das ist mir sowas von scheißegal. Sie soll da bleiben, wo sie ist. Bis zum Jüngsten Tag.«

»Gut, dann erzählen Sie einfach weiter.«

Georg musste ein paar Mal tief durchatmen und einen Schluck Wasser trinken. Dann fuhr er fort: »Als ich sie in ihr nasses Bett gebracht hatte, suchte ich alles ab, ob ich nicht irgendetwas vergessen hatte. Aber da war nichts. Also ging ich zurück zum Parkplatz. Und da passierte etwas völlig Verrücktes. Ein Mann kam auf mich zu und entpuppte sich als ein alter Schulkamerad: Michael Leutkamp. Den hatte ich zuletzt gesehen, als ich neunzehn war. Und er gab mir einen Fußball, den er mir als Kind geklaut hatte. Ich dachte, mich tritt ein Pferd. Ausgerechnet an diesem vermaledeiten Tag kommt dieser Typ daher und bringt mir meinen geklauten Ball, um den ich als Kind lange getrauert hatte. Ich konnte weiter gar nichts sagen, setze mich ins Auto und haute ab.«

»Und wohin sind Sie dann gefahren?«

»Ich habe keine Ahnung. Ich bin erst ziellos in der Gegend herumgefahren. Ich konnte ja schlecht nach Hause kommen ohne meine Frau. Was hätte ich dem Bengel erzählen sollen, wo seine Mutter abgeblieben ist? Irgendwann stellte ich jedenfalls ganz verwundert fest, dass ich in Bremen war. Ich nahm mir ein Zimmer und eine Auszeit zum Nachdenken. Ein paar Tage später schlich ich nochmal in die Wohnung in Hannover, um das dort deponierte Bargeld und meinen Pass zu holen, in dem ein Visum für Indien eingetragen war. Meine Bankkarte wollte ich nicht mehr benutzen, damit man mich nicht lokalisieren konnte. Dann fuhr ich nach Amsterdam und nahm mir ein Ticket nach Indien.«

»Wieso hatten Sie ein Visum für Indien?«

»Ich hatte eine Geschäftsreise geplant. Die geschäftlichen Termine habe ich aber nicht wahrgenommen. Stattdessen baute ich mir dort ein neues Leben auf.«

»Wie geht das?«

»Das ist eine ganz andere Geschichte. Fragen Sie mich nicht. Jedenfalls bin ich dortgeblieben, obwohl ich ja kein Dauervisum hatte. Aber in diesem riesigen Land fällt das kaum auf. Jedenfalls kam ich dort nach etwa einem Jahr wieder auf einen grünen Zweig. Und irgendwann habe ich mir einen neuen Pass gekauft. Und seitdem heiße ich Hermann Rehm. So einfach ist das.«

»Und wann sind Sie wieder zurückgekommen?«

»Das war vor drei Jahren. Ich hatte es gut in Indien, genug Geld, Beziehungen, alles, was der Mensch braucht. Aber ich bekam auch Heimweh. Irgendwann war ich es leid, in diesem übervölkerten Land zu leben. Die fremde Kultur, die Armut, das Wetter. Ich habe mich nach dem Harz gesehnt. Nach Regen, Schnee und Glatteis, nach Wanderungen im tiefen Fichtenwald. Also habe ich mir wieder einen Pass besorgt mit entsprechenden Visa und Stempeln und dem ganzen Kram. Das ist nicht billig, wenn es hundertprozentig authentisch sein soll. Aber ich hatte genug Geld und und Mittel, um hier in Wohlstand leben zu können.«

»Wo haben Sie in Deutschland gewohnt?«

»Zunächst habe ich mir eine Wohnung in Bremerhaven genommen. Dann bin ich nach Hannover gezogen. Aber ich war oft im Harz. Mal hier, mal da, immer als Tourist. Und dann konnte ich nicht mehr anders, als die Leute ausfindig zu machen, die mein altes Leben zerstört hatten.«

»Pater Sigismund und Hans Gutbrodt?«, fragte Kommissar Schneider.

»Sie sind ganz schön schlau, Herr Kommissar, aber da gab es noch mehr. Lilly Höschen zum Beispiel. Dieses Weib ist für mich der Inbegriff weiblicher Impertinenz. Über all die Jahre hat sie mich belehrt und mir Ratschläge gegeben. Dann hat sie sich den Jungen, der mal mein Sohn war, unter den Nagel gerissen und ihn zu einem Volltrottel erzogen.«

»Wieso Volltrottel? Er ist ein angesehener Anwalt. Außerdem, was hätte sie machen sollen, nachdem Amadeus plötzlich keine Eltern mehr hatte?«

»Sie hat alle Menschen in ihrer Umgebung unterjocht. Und Amadeus hatte nicht genug Rückgrat, um sich zu behaupten. So ein Waschlappen kann gar nicht mein Sohn sein. Er steht genauso auf meiner Liste.«

»Ich denke, Sie werden diese Liste nicht mehr abarbeiten können.«

»Abwarten«, sagte Georg lächelnd, »noch ist nicht aller Tage Abend. Dieser Bengel soll erfahren, was es heißt, wenn eine Frau ...«

»Wenn eine Frau was?«, fragte Schneider, nachdem Georg Besserdich mitten im Satz abgebrochen hatte.

»Ach, nichts. Ich will nicht anfangen zu philosophieren. Ich denke, Sie sind an Fakten interessiert.«

»Richtig. Dann erzählen Sie uns doch einfach, wie Sie, seit Sie wieder in Deutschland sind, Rache genommen haben? Oder ist Rache nicht der richtige Ausdruck?«

»Doch, so könnte man es nennen. Ich habe also Hans Gutbrodt, Lilly und Amadeus ausfindig gemacht und ihre

Lebensumstände erforscht. Sie glauben gar nicht, was für eine Genugtuung es war, mitzuerleben, wie Hans Gutbrodt von seiner Frau betrogen wurde. Eines Abends traf sie sich dann mit ihrem Lover in der Schutzhütte oben am Schulberg. Ich habe aus sicherer Entfernung miterlebt, wie sie sich gefetzt haben. Als der Typ dann verschwunden war, habe ich sie erledigt. Und da der Garten von Lilly Höschen nur ein paar Hundert Meter entfernt war, kam ich auf die Idee, sie dort abzulegen. Das war ja wohl eine Gaudi. Leider ist es mir nicht gelungen, Hans den Mord in die Schuhe zu schieben. Aber er hat wohl bleibenden Schaden genommen, als er, der tolle Herr Staatsanwalt, ein paar Tage in Untersuchungshaft sitzen musste.«

»Aber, Herr Besserdich, was hat Ihnen denn Frau Gutbrodt getan?«

»Persönlich hat sie mir gar nichts getan. Aber sie hatte genug auf dem Kerbholz. Warum hätte ich Rücksicht auf sie nehmen sollen? Sie passte so schön in meine Rachepläne. Um solch ein Luder, dass ihren Mann derart hintergeht, ist es nicht schade.«

»Sind Sie Richter über Gut und Böse?«, entfuhr es nun Staatsanwalt Huber.

Georg Besserdich sah ihn ganz verdutzt an, und nach einer kurzen Pause antwortete er: »Was sind Sie denn für ein Clown? Die wenigsten üblen Taten auf dieser Welt fallen in die Zuständigkeit von Richtern. Manchmal muss man die Dinge einfach selbst in die Hand nehmen, sonst ist man verraten und verkauft. Das war auch so bei diesem alten Schweinepriester in Bayern.«

Georg lehnte sich zurück und atmete schwer, und Kommissar Schneider sagte: »Ich denke, wir machen eine Pause. Wenn Sie etwas essen oder trinken möchten, Herr Besserdich, sagen Sie es dem Beamten. Wir machen in einer halben Stunde weiter.«

»Tut mir leid«, sagte Staatsanwalt Huber auf dem Flur zu Schneider, »dass ich da eben reingeplatzt bin. Sie haben die Vernehmung großartig geführt. Es ist ja unglaublich, wie gesprächig der Mann ist. Ich könnte in die Luft springen. Gestern nehmen wir Schmecke fest, und heute geht uns dieser ganz große Fisch ins Netz. Ach, das Leben kann so schön sein.«

Gisela, die den ganzen Morgen noch nichts gesagt hatte, meinte lächelnd: »Mein Gott, Herr Staatsanwalt, ich wusste gar nicht, dass Sie so sentimental sein können.«

»Auch Arschlöcher haben Gefühle«, war seine Antwort und alle drei lachten.

Just in diesem Moment lief ihnen der Polizeidirektor über den Weg.

»Na, das sieht man gern. Lachende Kollegen. Anscheinend läuft es gut?«

»Er gesteht einen Mord nach dem anderen«, sagte Schneider.

»Na, das ist ja mal ein Erfolgserlebnis nach all dem Frust in diesem Fall. Ich wollte mich gerade bei Ihnen nach dem Stand der Dinge erkundigen.«

»Dann kommen Sie gleich mit in mein Zimmer.« Und an Gisela gewandt sagte er: »Würden Sie inzwischen bitte Fräulein Höschen, Herrn Besserdich und Konsorten informieren? Die Kollegen in Bayern rufe ich selbst an, wenn ich mit dem Polizeidirektor fertig bin.«

»Klar, Chef.«

Nun redete Staatsanwalt Huber dazwischen: »Ich veranlasse inzwischen einen Presseticker. Wäre es Ihnen recht, morgen am heiligen Sonntag und Maifeiertag eine Pressekonferenz zu halten?«

»Klar«, sagten Schneider und Polizeidirektor Weber gleichzeitig.

»Wäre 11 Uhr in Ordnung?«

»Klar«, sagten wiederum beide gleichzeitig und fingen an zu lachen.

Als Schneider mit seinem Chef in seinem Zimmer saß, sagte dieser: »Das Verhältnis zum Staatsanwalt hat sich anscheinend erheblich verbessert.«

»Ja«, antwortete Schneider, »dank Ihrer Hilfe. Ich weiß nicht, was Sie mit dem guten Mann gemacht haben. Aber es wirkt. Er ist wie ausgewechselt. Selbst zu Gisela, die er noch nie leiden konnte, ist er freundlich und zuvorkommend. Möglicherweise brauchte er unbedingt mal wieder ein Erfolgserlebnis. Aber ohne die Polizei kann selbst der beste Staatsanwalt keinen Erfolg haben.«

»Sie sagen es. So, und nun berichten Sie mir. Ich brauche nämlich auch dringend mal wieder ein Erfolgserlebnis.«

Als Erstes informierte Gisela Lilly Höschen von Georg Besserdichs Verhaftung, die erleichtert schnaufte und sagte: »Ach, Kind! Was bin ich froh, dass dieser Albtraum ein Ende hat. Und ich bin auch froh, dass dieser Taugenichts von Maximilian wenigstens nicht auch noch ein Mörder ist. Seine arme Mutter hat es so schon schwer genug mit ihm.«

Danach erreichte sie Hans Gutbrodt, der recht paralysiert schien, dass der Mörder seiner Frau tatsächlich sein alter Freund Georg war.

»Ich danke Ihnen für die Information, Frau Berger. Und ich muss sagen, Sie und Ihre Kollegen haben wirklich gute Arbeit geleistet.«

Amadeus war nicht zu erreichen. Deshalb rief sie noch Herrn Wiebe an, der sie fragte: »Und er hat den Mord an Frau Gutbrodt tatsächlich zugegeben?«

»Ja, ohne Wenn und Aber.«

»Mein Gott, der arme Hans.«

Danach hatte sie noch fünf Minuten, bevor die Vernehmung weitergehen sollte, und sie stopfte sich schnell das mitgebrachte Croissant in den Mund und krümelte wie üblich ihren Pullover und das halbe Büro voll.

Wieder im Vernehmungszimmer, ergriff Schneider das Wort: »Haben Sie sich inzwischen etwas erholt, Herr Besserdich?«

»Mir geht es gut.«

»Nun, wir waren vor der Unterbrechung in Bayern stehengeblieben.«

»Ja. Was soll ich da groß sagen? Als ich erfuhr, dass dieser verdammte Kerl immer noch lebt, habe ich ausgekundschaftet, wie ich am besten an ihn rankomme. Das war ganz einfach. Und am Tag X habe ich ihn aufgesucht, ihm gesagt, wer ich bin. Oh, wie erfreut er war, seinen alten, ach so dankbaren Schüler wiederzusehen. Und dann habe ich seinem Gedächtnis auf die Sprünge geholfen, habe ihm erzählt von den Schlägen und den Vergewaltigungen. Komisch, daran konnte er sich gar nicht mehr erinnern. Da musste ich seinem Gedächtnis etwas auf die Sprünge helfen. Also habe ich ihn erst mal zur Ruhe gebracht. Wozu doch so ein bisschen Klebeband gut sein kann. Dann habe ich ihm die Hose runtergezogen, so wie er das mit mir immer gemacht hat. Dann hab ich ein paar Mal kräftig zugeschlagen und ihm schließlich den Stock in den Hintern gesteckt.«

Für einen Moment herrschte absolute Ruhe im Raum, bis Schneider sagte: »Und dann haben Sie ihn erwürgt.«

»So wird es wohl gewesen sein.«

»Die genauen Details zu diesem Fall sind unseren Kollegen in Bayern besser bekannt. Am Montag werden zwei Polizeibeamte von dort kommen, um mit Ihnen darüber zu reden.«

»Oh, welche Ehre.«

»Mir geht es jetzt noch um eine andere Sache. Warum haben Sie Marie, die Freundin von Amadeus, entführt?«

»Das war doch keine Entführung. Nur ein kleiner Warnschuss, damit dieser Trottel sich nicht in Sicherheit wähnt.«

»Aber im Gegensatz zu diesem Pater hat Ihnen doch Marie nun wirklich nichts getan. Warum musste das Mädchen leiden?«

»Warum musste ich leiden?«

»Sie geben also zu, dass Sie sie während der Brockenwanderung gewaltsam fortgeschafft und sie an einen Baum gefesselt haben?«

»Ja, natürlich.«

»Aber sie hatten nicht die Absicht, sie zu töten?«

»Diese Absicht hatte ich damals noch nicht.«

»Wieso damals? Hatten Sie danach irgendwann mal die Absicht?«

»Ich habe mit dem Gedanken gespielt. Es ging gar nicht um Marie. Ich wollte Amadeus klarmachen, was es bedeutet, alles zu verlieren.«

»Ich denke, er weiß, was es bedeutet, alles zu verlieren. Seit seinem zwölften Lebensjahr.«

»So, wie er von seiner Großtante verhätschelt wurde, weiß er überhaupt nichts. Er führt ein Leben, als ob es mich nie gegeben hätte. Seine Großtante tut alles für ihn, er hat eine hübsche Verlobte oder Freundin, und mittlerweile kümmert sich auch sein Erzeuger um ihn. Alles ist wunderbar. Er führt ein Leben wie Gott in Frankreich.«

»Gut, lassen wir das fürs Erste.«

Die Tür wurde von außen geöffnet und ein Beamter kam herein, um Schneider etwas ins Ohr zu flüstern. Dieser schaute besorgt und verwundert drein und sagte: »Gisela, gehen Sie doch bitte mit dem Kollegen mit und informieren Sie sich genau, was da los ist. Ich möchte jetzt nicht hier weg. Wenn es wirklich unbedingt nötig ist, dann holen Sie mich.«

Der Kollege führte Gisela in ein Besprechungszimmer, in dem sich Amadeus aufhielt.

»Hallo. Was machen Sie denn hier?«

»Marie ist verschwunden.«

»Was heißt verschwunden?«

»Sie hat heute Nacht im Hotel in Wernigerode gearbeitet. Ihr Dienst sollte um 7 Uhr enden. Aber als die ersten Kollegen um 6 Uhr an die Rezeption kamen, wo sie Dienst hatte, war sie nicht mehr da. Es hat sich niemand etwas dabei gedacht. Es hätte ja sein können, dass sie irgendwo im Haus etwas zu erledigen hatte. Als sie dann überhaupt nicht mehr aufgetaucht ist, hat man sich natürlich gewundert. Und vor einer Stunde hat man entdeckt, dass ihr Auto noch auf dem Parkplatz steht. Da hat eine Kollegin bei Maries Eltern angerufen. Und die haben bei mir angerufen. Ich war gerade in Goslar, und deshalb bin ich gleich vorbeigekommen. Ich mache mir Sorgen. Es ist nicht ihre Art, sich nicht zu melden.«

»Vielleicht ist ihr Auto kaputt. Oder Sie hat einen Termin in Wernigerode.«

»Es ist jetzt 16 Uhr. Sie hatte um 7 Uhr Dienstende. Was soll sie denn den ganzen Tag gemacht haben? Noch dazu, ohne ihren Eltern oder mir Bescheid zu sagen?«

»Etwas anderes: Ich habe schon versucht, Sie zu erreichen. Wir haben Georg Besserdich festgenommen.«

»Was?!«, rief Amadeus und bekam den Mund nicht mehr zu. »Wo ist er?«

»Ein paar Zimmer weiter. Er wird gerade verhört.«

»Könnte es sein, dass er etwas mit Maries Verschwinden zu tun hat?«

»Lassen Sie mich überlegen. In welchem Hotel arbeitet Marie? Haben Sie die Nummer?«

Gisela nahm das Telefon, und Amadeus diktierte ihr die Nummer. Es wurde sofort abgenommen.

»Kriminalpolizei Goslar, Berger, guten Tag.«

»Guten Tag.«

»Ich müsste wissen, ob bei Ihnen ein Hermann Rehm wohnt.«

Die Dame am anderen Ende der Leitung war etwas verdattert und sagte: »Oh, ich weiß nicht, ob ich Ihnen da so einfach Auskunft geben darf.«

»Sie dürfen nicht nur, Sie müssen. Es ist sehr wichtig.«

»Moment bitte, ich schau im Computer nach. Ja, der ist hier seit zwei Wochen.«

»Eine andere Frage: Hat sich Marie Schindler inzwischen bei Ihnen gemeldet?«

»Nein. Ich bin heute Morgen gegen 7 Uhr gekommen und habe sie den ganzen Tag nicht gesehen.«

»Falls Sie sich bei Ihnen meldet oder Ihnen einfällt, wo sie sich aufhalten könnte, bitte ich Sie, mich sofort anzurufen.«

»Ich habe aber gleich Dienstschluss.«

»Dann geben Sie diese Information bitte an Ihre Kollegen weiter und auch an Ihre Direktion. Meine Telefonnummer sehen Sie auf dem Display.«

»Selbstverständlich.«

»Vielen Dank.« Gisela legte auf.

»Und?«, sagte Amadeus und sah Gisela fragend an.

»Er wohnt tatsächlich in dem Hotel.«

Jetzt wurde Amadeus blass im Gesicht.

»Ich gehe in den Vernehmungsraum; Sie warten bitte hier«, sagte Gisela und stürmte davon, bevor Amadeus etwas sagen konnte.

Er wusste auch gar nicht, was er sagen sollte. Plötzlich fühlte er sich leer, hilflos, ausgelaugt. Was, wenn Georg Besserdich Marie wirklich etwas angetan hatte? Plötzlich stieg Wut in ihm auf. Er wäre am liebsten in den Vernehmungsraum gelaufen und hätte es aus Georg rausgeschüttelt.

Eine Minute später kam Gisela zurück und im Schlepptau hatte sie Kommissar Schneider und den Staatsanwalt.

»Ich hoffe, Sie haben eine gute Erklärung, dass Sie uns mitten aus dieser wichtigen Vernehmung holen«, sagte der Staatsanwalt.

»Die habe ich«, war Giselas Antwort und erklärte im Beisein von Amadeus ihre Vermutung. Der Staatsanwalt konnte es nicht fassen und sagte mit fragendem Gesicht: »Das Schwein hat sich also in dem Hotel, wo Marie arbeitet, eingemietet, sie ausspioniert und dann irgendetwas mit ihr angestellt?«

»Genau das ist meine Befürchtung«, antwortete Gisela.

Jetzt verlor Amadeus die Fassung und brüllte heraus: »Lassen Sie mich mit ihm reden. Ich hole es schon aus ihm raus.«

Schneider legte beschwichtigend seine Hand auf Amadeus' Arm und sagte: »Zorn ist ein schlechter Ratgeber. Ich gehe jetzt wieder rein und versuche es. Sollte ich nicht weiterkommen, überlegen wir weiter. Sie bleiben auf jeden Fall hier. Gisela, am besten Sie bleiben auch hier und kümmern sich um

ihn. Herr Huber und ich gehen wieder in den Vernehmungsraum.«

Georg Besserdich saß zufrieden lächelnd da, als Schneider
und Huber das Zimmer betraten und Platz nahmen.

»So, Herr Besserdich, jetzt ist Schluss mit lustig«, setzte der
Kommissar das Verhör fort.

Georg zog interessiert die Augenbrauen hoch.

»Warum haben Sie sich ausgerechnet in dem Hotel ein-
quartiert, in dem Marie, die Verlobte von Amadeus, arbeitet?«

»Es ist ein sehr schönes Haus und bietet alle Annehmlich-
keiten, die man sich nur wünschen kann. Ein hervorragendes
Frühstücksbuffet, Sauna ...«

»Jetzt halten Sie mal die Luft an! Was haben Sie mit Marie
gemacht? Wo ist sie?«

»Aber Herr Kommissar, was wollen Sie mir denn da unter-
schieben?«

Georgs Tonfall war geprägt von Ironie und innerer Befrie-
digung. Schneider hatte Mühe, nicht zu brüllen, und der
Staatsanwalt hätte ihn am liebsten in Stücke gerissen.

»Herr Besserdich, ich beschuldige Sie, Marie entführt zu
haben. Oder haben Sie sie umgebracht?«

»Wenn Sie mich beschuldigen, müssen Sie schon etwas in
der Hand haben. Wie wollen Sie denn Ihre kühnen Behaup-
tungen beweisen?«

»Ich muss im Moment gar nichts beweisen. Ich appelliere
an Ihr Gewissen, mir zu sagen, wo sie ist.«

»Was wissen Sie denn schon über mein Gewissen? Die Art
von Gewissen, von der Sie reden, habe ich heute vor einundzwanzig Jahren verloren. Und das war gut so. Denn mit meinem alten Gewissen hätte ich in Indien nicht überlebt.

Können Sie sich vorstellen, was die Mafia dort mit Leuten macht, die sich den Luxus eines Gewissens leisten?«

Jetzt konnte Staatsanwalt Huber nicht mehr an sich halten und brüllte los: »Ich scheiß' auf Ihr Gewissen und die Mafia und auf Ihr verdammtes Selbstmitleid und Ihre Selbstgefälligkeit! Sie werden mir jetzt sagen, was Sie mit dem Mädchen gemacht haben!«

»Hui, da regt sich aber einer auf. Ich dachte schon, Sie wären stumm«, gab Georg freudestrahlend zur Antwort.

Schneider hob die Hand, um sowohl Georg als auch dem Staatsanwalt Ruhe zu gebieten, und sagte in ruhigem Ton: »So, jetzt regen wir uns mal wieder ab. Herr Besserdich, Sie haben bis jetzt gut kooperiert, und das wird Ihnen jeder Richter zu Gute kommen lassen. Warum fangen Sie jetzt im Fall von Marie an zu bocken?«

»Das ist ganz einfach. Vollendete Taten gebe ich gern zu. Aber die Sache mit Marie ist noch nicht vollendet. Sie haben mich leider einen halben Tag zu früh geschnappt. Heute Nacht wäre besser gewesen. Aber die Dinge sind ohnehin nicht mehr aufzuhalten. Ich habe meinen Acker bestellt. Den Rest erledigt die Zeit.«

»Herr Besserdich, es ist ein Unterschied, ob Sie nach fünfzehn Jahren wieder ein freier Mann sind oder ob Sie den Rest Ihres Lebens in Sicherungsverwahrung verbringen.«

»Oh, jetzt habe ich aber Angst.«

»Sagen Sie mir, was mit Marie ist.«

»Ich will Ihnen wirklich etwas sagen. Und zwar, dass ich jetzt erschöpft bin. Ich werde heute gar nichts mehr erzählen.«

»Sie werden so lange hier sitzen bleiben, bis Sie mir sagen, was Sie mit Marie gemacht haben!«

»Nun habe ich es mir doch anders überlegt. Ich möchte einen Anwalt haben. Ohne Anwalt sage ich kein Wort mehr.«

Schneider ging ans andere Ende des Raums, holte ein Telefonbuch und schmiss es vor Georg auf den Tisch. Dieser fing langsam an zu blättern, studierte jeden Eintrag und sagte dann nach einer Minute: »Diese Anwälte gefallen mir alle nicht. Ich möchte lieber meinen Anwalt. Der wohnt allerdings in Bremen. Und ob der heute am Samstag zu erreichen ist?«

»Ich kann auch anders«, mischte sich nun Staatsanwalt Huber ein. »Ich werde Ihnen einfach einen Pflichtanwalt bestellen.«

»Mit dem werde ich kein Wort reden.«

Schneider und Huber verließen das Zimmer.

»So kommen wir nicht weiter«, meinte der Kommissar draußen. »Vielleicht lässt er sich erweichen, wenn wir Amadeus zu ihm lassen. Wir müssen es einfach versuchen.«

Eine Viertelstunde später, nachdem ihm die Situation geschildert worden war, betraten Amadeus und Schneider das Vernehmungszimmer.

»Hallo, Papa.«

»Oh, welche Ehre. Der Herr Rechtsanwalt.«

»Wie geht es dir?«

»Danke der Nachfrage. Es geht mir ausgezeichnet.«

Jetzt setzte sich Amadeus auf den Stuhl gegenüber von Georg. Schneider tat es ihm gleich.

»Kannst du mir sagen, wo Marie ist?«

»Ich denke, du wirst mir irgendwann vielleicht dankbar sein, wenn du es nicht weißt.«

»Ich liebe Marie. Bitte sag mir, wo sie ist.«

»Nun, du bist hartnäckig. Ich sag dir nur eines: Sie ist da, wo Hexen hingehören. Und um Mitternacht regelt sich alles von selbst.«

Jetzt wurde Amadeus laut: »Bist du von allen guten Geistern verlassen? Sie hat dir nichts getan! Und ich habe dir auch nichts getan. Sag mir, wo Marie ist!«

»Aber, aber. Wer wird sich denn so ereifern? Ich hatte auch niemandem etwas getan. Und trotzdem wurde ich von allen beschissen. Meine Frau treibt es mit meinem besten Freund. Und plötzlich habe ich keinen Sohn mehr.«

Georgs Ton war jetzt nicht mehr gespielt freundlich wie am Anfang, sondern verbittert. Und Amadeus hatte sich wieder etwas beruhigt und sagte leise: »Du warst immer mein Vater. Ob du mich gezeugt hast oder nicht. Ich wollte nie einen anderen Vater haben.«

»Hast du aber. Und du scheinst dich ja blendend mit ihm zu verstehen. Blut ist offenbar dicker als Wasser.«

»Aber das ist doch nicht meine Schuld. Bitte sag mir, wo Marie ist. Lebt sie noch? Was hast du ihr angetan?«

Amadeus' Stimme war gebrochen. Er kämpfte mit den Tränen, während Georg wieder seinen ironischen Ton anschlug: »Benimm dich nicht wie eine Memme. Und jetzt lass mich in Ruhe. Ich habe keine Lust mehr, mit dir zu reden. Ich bin erschöpft. Hau ab, geh mir aus den Augen.«

Den letzten Satz hatte er mit einer wegwerfenden Handbewegung unterstrichen. Jetzt sprang Amadeus auf und stürzte sich über den Tisch, um Georg zu greifen. Dieser konnte ausweichen. Schneider hielt Amadeus von hinten fest und zog ihn mit den Worten weg: »Es hat keinen Sinn. Wir gehen jetzt raus.«

Tief erschüttert betraten Amadeus und Kommissar Schneider den Flur. Gisela Berger ging mit ihm in ihr Büro, während sich Schneider kurz mit dem Staatsanwalt beriet. Sie beschlossen, wieder in den Verhörraum zu gehen und Georg

Besserdich zu bearbeiten. In Giselas Büro brach Amadeus schließlich zusammen. Georg Besserdich sagte kein Wort mehr. Der Kommissar und der Staatsanwalt redeten auf ihn ein, der eine mit Engelszungen, der andere mit Drohungen. Georg schwieg.

Es war mittlerweile 19 Uhr. Schneider war es gelungen, seine gesamte Mannschaft trotz des Walpurgiswochenendes zu mobilisieren. Zusammen mit dem Staatsanwalt und dem Polizeidirektor saßen alle im Konferenzraum, um zu beratschlagen.

»Es bleiben uns noch fünf Stunden«, sagte Schneider. »Wenn ich die Anspielungen von Georg Besserdich richtig deute, dann hat er sie in seiner Gewalt. Und sie wird um Mitternacht sterben. Wir kennen ja den Brauch, dass um Mitternacht eine Strohhexe verbrannt wird. Wenn er es wirklich ernst meint, dann könnte das heute mit einem lebendigen Menschen geschehen.«

»Könnte es nicht sein, dass er nur spinnt, um sich wichtig zu machen?«, fragte ein Mitarbeiter.

»Genau das hoffe ich«, antwortete Schneider. »Aber wir müssen davon ausgehen, dass er es ernst meint.«

»Warum wird er nicht weiter vernommen?«, wollte ein anderer wissen.

»Im Moment sind eine Beamtin und ein Psychologe bei ihm. Sie bearbeiten ihn, so gut es geht. Aber er sitzt nur da und schweigt.«

Der Staatsanwalt haute auf den Tisch und rief: »Verdammt noch mal! Vielleicht wäre es besser, ich ginge in den Vernehmungsraum. Ob die freundliche Beamtin und der Psychofritze irgendetwas aus diesem sturen Bock herauskriegen, das möchte ich bezweifeln. Und die Zeit läuft uns davon. Ich will nicht noch eine Tote.«

»Herr Huber«, sagte Kommissar Schneider in seiner besonnenen Art, »ich weiß, dass die Zeit rennt. Aber wenn irgendjemand etwas bei diesem Mann erreichen kann, dann ist es der Psychologe. Weder Sie noch ich werden im Moment etwas ausrichten. Bei uns blockt er völlig ab. Deshalb lassen Sie uns jetzt den Kopf zusammennehmen und überlegen, wo wir Marie suchen können. Wo kann er sie hingebracht haben?«

Gisela meldete sich zu Wort. Mit ernster Miene las sie vor, was Georg Besserdich zu Amadeus gesagt hatte: »*Sie ist da, wo Hexen hingehören. Und um Mitternacht regelt sich alles von selbst.* Diesen Ort müssen wir finden. Also, wo gehören Hexen hin?«

Mehrere Kollegen riefen durcheinander: *in die Hölle, zum Teufel, auf den Brocken, Hexentanzplatz. Hexen fliegen durch die Luft.*

»Das ist doch schon mal ein Anfang«, sagte Schneider. »Nun lassen Sie uns mal überlegen. Marie arbeitete letzte Nacht in Wernigerode. Sie wurde zuletzt gegen vier Uhr gesehen. Um sechs Uhr, als ein Mitarbeiter zur Rezeption kam, wurde sie nicht mehr gesehen. Das heißt also, der Täter hat sie zwischen vier und sechs Uhr entführt. Wo kann er von Wernigerode aus hingefahren sein?«

»Vielleicht ist sie auf dem Brocken«, rief einer dazwischen.

»Das glaube ich nicht. Die Straße ist nur für Versorgungs- und Rettungsfahrzeuge zugelassen. Er wird sie wohl kaum da hochgeschleppt haben.«

»Auf dem Hexentanzplatz«, sagte Kollege Knott. »Das ist nun mal einer der markantesten Plätze in Bezug auf Hexen.«

»Möglich.«

Jetzt konnte Staatsanwalt Huber nicht mehr an sich halten: »Es ist doch ganz offensichtlich, dass er sie an irgendeinen Ort gebracht hat, der im Zusammenhang mit Walpurgis steht. Warum suchen wir nicht im Bereich des Hexentanzplatzes?«

»Gut«, sagte Schneider. »Ich rufe die Kollegen in Sachsen-Anhalt an, dass sofort etwas unternommen wird. Herr Knott, Sie machen sich auf den Weg und vertreten uns da.«

»Gut. Ich weiß nur nicht, wo wir da eigentlich suchen sollen«, antwortete Knott.

»Das müssen Sie vor Ort sehen. Zur Not durchkämmen Sie die ganze Gegend. Und suchen Sie nach Zeugen. Vielleicht hat jemand den schwarzen Mercedes gesehen.«

Tausend Meter entfernt saß Amadeus im Büro von Manfred Wiebe. Er war mit den Nerven am Ende.

»Aber ich kann doch nicht hier rumsitzen. Wer weiß, was mit Marie passiert oder was schon passiert ist?«

Manfred beugte sich in seinem Sessel vor und ergriff Amadeus' Hand: »Jetzt pass mal auf. Es bringt nichts, kopflos herumzujammern. Lass uns mal ganz analytisch vorgehen. Was hat Georg bezüglich Marie gesagt? Versuche, dich genau zu erinnern.«

»Er hat gesagt, *sie ist da, wo Hexen hingehören. Und um Mitternacht wird sich alles regeln.*«

»Wo gehören Hexen hin?«

»Heute ist doch Walpurgis. Vielleicht irgendwo, wo ein Fest stattfindet.«

»Aber wenn sie da wäre, müsste man sie doch sehen. Allem Anschein nach muss sie aber irgendwo gefangen sein. In einem geschlossenen Raum.«

»Gibt es vielleicht irgendwo in der Nähe eines Walpurgisfestes ein leer stehendes Gebäude? Oder einen Wald? Er hat sie doch das erste Mal auch im Wald versteckt.«

Auch das Team von Kommissar Schneider war inzwischen so weit, dass man alle Waldgegenden absuchen sollte, wo heute Walpurgistreiben stattfand. Nachdem man auf einer Karte alle Veranstaltungsorte markiert hatte, wurden verschiedene Gruppen gebildet, die sämtliche Plätze, vor allem den Wald ringsherum, absuchen sollten. Sofern es in einzelnen Orten eigene Polizeidienststellen gab, wurde um Unterstützung gebeten. Auch die Kollegen in Sachsen-Anhalt, im östlichen Harz, legten sofort los. Es war bereits nach 20 Uhr, Dunkelheit machte sich breit, und das bunte Treiben mit maskierten Menschen hatte begonnen.

Gegen 22 Uhr hielt Amadeus es nicht länger aus. Er telefonierte mit Kommissar Schneider, der die Aktion vom Büro aus koordinierte und zusammen mit dem Polizeidirektor und Staatsanwalt Huber in seinem Büro saß. Amadeus erfuhr, dass sämtliche Orte, an denen heute Walpurgisfeiern stattfanden, abgesucht wurden. Schneider versuchte zwar, ihm Mut zu machen, aber er selbst war drauf und dran, den Glauben an einen guten Ausgang zu verlieren.

»Fahren Sie doch am besten zu Ihrer Großtante oder zu Maries Eltern«, sagte er.

»Ich denke, ich sollte zu Tante Lilly fahren. Die vergeht wahrscheinlich schon vor Sorge.«

»Tun Sie das. Ich rufe Sie sofort an, wenn ich mehr weiß.«

Lautenthal, 30. April 2011 (Walpurgis)

Kurz nach halb elf kamen Amadeus und Manfred bei Lilly an. Ihr Freund Eddy war bei ihr.

»Was, um Himmels willen, hat Georg denn eigentlich über Maries Verschwinden erzählt?«, wollte Lilly wissen.

Amadeus hatte Schwierigkeiten zu antworten, rang sich dann aber doch einen Satz ab: »Er hat gesagt, dass sie da sei, wo Hexen hingehören. Und úm Mitternacht würde sich alles regeln.«

»Mein Gott, was für ein Psychopath! Mir ist himmelangst. Heute vor einundzwanzig Jahren, am Walpurgistag, sind deine Eltern verschwunden. Und nach all den Jahren geschieht nun wieder so etwas Unheimliches.«

Da Amadeus seinen Kopf in den Händen vergrub, erzählte Manfred Wiebe weiter: »Die Polizei sucht jetzt alle Orte ab, an denen Walpurgisveranstaltungen stattfinden. Vor allem auch den Wald ringsherum.«

»Aber warum denn im Wald?«, fragte Lilly. »Und was meint er damit, dass sich alles regeln wird?«

»Wenn wir das wüssten ...«, antwortete Manfred Wiebe.

»Ob dieser Wahnsinnige vielleicht gemeint hat, dass sie verbrannt werden soll wie eine Hexe?«

Amadeus fing an zu schluchzen.

»Entschuldige, Amadeus. Aber wir müssen jetzt unseren Verstand zusammennehmen. Wenn er bei der Polizei in Verwahrung ist, kann er doch sowieso nichts machen. Es sei denn, er hat irgendwelche Vorkehrungen getroffen. Irgendetwas, was um Mitternacht automatisch geschieht.«

Um Viertel nach elf hielt Amadeus es nicht mehr aus. Er rief wieder den Kommissar an und wurde abermals enttäuscht. Keine Spur von Marie.

Auf dem Bergfestplatz in Lautenthal herrschte ein buntes Treiben. Überall sah man Menschen mit bemalten Gesichtern, mit Teufelshörnern oder Masken. Als Hexen verkleidete Frauen mit Besen. Musik, Trommeln, Fackeln. Und natürlich Alkohol und Grillspezialitäten. Man ließ es sich gutgehen und hatte seinen Spaß. Die Kinder, die ihre Eltern begleiten durften, gruselten sich herrlich. Die Polizei war ein paar Mal vorbeigefahren. Jetzt kam ein Suchtrupp, der von Gisela Berger geleitet wurde. Ein Dutzend Polizisten, darunter zwei mit Hunden, marschierte mit Lampen in den nahe gelegenen Wald. Wer noch nüchtern war, schaute interessiert, was sich da abspielte. Einige Leute fragten bestürzt, was denn los sei. Gisela erklärte einer Gruppe von Schaulustigen, dass man eine junge Frau suche.

In der Mitte des Platzes befand sich der große Scheiterhaufen. Er war ein paar Meter hoch. Lauter aufgestapelte Hecke, Baumschnitt, etliche Weihnachtsbaumskelette. Pünktlich um Mitternacht sollte er angezündet werden. Die Freiwillige Feuerwehr stand bereit, das Abbrennen zu überwachen.

Mitten in diesem Scheiterhaufen, gut verdeckt von Zweigen und trockenen Tannenbäumen, erwachte Marie aus tiefem Schlaf. Selbst wenn sie nicht so eingeschnürt gewesen wäre, hätte sie sich nicht bewegen können. Die Spritze, die der Mann ihr verabreicht hatte, tat noch immer ihre Wirkung. Sie hätte gern gerufen. Aber die Stimme wollte ihr nicht gehorchen. Sie war wie gelähmt. Sie vernahm die Stimmen, die Musik und das Trommeln und sah gelegentlich einen Lichterschein. Aber sie war unfähig, sich bemerkbar zu machen. Und sie hatte nicht die geringste Ahnung, wo sie sich eigentlich befand.

Zwanzig Minuten vor Mitternacht sprang Lilly plötzlich von ihrem Stuhl auf und rief: »Ja, sind wir denn alle verrückt geworden? Es ist doch völlig klar.«

Eddy, der im Sessel eingenickt war, sprang erschrocken auf und sagte: »Ja, um Himmels wille, Lilly, bisch jetze übergschnabbt?«

Manfred Wiebe und Amadeus sahen sich an und fragten gleichzeitig: »Was ist völlig klar?«

»Sie ist da, wo Hexen hingehören. Und um Mitternacht wird sich alles regeln. Ist doch klar, dass er sie in irgendeinem Scheiterhaufen versteckt hat.« Dann griff Lilly das Telefon, wählte die Nummer des Kommissars, der sofort dran war und rief, ohne ihren Namen zu nennen, in den Hörer: »Herr Kommissar, haben Sie sämtliche Scheiterhaufen auseinandergenommen?«

Dann die verdutzte Antwort: »Äh, Fräulein Höschen, nein.«

»Na, dann machen Sie hin, beeilen Sie sich, avanti, zack zack. Rufen Sie sofort überall an, dass man sämtliche Scheiterhaufen auseinandernimmt, bevor es zu spät ist. Es ist gleich Mitternacht.«

Dann legte sie auf, und Lilly griff im Flur nach ihrer Jacke. Amadeus rannte die Treppe herunter, Manfred Wiebe hinter ihm her. Innerhalb kürzester Zeit saßen die drei in Manfreds Wagen. Eddy, der so schnell nicht mithalten konnte, stand ganz verdattert in der Einfahrt und sah nur noch, wie das Auto verschwand.

Das bunte Treiben auf dem Bergfestplatz hatte bald seinen Höhepunkt erreicht. Es war jetzt acht Minuten vor Mitternacht. Zwei Jugendliche standen bereits mit ihren Fackeln am Scheiterhaufen und warteten sehnsüchtig, dass die letzten Minuten auch noch vergingen. Da kam ein Auto um die Ecke geschossen. Manfred drückte auf die Hupe. Einige Leute waren verärgert. Was hatte hier so ein verrückter Autofahrer in dieser Menschenansammlung zu suchen? Eine als Hexe verkleidete Frau schlug ihren Besen auf den Wagen und ein Feuerwehrmann versuchte, die Durchfahrt zu blockieren. Schließlich musste er beiseite springen, um nicht umgefahren zu werden. Unbeirrt fuhr Manfred weiter und machte erst zwei Meter vor dem Scheiterhaufen Halt.

Die beiden Männer sprangen aus dem Wagen, Lilly hinterher, und rannten zum Scheiterhaufen. Wie drei Wildgewordene reißen sie Stück für Stück von dem Brenngut weg, Zweige, kleine Bäume, Sträucher, Hecke. Erbost versuchten ein paar Leute, sie daran zu hindern.

Lilly brüllte: »Helft uns, es geht um Leben und Tod!«

Einigen Männern flößte Lilly solchen Respekt ein, dass sie tatsächlich halfen, den Scheiterhaufen zu demontieren. Andere schimpften wie die Rohrspatzen. Der Feuerwehrmann, den Manfred fast überfahren hatte, packte Amadeus am Arm. Dieser haute ihm ein Bündel Fichtenzweige ins Gesicht, dass er fluchend nach hinten umkippte. Ein Jugendlicher geriet mit seiner Fackel zu dicht an das Brenngut, und innerhalb von Sekunden stand der Haufen in Flammen. Die Leute schrien auf. Amadeus machte unbeirrt weiter und stieß schließlich auf etwas Kompaktes. Ein Stoffbündel. Krampfhaft zerrte er daran und schrie laut: »Marie!!!«

Manfred half ihm, das Bündel herauszuziehen und vom Feuer wegzutragen. Inzwischen waren die Polizisten aus dem

Wald und Gisela zur Stelle. Per Handy alarmierte sie den Notarzt. Vorsichtig schälten Amadeus und Manfred die Frau aus dem Schlafsack, in dem sie so viele Stunden verschnürt gewesen war. Ihre Augen waren offen und es gelang ihr, wieder zu sprechen: »Amadeus.«

Dabei lächelt sie.

Goslar, 1. Mai 2011

Kurz vor drei Uhr nachts kam Gisela zurück und betrat Schneiders Büro, in dem ein freudestrahlender Staatsanwalt saß. Dieser begrüßte sie mit erhobenen Armen: »Ah, da kommt eine unserer fähigsten Kriminalbeamtinnen.«

Gisela schaute ganz verdutzt und antwortete: »Könnte es sein, dass irgendeine Hexe Ihnen was in den Kaffee getan hat? So viel Freundlichkeit haben Sie in den letzten fünf Jahren zusammengenommen nicht vom Stapel gelassen.«

Der Staatsanwalt lachte und Schneider fragte: »Wie geht es Marie?«

»Ich war bis eben im Krankenhaus. Sie wurde sehr stark betäubt, erholt sich aber wieder. Es geht ihr erstaunlich gut. Wahrscheinlich kann sie in zwei Tagen wieder nach Hause.«

»Super. Und was für ein Glück, dass Sie gerade in Lautenthal waren.«

»Sie wäre auch ohne mein Zutun gerettet worden. Dank Fräulein Höschen.«

»Ja, die Frau ist fabelhaft.«

»So«, sagte Gisela, »und jetzt ist Schluss. Ich geh jetze hemm und mach mich mit'm Arsch im Bett.«

Die beiden Männer lachten angesichts ihres Ausbruchs in die Oberharzer Sprache und der Staatsanwalt sagte: »Aber morgen zur Pressekonferenz müssen Sie kommen. Sie waren schließlich die Einzige von uns, die bei der Befreiung Maries dabei war.«

»Ach du Scheiße.«

Lautenthal, 15. Mai 2011

Marie hatte sich bestens erholt. Ihr Peiniger saß hinter Schloss und Riegel und würde sicherlich auch nie wieder herauskommen. Amadeus und Marie hatten beschlossen zu heiraten. Um dies zu verkünden, hatten sie Maries Eltern und Hans Gutbrodt zu Lilly eingeladen.

»Tante Lilly, ich hätte nie gedacht, dass du so spießig bist«, sagte Amadeus, als er in der Küche mit ihr allein war.

»Ich bin überhaupt nicht spießig. Aber nach allem, was Maries Eltern aufgrund unserer komplizierten Familienverhältnisse durchgemacht haben, wäre es nur recht und billig, den Vater um die Hand seiner Tochter zu bitten.«

»Aber ich kann doch nichts dafür, dass mein Vater oder was auch immer er ist, Marie entführt hat.«

»Aber Marie und ihre Eltern können auch nichts dafür.«

»Deine Logik ist umwerfend.«

»Na, das hoffe ich doch.«

Wieder im Wohnzimmer, in dem sich Maries Eltern mit Hans unterhielten, stellte sich Amadeus vor diesen auf und sagte seinen Spruch: »Liebe Eltern von Marie, ich möchte euch um die Hand eurer Tochter bitten.«

Die Mutter lächelte, Hans lächelte, Marie lächelte.

Ihr Vater verzog keine Miene, stellte seine Kaffeetasse ab und sagte ganz trocken in seinem gewohnten Jargon: »Wenn de mir versprichst, dass de net noch mehr so komische Leut in deiner buckligen Verwandtschaft hast, von mir aus. Aber wenn Marie noch emol sowas passiert, dann komm ich mit dar Kettensäch und mach se alle korz und kleen.«

»Ich helf dir dabei«, sagte Lilly und alle lachten.

ENDE

Auf ein (Nach-)Wort

Der Harz, dieses nördlichste Gebirge Deutschlands mit dem sagenumwobenen Brocken, der sich 1142 Meter über dem Meeresspiegel erhebt, hat über Jahrhunderte die Menschen in seinen Bann geschlagen. Romantische Städtchen, idyllische Landschaften und das Weltkulturerbe der Stadt Goslar zeugen von der einst hohen wirtschaftlichen Bedeutung. Auch das ebenfalls zum Weltkulturerbe erkorene Oberharzer Wasserregal spricht für Erfindergeist und hoch entwickelte Technik. Das raue Klima und der spröde Charme des Oberharzes ist nochmal eine Sache für sich. Die Menschen, die hier vor Jahrhunderten eingewandert sind, um vom Erzbergbau zu leben, sind von dieser Landschaft geprägt. Es haben sich verschiedene Sprachen erhalten, von denen die Oberharzer Mundart die markanteste ist. Sie wird nur in den Orten Clausthal, Zellerfeld, Altenau, St. Andreasberg, Bad Grund, Wildemann und Lautenthal gesprochen – natürlich in jedem Ort etwas anders. Generationen zugereister Lehrer ist es, Gott sei Dank, nicht gelungen, diese Sprache abzuschaffen. Und natürlich gibt es auch Charakterzüge und Verhaltensweisen, die Hinweise darauf geben, aus welcher Harzregion einer stammt.

Man kann den Harzern sicherlich vieles nachsagen. Nur eines nicht: Es gibt hier nicht mehr Verbrechen als anderswo. Vom Gefühl her eher weniger. Aber wenn mal etwas passiert, dann wird es auch richtig ausgekostet. So ist es auch bei dem fiktiven Fall dieses Buches. Es passiert so wenig im Harz, dass man dieses Wenige auch außerordentlich genießen muss. Sich richtig aufzuregen, den vermeintlichen Tätern die Pest an den Hals zu wünschen und dies auch lautstark zu verkünden, das gehört einfach zur Mentalität dieser Region. Und wenn man sich genug aufgeregt hat, kommt der für Außenstehende schwer verständliche Humor zum Tragen.

In meinem nächsten Harzkrimi, *Sauschlägers Paradies*, in dem uns einige der hier vorgestellten Protagonisten wiederbegegnen, kommt diese Mentalität so richtig zum Vorschein. Da ich selbst ein Kind des Harzes bin, nehme ich mir ruhigen Gewissens die Freiheit, diesen besonderen Menschenschlag auch ein wenig zu parodieren, jedoch keineswegs zu verunglimpfen.

Gemordet wird überall. Aber im Harz ist der Umgang damit gelegentlich etwas *speziell.*

Über den Autor

Helmut Exner ist im Harz geboren und aufgewachsen und lebt nach Jahren der Wanderschaft heute im Harzvorland. Seine Kriminalromane sind eine Mischung aus Spannung, Wortwitz und dem skurrilen, oft derb-schrägen Humor der Oberharzer. Fast noch bekannter als der Autor selbst ist seine Protagonistin Lilly Höschen, die nicht totzukriegen ist und in jedem seiner bisher 19 Krimis auftaucht – um einen Fall zu lösen oder unliebsame Mitmenschen aufzumischen.

Helmut Exner ist erreichbar über

Internet: helmutexner.de | harzkrimis.de

Facebook: facebook.com/HelmutExnerAutor

Eine kleine Bitte

Wenn es mir gelungen ist, Sie wenigstens für ein paar Stunden aus dem Alltag zu entführen, dann habe ich mein Ziel erreicht. Für eine(n) Autor(in) gibt es keine schönere Bestätigung als Leserinnen und Leser, die mit einem Lächeln das Buch zuklappen oder den Reader ausstellen. Natürlich würde es mich freuen, wenn Sie dieses Buch weiterempfehlen oder sogar die Zeit für eine kurze Rezension finden. Herzlichen Dank!

Ansonsten habe ich für Fragen, Anregungen oder Rückmeldungen rund um meine Bücher stets ein offenes Ohr. Schreiben Sie mir doch einfach oder besuchen Sie mich auf harzkrimis.de oder meiner Autorenseite. Hier finden Sie u.a. das gesamte Buchprogramm, Veranstaltungstermine, YouTube-Videos, Neuigkeiten uvm. Vielleicht lernen wir uns ja auch auf einer Lesung kennen. Meine Autorenkolleginnen und -kollegen und ich würden uns freuen.

Harzliche Grüße

Helmut Exner

7. Aufl. 2022, 224 Seiten
Taschenbuch 12,5 x 19 cm
ISBN 978-3-96901-032-7
€ 9,95 (inkl. 7% MwSt.)
auch als eBook erhältlich

3. Aufl. 2014, 176 Seiten
Taschenbuch 12 x 18,5 cm
ISBN 978-3-936318-92-0
€ 9,95 (inkl. 7% MwSt.)
auch als eBook erhältlich

1. Aufl. 2012, 156 Seiten
Taschenbuch 12 x 18,5 cm
ISBN 978-3-943403-17-6
€ 9,95 (inkl. 7% MwSt.)
auch als eBook erhältlich

2. Aufl. 2020, 140 Seiten
Taschenbuch 12,5 x 19 cm
ISBN 978-3-947167-98-2
€ 9,95 (inkl. 7% MwSt.)
auch als eBook erhältlich

2. Aufl. 2018, 171 Seiten
Taschenbuch 12,5 x 19 cm
ISBN 978-3-947167-35-7
€ 9,95 (inkl. 7% MwSt.)
auch als eBook erhältlich

2. Aufl. 2017, 164 Seiten
Taschenbuch 12,5 x 19 cm
ISBN 978-3-943403-99-2
€ 9,95 (inkl. 7% MwSt.)
auch als eBook erhältlich

1. Aufl. 2013, 130 Seiten
Taschenbuch 12 x 18,5 cm
ISBN 978-3-943403-31-2
€ 9,95 (inkl. 7% MwSt.)
auch als eBook erhältlich

2. Aufl. 2019, 164 Seiten
Taschenbuch 12,5 x 19 cm
ISBN 978-3-947167-76-0
€ 9,95 (inkl. 7% MwSt.)
auch als eBook erhältlich

3. Aufl. 2020, 216 Seiten
Taschenbuch 12,5 x 19 cm
ISBN 978-3-947167-85-2
€ 9,95 (inkl. 7% MwSt.)
auch als eBook erhältlich

2. Aufl. 2022, 216 Seiten
Taschenbuch 12,5 x 19 cm
ISBN 978-3-96901-036-5
€ 9,95 (inkl. 7% MwSt.)
auch als eBook erhältlich

1. Aufl. 2015, 172 Seiten
Taschenbuch 12 x 18,5 cm
ISBN 978-3-943403-55-8
€ 9,95 (inkl. 7% MwSt.)
auch als eBook erhältlich

1. Aufl. 2016, 133 Seiten
Taschenbuch 12 x 18,5 cm
ISBN 978-3-943403-58-9
€ 9,95 (inkl. 7% MwSt.)
auch als eBook erhältlich

2. Aufl. 2019, 168 Seiten
Taschenbuch 12,5 x 19 cm
ISBN 978-3-947167-67-8
€ 9,95 (inkl. 7% MwSt.)
auch als eBook erhältlich

2. Aufl. 2021, 176 Seiten
Taschenbuch 12,5 x 19 cm
ISBN 978-3-96901-029-7
€ 9,95 (inkl. 7% MwSt.)
auch als eBook erhältlich

1. Aufl. 2018, 128 Seiten
Taschenbuch 12,5 x 19 cm
ISBN 978-3-947167-18-0
€ 9,95 (inkl. 7% MwSt.)
auch als eBook erhältlich

1. Aufl. 2018, 128 Seiten
Taschenbuch 12,5 x 19 cm
ISBN 978-3-947167-32-6
€ 9,95 (inkl. 7% MwSt.)
auch als eBook erhältlich

1. Aufl. 2019, 140 Seiten
Taschenbuch 12,5 x 19 cm
ISBN 978-3-947167-68-5
€ 9,95 (inkl. 7% MwSt.)
auch als eBook erhältlich

2. Aufl. 2022, 192 Seiten
Taschenbuch 12,5 x 19 cm
ISBN 978-3-96901-030-3
€ 9,95 (inkl. 7% MwSt.)
auch als eBook erhältlich

1. Aufl. 2022, 180 Seiten
Taschenbuch 12,5 x 19 cm
ISBN 978-3-96901-040-2
€ 9,95 (inkl. 7% MwSt.)
auch als eBook erhältlich

1. Aufl. 2023, 180 Seiten
Taschenbuch 12,5 x 19 cm
ISBN 978-3-96901-061-7
€ 9,95 (inkl. 7% MwSt.)
auch als eBook erhältlich

Helmut Exner & Danilo Hartung
1. Aufl. 12/2021
120 Seiten, zahlr. Fotos, 20 Karten
Hardcover, gebunden
14,8 x 21 cm, DIN A5 quer
ISBN 978-3-96901-024-2
€ 16,95 (inkl. 7% MwSt.)